法藏知津

中國佛教研究集成

初 編

杜潔祥 主編

第30冊

唐代詩禪互涉現象
——文學發展史的側面考察

黃 敬 家 著

花木蘭 文化出版社

國家圖書館出版品預行編目資料

唐代詩禪互涉現象——文學發展史的側面考察／黃敬家 著—
初版—台北縣永和市：花木蘭文化出版社，2010〔民99〕
目 2+168 面；19×26 公分
（法藏知津——中國佛教研究集成 初編：第 30 冊）
ISBN　978-986-254-116-6（精裝）
1. 唐詩　2. 禪詩　3. 詩評
820.9104　　　　　　　　　　　　　　　　　99001770

ISBN - 978-986-254-116-6

9 789862 541166

法藏知津——中國佛教研究集成
初　編　第三十冊　　　　　　ISBN：978-986-254-116-6

唐代詩禪互涉現象——文學發展史的側面考察

作　　者　黃敬家
主　　編　杜潔祥
總 編 輯　杜潔祥
印　　刷　普羅文化出版廣告事業
出　　版　花木蘭文化出版社
發 行 所　花木蘭文化出版社
發 行 人　高小娟
聯絡地址　台北縣永和市中正路五九五號七樓之三
　　　　　電話：02-2923-1455／傳眞：02-2923-1452
電子信箱　sut81518@ms59.hinet.net
初　　版　2010 年 3 月（一刷）　2010 年 8 月（二刷）
定　　價　初編 36 冊（精裝）新台幣 55,000 元

唐代詩禪互涉現象
——文學發展史的側面考察

黃敬家　著

作者簡介

黃敬家，臺灣台中市人，國立中央大學中國文學系學士、碩士，國立臺灣師範大學國文所博士。曾任國立台北教育大學語文與創作學系兼任助理教授，現任國立台東大學華語文學系助理教授。學術研究領域為古典詩、佛教文學、僧傳與禪詩等，著有《贊寧《宋高僧傳》敘事研究》，及單篇學術論文十餘篇。

提　　要

　　本文乃由筆者碩士論文修訂而成，特別感謝指導教授張夢機老師，以及顏崑陽老師的用心指點，使筆者即使駑鈍不慧，仍能藉由論文寫作，親炙有唐一代的詩禪慧光。

　　詩歌與禪宗在唐代並行發展，作詩與參禪是其時相當盛行的兩項文化活動，當時詩人既寫詩又習禪；反之，禪僧亦然。這種時代機緣，便提供了詩、禪向對方取法的經驗基礎。本文主要探討唐代詩與禪互涉的原因與事實，解釋一種文學與宗教結合發展的現象，從而使其在文學史上的重要性得到應有的重視。首先，從理論上探討詩與禪內部特質的相似性，以見二者接觸的基礎，並因其同中有異的特質而能彼此交流。其次，考察從放送者到接受者之間的媒介路徑，實際尋繹詩人與禪僧往來學習而產生階層性文化經驗的互涉現象。最後，從詩歌、禪偈作品分析彼此接受對方提供的文化養分所產生的質變。一方面，從詩人引禪入詩的作品中，討論唐代詩人創作受到禪文化的啟發，而使詩開出言志、緣情傳統以外的第三項特質——空靈妙境，這是詩得之於禪最具開創性的養分。另一方面，由禪僧自供中發現其於文字態度的轉變，使禪僧接受詩「言外見意」的表達方式以揭示禪境，並作為禪門教導、傳達的普遍工具。這種現象，既使禪偈蓬勃發展，因而解決了禪不立文字又必須傳達的困境，禪僧並由之創作出足以媲美詩人禪境之作的禪歌詩偈。

目

次

第一章　導　論

第一節　研究動機與範疇

一、研究動機

關於本論題的研究動機，可從原因動機與目的動機兩方面來說明。所謂原因動機（Because Motive），從行動者的角度來看，是指向過去經驗的事實，由客觀已發生的經驗脈絡中，形成激發此行動的因素。〔註 1〕詩歌與禪宗在唐代並行發展，作詩與參禪是唐代特別盛行的兩項文化活動，當時詩人既寫詩又習禪；反之，禪僧亦然。〔註 2〕這種時代機緣，便提供了詩、禪向對方取法的經驗基礎。〔註 3〕因為就主體而言，宗教活動和文學活動的經驗，都是形成

〔註 1〕 按舒茲（A.Schutz，1899～1959）認為，「行動」（Action）是以一個預知的計劃作為基礎；而「行為」（Act）則是指這個行動過程的結果，也就是已經完成的行動。對行動者而言，動機是指主觀地賦予意義在其行動過程上的實際看法，是導致所計劃的事態結果與獲致預知之目標的意向。當行動已經完成，變成一個行為時，行動者才能以一種觀察者的角度，客觀地回顧自己過去的行動，並探究影響自己作為的環境。所以原因動機都是指向過去，從行動者的行動導致外在世界的結果，方能重建行動者對其行動的態度。參見〔美〕舒茲著，盧嵐蘭譯：《舒茲論文集──社會現實的問題》（第一冊）（臺北：桂冠出版社，1992 年），頁 89、91～94；《社會世界的現象學》（臺北：久大桂冠出版，1991 年），頁 95～106。
〔註 2〕 本文所謂的「詩人」、「禪僧」，採取廣義的定義。凡是在《全唐詩》中有作品被輯錄的，均稱為詩人；而僧人中凡與禪宗傳法系中的禪僧有過師承關係者，均歸於禪僧之屬。
〔註 3〕 本文單用「禪」字時的用語體例，從文化上定義，可以指禪宗、禪學、禪法等，視文脈而定。或代表一種修行方法，如：參禪、學禪、坐禪等，指實修

其生命精神的質素，而整體地反映在思想、行為和作品上。詩人與禪僧由於接受彼此不同階層文化的養分，對其自身之特質將產生什麼樣的變化呢？

詩與禪的互動關係，從唐代以來已有詩人注意到這個現象，如釋皎然、司空圖、嚴滄浪、王漁洋等，從唐代詩歌創作經驗作後設反省，認為詩歌意境的開創與提升，與禪宗之間有密切的關連。然而也有些人從詩歌的源流和禪宗的不立文字反駁之，如袁枚、劉克莊等。關於上列諸家的言說，將留待第二章詳論之。不管是站在詩、禪相關或詩、禪兩行的角度來探討詩歌與禪偈的發展，可以明顯地發現一個傾向——唐代以後的詩學論述，在討論詩的特質、創作方法、內涵情境時，有意無意地引用禪學來說詩，這就足以證明詩、禪之間微妙關係早已受到注意。

所謂目的動機（In-order-to Motive），從行動者的角度來看，動機指向未來，即未來行動所欲導致的事態結果，構成了行動的目的動機。〔註4〕關於唐代詩歌與禪宗這兩大文化現象之間的互涉關係究竟如何，可以歸納為以下問題來思考：

（一）詩與禪之間是否真有交流互涉？為什麼會發生這種互涉現象？

（二）二者互涉現象如何發生？其關係是單向還是雙向？

（三）二者互涉的成果如何？使雙方產生怎樣的質變？

本論文意在探討唐代詩與禪互涉現象的原因與事實，解釋一種文學與宗教結合發展的現象，從而使其在文學史上的重要性得到應有的重視。

文學與佛教關係的研究，向非中文學術的主流，然而從魏晉以來，中國文化的心靈乃是由儒、釋、道三家所共同搏造，忽視此塊有待開發的學術園地，不但無法整全地了解文學發展的全貌，從而也窄化了中國固有文化對佛教的影響力。過去學術界一直存在對佛教的偏見，視佛教對詩歌的影響為消極出世，並舉儒家對文士的影響為積極入世來做對照。這樣的二分法，恐失之武斷。從另一個角度來看，佛教恰恰為詩歌開創了另一片心靈表現空間，從而豐富了詩歌內涵的多元性。基本上，詩與禪的交流互涉只是一個客觀的事實，其所產生的結果是積極或消極，不該如此簡化粗糙地驟下斷語。文學作品在文學史上的

所證悟境界的本身，是離絕言說的心靈狀態；或從禪法理論源流演變而言，如：禪學、禪法等，指對禪所做後設的認知與言說，屬知識研究；或作為一個佛教宗派，如：禪宗。因此，為了行文方便，同時單詞又能含括最廣大的意義範圍，而單用一「禪」字。

〔註4〕參見舒茲：《舒茲論文集——社會現實的問題》（第一冊），頁91～94。

影響價值，和其本身的品質應分開來看；亦即詩禪互涉的深淺是一回事，作品本身的內涵素質又是另外一回事，應分開來評價才能公允。

二、研究範疇

　　本文先宏觀唐代詩歌與禪宗發展的歷程，考察詩、禪文化交流實跡，再進行作品的理解、分析，以詮釋詩、禪互涉的原因及具體成果。由於禪宗史料龐雜，所以，本文在資料運用的擇取上，大致分爲二類：

（一）內部證明史料：這是指能直接呈現二者互涉交流成果的作品。

　　唐詩方面：以《全唐詩》爲主，檢索出與禪修體驗有關，尤其具有禪境的作品。

　　禪宗方面：包括《禪門諸祖師偈頌》、《唐僧弘秀集》、《全唐詩》中八〇六卷以後的禪僧作品；最重要的是檢索自唐代禪宗燈錄、語錄、僧傳中，禪師所作的禪歌詩偈。

（二）外部論證史料：這是指說明二者互涉現象的外在形跡史料。

　　唐詩方面：包括《舊唐書》、《新唐書》、《唐詩紀事》、《唐才子傳》、《居士分燈錄》及詩人之別集文章中的傳記、書信、序論、碑銘等有關詩人與禪門接觸，並因而受到啓發的事實行跡。其次，歷代詩話中，有關以禪論詩的言說作爲佐證。

　　禪宗方面：包括《續高僧傳》、《宋高僧傳》、《祖堂集》，及禪宗燈錄、諸禪師語錄等有關禪宗的史料，用以論證禪的本質、禪僧與詩人的接觸事實及禪僧對語言表達態度的變化。

　　廣大資料的爬梳、運用，都以具直接論據的史料爲主，並參考比較文學影響理論和接受美學理論的一些基本觀念，將資料刪繁就簡，以形成一嚴密的論證體系。〔註5〕

〔註5〕影響研究向來是比較文學研究的主流之一。傳統的比較文學研究，亦即法國學派，其基本論點有二：（一）比較文學是一種歷史訓練，不對作品本身作美學探討與價值判斷；（二）它處理具體事實之實證性影響研究，包括文學史料、生平傳記等證據之收集和研究。法國學派一則著重於媒介之外的外緣研究；二則是歷史性的，強調文類與意識型態縱的演化而非橫的描述，可以說是以影響研究爲手段的文學史研究。美國學派的比較文學研究則不太重視機械的淵源、成就和影響研究，而偏重不儘然有血脈衍生關連的文體、文類、母題等橫切面的比較，其性質是分析性和系統性的，其價值是美學或有預示意義的。美國學者強調作者創作意向（Intentionality）

第二節　前人研究成果述評

　　詩、禪互涉而產生豐碩的成果是在唐代，因此，要探討詩與禪之間的互動關係，也應以唐代為時間起點。近來已有學者投入這方面的研究，可說是文學與宗教關係的開拓研究。臺灣學者杜松柏《禪學與唐宋詩學》，算是詩、禪關係開創性之論文，以鋪陳詩、禪各自的創作成果為主。黎金剛的博士論文《唐代詩歌與佛家思想》，蕭麗華《唐代詩歌與禪學》，杜先生指導姚儀敏的碩士論文《盛唐詩與禪》，多承襲其師之說。蔡榮婷的博士論文《唐代詩人與佛教關係之研究——兼論唐詩中的佛教語彙意象》，探討詩人與佛教的接觸，並由唐詩的用詞分析其受佛教影響的面向。以上是就唐代整體的觀察。以個別詩人為研究對象者，則有林桂香的碩士論文《王維詩與佛教的關係》等。大陸方面，近年研究此議題者比臺灣多，但多帶唯物論的框架來評價禪對詩的影響。其中亦不乏陳論深刻者，如孫昌武《佛教與中國文學》、周裕鍇《中國禪宗與詩歌》，是整體歷史性的觀察；孫氏另有《唐代文學與佛教》、《禪與詩》等，從個別作家論。其他如葛兆光《禪宗與中國文化》，從文化史的角度來論禪宗對文學、藝術等方面的影響；曾祖蔭《中國佛教與美學》，探討佛教對中國美學精神的影響等，都有其開發性。兩岸相關單篇論文更多，整體檢討，這些研究成果有以下問題：

一、偏重禪對詩單向影響之研究

　　以上所舉論文，無論就個別詩人或採整體性研究，共通的傾向是僅討論詩人作品中的禪境居多，而忽略了詩對禪宗語言表達工具突破的貢獻，從而窄化了唐詩對禪門表達的影響力。袁行霈先生即謂：「詩和禪的溝通，表面看來似乎是雙向的，其實主要是禪對詩的單向滲透。詩賦予禪的不過是一種形式而已。」〔註6〕一般學者普遍抱持這種觀念。然而人不能離開語言而思考，

　　與讀者對作品的接受（Reception）與完成（Concretization），進而更新了歷史相對主義。因為文學作品無法孤立，必須納入特定時空，配合歷史、社會、文化整體結構地研究。新生代比較文學家往往採折衷路線，將研究建立在確實的事實基礎上，作美學性的研究，所以，一方面將同時性研究、理論研究、分析研究加入歷史研究中；另一方面，接受嚴格的歷史實證研究方法的訓練，將法、美兩大學派的優點融合取用，使得影響的研究更具開創性。參見張漢良：〈文學研究與比較文學〉，《比較文學理論與實踐》（臺北：東大書局，1986年），頁10～18；〈比較文學的定義與論爭〉，頁27～28。

〔註6〕引自袁行霈：〈詩與禪〉，《佛教與中國文化》（北京：中華書局，1995年），頁87。

所以當禪師採用某種語言系統表達時，必然也會使其思維方式產生變化，甚至由思維方式的改變，形成思想內容的質變。詩對禪門表達的重大貢獻，卻一向未被發掘，可見原有研究的片面性。

二、僅止於史料鋪陳，缺乏深度詮釋

以上論文在史料的搜集，從量的方面都應給予肯定，然而更重要的是史料運用之精確性和解釋的切當性問題，卻一向被忽略。無論是整體的或以個別詩人為單位的研究，其論文章節的安排，多半是將禪宗發展史和詩歌發展史論述一番，接著羅列作品加以賞析，指出其中的禪味，對詩與禪之間「為什麼」能產生互動，和「如何」互動等議題皆未深入詮釋。即使提到詩人習禪和禪僧習詩，並說明詩、禪相通的「內在機制」，惜前者僅陳述詩、禪互動的事實，卻未說明這種互動，對詩人之作詩與禪僧之表達禪境產生什麼變化；後者也僅說明詩、禪之同，未明其異。試問：兩者既是同質性的東西，如何還會產生異質的交流？必然是兩者之間同中有異，才能交流互動。禪宗史料龐雜，如何將這些史料加以整理爬梳成有條理的論據，關鍵在於切入角度的確立。這些論文之所以為龐大史料拖累而流於鋪陳，原因即在於未能限定研究範圍和論述觀點，以之簡擇具有解釋效用的材料，配合切當的方法來進行深入的分析。

三、研究範圍與方法不明確

多數論文對詩與禪之間微妙的關連頗有觸發，然而都僅停留在主觀的感受，無法提出客觀性、系統性的論證。禪學發展歷經魏晉六朝到唐代，與中國文化交互滲透，產生不同階段和面向的質變，不應一概而論。所以，為免論域過於寬泛而論點失焦，應先確定探討的面向和方法，尤其是論文所要解決的問題到底為何？如何解決此等問題？這些根本的思考必須清楚，才能確定範圍和方法，以收攝材料而作出有效的論證。以上所舉論文，普遍運用「影響」觀念，也可說就是做影響的研究。然而，對影響的成立條件和此項研究的方法卻認識不清，以致無法將影響的因、緣、果條述清楚，在論證立場都不明確的情況下，如何做有力的論述？

總體言之，過去的學術成果，對本文都有觸發和參照的功能，已為文學與宗教關係之研究打下基礎。據此，本文嘗試進一步對唐代詩、禪之間互涉現象的關鍵性原因、路徑和成果進行考察與詮釋。

第三節　研究方法與本書架構

一、研究方法

現代語言學家索緒爾（Ferdinand de Saussure）將語言研究區分爲兩個方向：一爲演進語言學（Evolutionary linguistics）；另一爲靜態語言學（Static linguistics）。前者依時間的發展，縱向追溯語言的沿革；後者在靜止的時空上，橫向描述語言現象。他提出歷時性（Diachrony）與並時性（Synchrony）兩種方法。前者指演化階段，後者指語言狀態。〔註7〕因此，本文討論步驟如下：（一）將唐代禪師詩偈與詩人詩歌放在「並時性」的同一層面上，找到二者理論上的相似性（Similarity）與相異性（Dissimilarity）作基礎；有此同、異的要素，二者接觸才能有回應和反饋。因爲兩種完全相同或相異的文化之間不可能產生交流，必然是二者之間同中有異，而就彼此之相異性產生互動。此關係必然經過接受者及其所屬文化的簡擇、消化、吸收和部分揚棄的過程而不是照單全收。（二）禪師與其詩偈、詩人與其詩作，在各自文化發展脈絡的「歷時性」過程中，發現其作品特質產生變化，此新特質並非來自其舊有的文化傳統，而是來自外來接觸，亦即所吸收的是對方異質於己的部分。

本文援用比較文學中影響研究的方法進行論證，以詩禪互動的角度來考察二者之間的關係。所謂「影響」（Influence）〔註8〕必須建立在甲與乙雙方

〔註7〕 以上關於索緒爾理論的引述，參見張漢良：〈文學研究與比較文學〉，《比較文學理論與實踐》，頁6。

〔註8〕 「影響」（Influence）一詞，據哈羅德·布魯姆（Harold Bloom）的解釋，早在阿奎那（Aquinas）的經院拉丁文時代，就有「具有凌駕他人的力量」的意義。其本義爲「流入」（Inflow）；主要意義是從星球射向人類的一種放射和力量。起初使用這個詞時，所謂「受到影響」即指受到來自天體的太流之流入而影響人的性格和命運，改變了塵世的事物，這是一種神聖的倫理力量。現在「詩的影響」意義上的「影響」一詞，是很晚才形成的。直到柯勒律治（Salmvel Taylor Coleridge）（1772～1834，英國浪漫主義思潮的主要代表人物）在文學領域中使用這個詞時，「影響」才基本上具有今日文學上使用的意義。「但是，影響的焦慮之存在遠遠早於『影響』這個詞的應用。」參見哈羅德·布魯姆著，徐文博譯：《影響的焦慮：詩歌理論》（臺北：久大文化出版，1990年），第一章，頁25～26。樂黛雲就文學上的「影響」作以下的說明：「所謂"影響"，就是一種藝術作品所發送的觀念，它有機地融入了接受它的另一種藝術作品之中，但是它必須表明被影響的作家所產生的作品本質上是屬於他自己的，是他的獨創而不是模仿。」引自氏著：〈影響的概念〉，《比較文學導論》（臺北：蒲公英出版社，1986年），頁90。

有實際「接觸」（Contact）的基礎上，並且由接觸產生可見的變化成果。反之，乙之於甲亦然，則此二者之間就產生了相互影響的關係。影響的積極意義是有機地接受外來的新觀念而帶給作者的創造力。尤其必須明確區分「影響」與「接受」（Reception）為兩件事，影響不僅是甲方單向的行動，還需乙方的反動或雙方交互行動。〔註9〕所以，影響通常是經過接受者一連串消化、吸收、簡擇的交互活動才形成，不是單向接收，更含有接受者的反饋，形成交互作用性。解構主義即主張一切的文本（Text）都處在相互影響、重疊、交叉、轉換之中，所以不存在文本性，而只有互文性（Intertext），亦即只存在種種文本之間相互關係或互為文本的關係。因此，早出的文本不一定就是影響者；晚出的文本也不一定就是接受者，文本之間是雙向往覆的互動關係。〔註10〕

其次，「接觸」可分為直接接觸，直接閱讀作品，甚至直接向作者請益；間接接觸，可以透過書信往來或別的接觸者介紹其作品，甚至僅是當時整個時代文化風尚感染的接觸。這種接觸的影響性最難論斷，此亦討論影響關係最困難的地方。雙方由接觸互動而判定其影響關係，不可避免地是就事實經驗作主觀性的擬測，因此，影響成果的舉證就顯得非常重要。影響的原因是複雜而多層的，尤其是一種文學現象的成因，絕非此有故彼有的單一因果性。〔註11〕對詩、禪而言，他們各自具有接受者又是放送者的雙重角色，本文探淵源學（Crenologie）〔註12〕的角度，運用唐代各種文學史料和禪宗文獻的記

〔註9〕　匈牙利比較文學家韓克思（El'emer Hankiss）說：「文學的影響不是單向『行為』（Action），不是一種放射行為，能透過或改變一個本質『被動』的接受者；而是一種『交互行為』（Interaction），作品發出的力量與接受者心智之間的激戰。」引自張漢良：〈比較文學的影響研究〉，《比較文學理論與實踐》，頁41。其次，「接受」不同於「影響」。影響指具體作品之間的關係；接受的概念則更廣，指作品與社會環境之間的關係。一部作品可能被廣泛的接受而卻無顯著的影響力。參見樂黛雲：〈比較文學的基本概念〉，《比較文學導論》，頁110～111。

〔註10〕　參見哈羅德‧布魯姆著，朱立元、陳克明譯：《比較文學影響論：誤讀圖示》（臺北：駱駝出版社，1992年），頁4。

〔註11〕　赫梅倫（Gorau Hermeren）提出三點判斷影響成立的條件：一時間（Temporality）順序條件，即甲作品必發生於乙作品之前；二因果（Causality）條件，即乙作品作者必曾與甲作品接觸；三可見性（Visibility）條件，乙作品中必可見出甲作品的成分。此「可見」指影響的成果可見，而非影響本身可見。參見張漢良：〈比較文學的影響研究〉，《比較文學理論與實踐》，頁58。

〔註12〕　淵源學研究文學作品的主題、題材、人物、情節、風格和語言等的來源。從接受者角度出發，來探究一位作家或一種文學接受外來因素的影響，是最典型的比較文學研究方法。參見樂黛雲：〈比較文學的研究方法〉，《比較文學導

載、引語、自供、書信、同代人的見證等等外緣資料，從作品中找出其接受對方啓發的寫作經驗，以此輔助作品內在的文體、意象、風格、思想內涵等研究，形成全面性的論證。〔註13〕

影響關係之欲成立，必須提出強有力的證明，由影響成果上推實質的影響路徑，以降低主觀擬測，強化其影響條件的客觀存在性。不如此則論證效力不足；但這麼做又容易使得影響研究的模式流於單一因果性的刻板形式。既然我們承認影響因素的複雜性，又要強加歸化一個條理明析的接觸過程，以致有時這種影響的證明顯得過於表面而簡化，這是影響研究一直在修正的部分。比較文學後來就逐漸轉向以內在美學上的淵源爲探究重點，不再侷限於實證性的影響研究；另一方面，平行比較研究的興起，也可彌補影響研究空間的限制。所以，本文首先即以詩、禪在理論層上的相似性和相異性作基礎，除觀察兩者經過文學、美學的分析後，具有一定程度的相似點外，更發掘彼此的獨創價值。其次，試圖從唐代社會文化經驗的角度，宏觀當時詩人與禪僧的文化交流與互涉，造成詩人的居士禪風和禪僧文人化的情形，以至於詩人作品由於個人禪修體驗的精湛啓發，開出言志、抒情之外的第三特質──禪境表現；而禪宗在表達工具上亦有所突破──以詩偈傳達其悟境。

二、本書架構

爲避免使詩、禪的互涉關係淪爲假性論題，認爲詩與禪雖然活躍於相同的時代潮流之下，也可能互不往來，只是存在時代風尚特質的類比性（Analogy）共通趨勢。〔註14〕所以必須強調，這不是一個假設性的論題──「假設」在

論》，頁136。

〔註13〕關於相互影響的成立條件，保羅‧梵‧第根（Van Tieghem,Paul）把影響的經過路線分爲：放送者（Emetteuis）、接受者（Recepteurs）和媒介者（Intermediaires）三項進行論述。研究者可從放送者或接受者擇一觀點進行討論。參見樂黛雲：《比較文學導論》，頁129。其中引用〔法〕保羅‧梵‧第根（Van Tieghem, Paul）《比較文學論》中的論點。

〔註14〕比較文學的另一大類──平行研究，其研究範圍比影響研究要寬廣得多，而類比是其中的一個研究重點。類比指沒有任何關連的作品之間，在風格、結構、情調或觀念上的相似性。兩作品雖具相似性，實際上並不存在影響關係，只因他們活躍於同一個社會潮流中，才形成共同的發展趨勢。參見劉介民、李達三主編：〈影響與模仿諸問題〉，《中外比較文學研究》第一冊（下）（臺北：學生書局，1990年），頁444～445；樂黛雲：《比較文學導論》，頁111。

唐代詩禪有交流現象，先預設肯定答案，然後試圖找到各種證據使這項假設成立。而是，從現存的詩歌、禪偈中，可以很明顯地看到一種新的創作風格的加入，以及禪偈表達方式的突破。向來的研究者雖然對詩、禪之互動關係持肯定態度，卻未能將二者的交互成果作清楚的說明。本文即是針對文學史上這個模糊地帶，先不做任何結論的預設，以史料作三路論證：一者，從理論上探討詩與禪內部特質的相似性和相異性；二者，從事實上考察詩人與禪僧文化經驗的互涉現象；三者，從詩歌、禪偈作品分析彼此接受對方提供的文化養分所產生的質變。

本文的章節安排如下：

第二章主要尋繹詩、禪互涉的觀念基礎。分為兩層脈絡：（一）兩項絕對異質性的作品不可能產生關連，詩、禪之間必然存在基本特質的相似性，而這種相似性正是接觸的基礎。故將分別探究詩、禪最重要的相似性特質：注重主體心性、妙悟體驗、直觀思維及表達上超越語言等。（二）兩種事物若完全相同也不可能彼此交流，因此進而探討詩、禪的相異性，二者在心靈內涵和對語言的根本態度上存在極大的差異。

第三章主要考察從放送者到接受者之間的媒介路徑，提供詩禪互涉最直接而有力的事實證明。將分為兩層探討：（一）分別就「詩文化」和「禪文化」在唐代蓬勃發展的情況和原因進行整體觀察，並對詩人與禪僧往來學習而產生階層互涉現象作初步了解。（二）進一步就詩人學禪和禪僧作詩的實際經驗例證作考察，以見二者向彼此階層跨進，形成詩人普遍的居士禪風、禪僧跟進詩人寫詩的事實，證明詩人、禪僧經由直接交遊或作品接觸而產生互動關係。

第四章從詩人引禪入詩的作品中，討論唐代詩人創作受禪文化啟發，而使詩開出言志、緣情傳統以外的第三項特質——空靈禪境，這是禪予詩最具開創性的養分。並以唐代以後以禪入詩之後設反省的詩學理論做輔證，以見唐代田園山水詩因禪境啟發而有進於六朝的轉型，這是詩人習禪而對詩法產生新的領悟。

第五章由禪僧自供中發現其於文字態度的轉變，討論禪僧詩偈接受詩「言外見意」的表達方式以揭示禪境，並作為禪門教導、傳達的普遍工具。這種現象，一方面使禪偈蓬勃發展，因而解決了禪不立文字又必須傳道的困境；另一方面由之產生足以媲美詩人禪境詩的禪歌詩偈。然而，禪宗由不立文字

走向不離文字，到底對宗門本質和發展產生什麼樣的影響？是正面影響或負面影響？將一併做檢討。

以上是詩、禪互涉現象的整體論證步驟，以釐清唐代詩、禪互涉所產生的質變。

另外，本文的詮釋觀點是設定於詩與禪的互涉現象，所以僅就詩得之於禪和禪得之於詩的養分作為討論範圍，並不排斥他們同時也可能受其他因素的影響，以共同搏造整體的成果。不可否認禪本身在中國弘揚發展的過程融入道家的精神特質，至於禪當中吸收多少屬於道家的特質，或其他佛教宗派也同時影響詩人，又是另外一個層次的問題。反之，禪受詩的表達啟發，至於詩中有多少儒、道的內涵可能因此間接影響到禪，都不在本論文討論範圍之中。亦即本論文是就詩、禪文化發展在唐代累積形成的完型特質作橫切面的討論。

最後說明研究本論題必然存在的客觀限制，就是禪的證悟性和言傳的準確性問題。此點最可能使本文在解釋上因過或不及而失焦，因為禪者所講求的是如人飲水的實際體證工夫，這也可能淪為自由心證，而使言說漫無標準；亦即，禪除非親證，否則無法明確指稱它是什麼，而到底有無親證或悟境之淺深，又無法有一客觀判準。筆者本身並未具備這項條件，但是，難道沒有親證便不能研究禪學嗎？有關禪學的史料如此之多，若必得有體證經驗才能論禪，則禪文化的研究工作將永遠無法起步。禪的生命力其實是透過一代代的人從不同的角度重新詮釋而得以保持，除了證悟詩的理解部分須透過相似經驗的模擬之外，多數作品是可經由文本去理解的，現代語言哲學也認為文本意義是在開放性的解釋中不斷被開發出來。何況對人文科學研究而言，絕對的客觀恐怕不可能存在，研究本身必然是在客觀的事實基礎上，做主觀性的理解評判，以完成主客合一的論述。有這樣的共識，則於詩、禪這段因緣之理解，必然是建立在筆者對禪學的體會了解，加上時代文化意識而形成主客融合的詮釋。此中無法避免某種程度的擬測，以及彼此關係主觀性的解釋。也就是知識性的論文，是以儘量做到有效的論證為目標，但絕對無法達到完美無漏的地步。

第二章 唐代詩禪互涉的觀念基礎

　　詩、禪本質上同中有異的特質，是兩種文化互涉的內在基礎。

　　就相似性而言，二者同樣都重視內在心靈體驗；都採行意在言外的表達方式，因此有可以溝通的基礎。唐人詩中已有將詩、禪相提並論的觀念，如戴叔倫〈送道虔上人遊方〉：「律儀通外學，詩思入禪關；煙景隨緣到，風姿與道閒。」〔註1〕律儀指佛學，又名內學，詩人認為佛理與外學相通，詩思與禪關相侔；詩僧齊己〈寄鄭谷郎中〉：「詩心何以傳，所證自同禪」，〔註2〕詩心所證與禪心之悟同一關捩。可見對參與過這兩項文化活動的詩人和禪僧而言，二者實具有某些相似性，使其產生精神上的會通。

　　然而，就相異性而言，從歷史發展來看，禪宗未產生之前，詩已形成，二者並無同源別支的關係。從本質來看，他們是兩種不同的文化型態，一屬文學，一屬宗教。其歸趣亦別，一者指向美感，所抒發的乃人性情之真；一者指向解脫，重在了悟真如，是自內證而不可傳授，所謂「少年一段風流事，只許佳人獨自知」。〔註3〕由此相似又相異的基礎，促使詩人和禪僧在時代文化環境提供良好的外緣條件下，進行彼此的吸收和改造，使得彼此因為新元素的加入而產生質變。以下就分別來探討詩與禪的相似性和相異性特質，以見二者互涉的內在因素。

〔註1〕 引自《全唐詩》（北京：中華書局，1992年），卷273，頁3082。
〔註2〕 同前註，卷839，頁9457。
〔註3〕 引自〔宋〕普濟著，蘇淵雷點校：《五燈會元》（北京：中華書局，1984年），卷19〈昭覺克勤禪師〉，頁1253。

第一節　詩與禪的相似性

一、主體性

　　禪宗可說是印度佛教唯心論與中國傳統文化重主體心性思想結合而中國化的佛教宗派。中村元先生認為：「佛教是『從欠缺具體自我的一種印度宗教』，成了中國的人文主義的宗教，也遵從了中國以人為中心的人文主義的傳統。」〔註4〕禪宗理論核心在明心見性，肯定心作為主體的存在，這是由如來藏思想進一步發展，與儒、道人性論調合的產物。此時作為宗教修持的禪，已演變為一種精神體驗；此種精神體驗，不同於教下的出世態度，其精神是現實性的立處皆真，重主體自身的實踐，肯定個人主觀心性，具有獨創和自主的性格。僧璨《信心銘》卷一：「信心不二，不二信心；言語道斷，非去來今。」〔註5〕已走向重「自信此心」的修行路數。宗寶本《六祖大師法寶壇經・自序品第一》：

> 菩提自性，本自清淨，但用此心，直了成佛。〔註6〕

禪宗的本質在自性的清淨，其修持主要指向此心的覺悟，因此，心的地位變得無比重要，並試圖將超越的佛性，根植於人人內在的本心本性。宗寶本《六祖大師法寶壇經》：

> 無上菩提，須得言下識自本心，見自本性，不生不滅。於一切時中念念自見，萬法無滯，一真一切真，萬境自如如。如如之心，即是真實，若如是見，即是無上菩提之自性也。〔註7〕

　　心是萬法所以存在的根源，萬法不過是心的顯相，其本質皆虛幻不實。禪宗重視主體自性的覺悟作用，眾生成佛唯賴內在自我覺悟力量的開發，可說是絕對自力成就的法門。惠能禪宗的解脫論即是圍繞自心的迷悟而展開，重在明心見性，不在坐禪。因此，他在宗寶本《六祖大師法寶壇經》中，重新界定坐禪的觀念：

> 何名坐禪？此法門中，無障無礙，外於一切善惡境界心念不起，名為坐；內見自性不動，名為禪。〔註8〕

〔註4〕引自中村元著，陳俊輝譯：《東方民族的思維方法》（臺北：結構群出版社，1989年），頁173。
〔註5〕收入《大正藏》第48冊，頁377上。
〔註6〕收入《大正藏》第48冊，頁347下。
〔註7〕同前註，頁348下。
〔註8〕同前註，頁353中。

只要對起心動念能有所覺照，不起反應，於自心當下發現本然的覺性就是坐禪。因此，禪非形軀上的坐臥，重點在能否把握本性。

　　儘管禪宗並不強調坐禪，其重視禪定的心靈狀態卻是不變，只是將培養禪定的工夫放到平常生活中而已。宗寶本《六祖大師法寶壇經》：

> 何名禪定？外離相爲禪，內不亂爲定。外若著相，內心即亂；外若
> 離相，心即不亂。〔註9〕

他把下手處放在自心的修正上，以慧攝定，將定慧統一於當下無念之心，由之，把培養禪定的工夫融入日常生活當中。定慧等一的特點在於突出主體的作用，尤其禪宗以「禪」命宗，更突顯其與其他宗派不同的特點──更重視實踐的性格，在如何達到證悟的問題上，有更大的突破。宗密《禪源諸詮集都序》卷一：

> 若頓悟自心本來清淨，元無煩惱；無漏智性本自具足，此心即佛，
> 畢竟無異。依此而修者，是最上乘禪，亦名如來清淨禪，亦名一行
> 三昧，亦名眞如三昧。此是一切三昧根本。〔註10〕

一切眾生本具清淨佛性，修行只是在回復吾人本自具足之性，而不是去達到一個自身生命之外的果位，所以，能夠使本具的無漏智性完全的開發出來即是證悟。黃蘗希運《傳心法要》亦云：

> 諸佛與一切眾生，唯是一心，更無別法。此心無始已來，不曾生、不
> 曾滅，不青不黃，無形無相，不屬有無，不計新舊，非長非短，非大
> 非小，超過一切限量名言蹤跡對待。〔註11〕

佛是已悟得自心的眾生，眾生是未悟得自心的佛，此心即是當下這顆念念不斷又念念不住的現實之心。禪的主體是能動的，永嘉玄覺《禪宗永嘉集》：「三界無別法，唯是一心作，當知心是萬法之根本也。」〔註12〕亦即將成佛正因，納入人人自心中；把經教和繁複的修持變爲直截的心性修養工夫；由明心見性發展成一種隨緣任運的人生態度。如是外在萬物都統攝於此心之下，心成爲絕對的本體。

　　中國的人性論，無論儒、道，其精神修養皆是從主體實踐開展。對主體的自覺性是修養工夫的起點，也是中國文化的重要特質。這種特質表現在詩

〔註9〕　同前註。
〔註10〕　收入《大正藏》第 48 冊，頁 399 中。
〔註11〕　收入《大正藏》第 48 冊，頁 379 下。
〔註12〕　收入《大正藏》第 48 冊，頁 389 中。

歌活動時，便充滿了以發抒主體內在感受為主的導向，這種強調主觀精神的特質，正是詩、禪的共同處。

《詩經》與《楚辭》是中國文學抒情傳統的精神源流，從而開展兩條不同的生命型態和創作典範。「前者以素樸率真的情懷描繪出一幅田園自然的景致，其中所涵蘊的圓足與愉悅成為一種精神的嚮往與指標；後者則以激切奮昂的情緒揭露了個體的有限與世界的無限間的糾結、阻隔，其中所表露的孤絕與哀求賦予抒情傳統以文化上的深度與力感。」〔註13〕因此中國詩歌發展出特重抒情主體的性格，開創了以內在思想情感的抒發為主的創作方向，較少客觀性的敘事詩，所以陳世驤先生說：「就整體而論，我們說中國文學的道統是一種抒情的道統並不算過份。」〔註14〕

由於中國式的思維，往往指向生命精神本身的具體涉入，是從個殊而具體的時空中，將自身生命納入情境中，完成主客合一的理解，而不是在抽離的時空中去看一個客觀的現象，所以，中國哲學或文學總是圍繞著「主體」而發展。中國詩歌的思想受儒家影響，主要在表現普遍性的道德主體精神；受道家的影響，則重視個別生命的主體精神抒發，二者對詩的內容開發面不同，無論是具政教作用的群體之志，還是僅在描寫個人的思想情感，都不離詩人「主體精神」的作用。《禮記·樂記·樂象篇》：

> 詩，言其志也；歌，詠其聲也；舞，動其容也。三者本於心，然後
> 樂器從之。〔註15〕

詩作為獨特的語言藝術的意識覺醒，有了超乎樂舞的獨立性。但無論作為抒發的形式為何，最重要的原則是「本於心」，即以內在生命的真實感受為表現內容，是一切藝術創作的根源。

從東漢末年到魏晉六朝，詩歌內容漸漸從兩漢強調社會群體之志，轉向表現個殊情境下的抒情自我。以詩「吟詠情性」，〔註16〕是當時詩人或批評家對詩之本質的共識。詩的內容，無論直接表現其精神狀態，或通過外在意象

〔註13〕引自蔡英俊：〈抒情精神與抒情傳統〉，《中國文化新論——抒情的境界》（臺北：聯經出版公司，1982年），頁98。

〔註14〕引自氏著：〈中國的抒情傳統〉，《陳世驤文存》（臺北：志文出版社，1975年二版），頁34。

〔註15〕引自〔漢〕鄭玄注，〔唐〕孔穎達疏：《禮記注疏》（北京：商務印書館，2006年），卷11，頁114。

〔註16〕引自〔漢〕鄭玄箋，〔唐〕孔穎達疏：《毛詩注疏》（北京：商務印書館，2006年），卷1，頁2。

以喻指其內在情感，都必先融攝於詩人的生命感受之中，經過感情的融鑄醞釀，再挾帶詩人的血肉表達出來，其中飽含主體的生命力量，這是中國詩歌最根本的特質。

朱熹〈詩集傳序〉謂詩歌創作的動因，來自「性之欲」的自然流露：

> 或有問於余曰：「詩何謂而作也？」余應之曰：「人生而靜，天之性也；感於物而動，性之欲也。夫既有欲矣，則不能無思；既有思矣，則不能無言；既有言矣，則言之所不能盡而發於咨嗟詠歎之餘者，必有自然之音響節奏而不能已焉。此詩之所以作也。」〔註17〕

這裡承認人性中有本具的感性特質，由於外在情感或事物而引動詩人感性情緒的發作，這樣的情感動力促使詩人必得借詩來抒發。西方美學家黑格爾（Hegel）謂抒情詩是「個別主體的自我表現」，〔註18〕所以，基本上抒情詩中必然充滿詩人自我的影像，詩人以主觀的情感作為創作精神，自然重在自我精神的傾吐和表述。因此，中國文學傳統，從早期「詩言志」到後來「詩緣情」的觀念發展，都不出自覺心靈的創作活動，強烈表達一種個我生命精神，及自我對外在事物的感受，本質上都屬於抒情。

到了唐代，在心與物的關係上，愈加強調心靈本體與外在環境的作用互顯。《禪源諸詮集都序》卷二：「心不孤起，托境方生；境不自生，由心故現。」〔註19〕外在物境都是主體作用的影現，主體之心亦賴外境而映現。中國文學重視創作主體和詩歌內容中的自我精神之抒發，這種抒情自我的絕對主導性傳統，除了在心感於物的表現方式有所轉變外，心在詩歌活動中一直具有主導地位。所以，詩在於表現主體之精神境界，而不在於描模客體之形象，詩人重視主體審美經驗，而禪是主體內在般若之智的開顯，二者均是從主體之心靈流出，都是心靈實境之一顯象，曰詩曰禪，雖有名相之別，在強調主體性的創造精神上有其共通之處。

二、妙　悟

僧肇謂：「玄道在於妙悟，妙悟在於即眞」，〔註20〕此妙悟乃修證過程的

〔註17〕引自朱熹：〈詩集傳序〉（臺北：海南出版社，2000年），頁39。
〔註18〕引自黑格爾著，朱孟實譯：《美學》（四）（臺北：里仁出版社，1983年），頁201。
〔註19〕收入《大正藏》第48冊，頁404上。
〔註20〕引自《肇論·涅槃無名論·奏秦王表·九折十演者·妙存第七》，收入《大正藏》第45冊，頁159中。

重要關鍵。中國禪宗自惠能之後，產生革命性的發展，修行機鋒全與日常生活打成一片，強調把握自心本性的方法在於頓悟，此種悟力乃從清靜明澈之心體流出。由此自性而生出的「悟」，不是精神活動的停止，反而是精神生機的展現，所謂「寂然而應，大用現前」，其關鍵就在一刹那間的頓悟。

禪宗所講「頓悟成佛」，意在當下若能反照心性主體，即可掌握精神的自由自主。宗寶本《六祖大師法寶壇經》：

> 不識本心，學法無益；若識自本心，見自本性，即名丈夫、天人師、
> 佛。〔註21〕

因爲惠能禪宗將修養重點全都放在對主體心性的掌握上，強調悟得自心本性即是佛，故修行方法，「惟論見性，不論禪定解脫」。〔註22〕而欲妙悟心體則必須經過一番修持工夫，無門慧開謂：「參禪須透祖師關，妙悟要窮心路絕。」〔註23〕經過大死一番，始得箇中消息。頓悟與心之間有極密切的關連，能從心上做工夫，方爲根本。大珠慧海《頓悟入道要門論》卷上：

> 問：「欲修何法，即得解脫？」答：「唯有頓悟一門，即得解脫。」
> 「云何爲頓悟？」答：「頓者，頓除妄念；悟者，悟無所得。」問：
> 「從何而修？」答：「從根本修。」「云何從根本修？」答：「心爲根
> 本。」〔註24〕

這種悟是如人飲水，冷暖自知，無法用言語傳達，強調唯經驗性，有了親身的經驗自能以心照心，無言默契。妙悟所證入的本體在於心性，則禪宗的頓悟，一者將眞如本體安放於人的自心當中；二者心即是眞如本體，所以頓悟即在澈見此一本心，因此簡化了佛教對本體之悟的修養歷程，也同時使心的地位變得重要無比。騰騰和尚〈了元歌〉：

> 修道道無可修，問法法無可問。迷人不了色空，悟者本無逆順。八
> 萬四千法門，至理不離方寸。〔註25〕

禪的頓悟，並不是切斷與外界的連繫，反而是通過生息變化的現象界而參悟那絕對的心靈本體。所以悟道非萬念寂滅，心如槁木死灰，而是明鏡般如實照見萬象之本，它是最眞實而存在於體驗之上的感受，是當下對境歷心的豁

〔註21〕收入《大正藏》第48冊，頁349上。
〔註22〕引自宗寶本《六祖大師法寶壇經》，收入《大正藏》第48冊，頁349下。
〔註23〕引自《無門慧開禪師語錄》卷下，收入《大正藏》第48冊，頁292下。
〔註24〕收入《卍續藏》第63冊，頁18上。
〔註25〕引自《禪門諸祖師偈頌》卷3，收入《卍續藏》第66冊，頁742下。

然曉悟，經過這層關卡，才能展現「無住生心」的妙用。故鈴木大拙說：

> 從本質上看，禪是見性的方法。並指出我們掙脫桎梏走向自由的道
> 路。……禪釋出那適當而自然地藏在每個人內心的一切活力，在普
> 通情況下，這些活力是被阻擋和歪曲因而找不到適當活動機會的。
> 〔註26〕

禪講究頓悟，單刀直入地識心見性，以直觀去把握事物的本質。而妙悟往往從尋常生活中獲得，許多禪師都是在日常作務中，因爲偶然機緣的觸動而悟入本體，如洞山良价因過河睹影而悟；香嚴智閑以瓦礫擊竹而悟。〔註27〕究竟而言，悟只有頓悟，沒有漸悟，然而頓悟之前，確實須有漸修的工夫進程，然而二者確實不同。晉慧達《肇論疏》卷上：「悟不自生，必借信漸」。〔註28〕悟是一次性、全面性地把握眞理的當下心態，是不可分割的，沒有中間地帶，究竟地頓悟即是成佛。〔註29〕所以悟的經驗只能親證，眞正的悟是不經漸次，刹那湧現，非名言或邏輯推理而可表。此種妙悟強調主觀的心的作用，重視直覺、暗示等，往往與藝術創作的思維方式有相通的心靈機制。

　　妙悟作爲詩、禪的共同特質，就創作而言，是指詩人能在精神上掌握詩的本質。「悟」是參禪、學詩的重要關鍵，參禪必須達到悟境後，修行才能上路；學詩也必須對詩的特質有所領悟，才能掌握創作之法。韓駒〈贈趙伯魚（章泉）詩〉末四句：

> 學詩當如初學禪，未悟且遍參諸方；一朝悟罷正法眼，信手拈出皆
> 成章。〔註30〕

悟是由直覺觀照而在刹那間掌握事物的本質。對詩而言，妙悟一方面是詩境

〔註26〕引自氏著：《禪與生活》（臺北：志文出版社，1993 年），頁 23。

〔註27〕參見《景德傳燈錄》卷 15〈洞山良价禪師〉、卷 11〈香嚴智閑禪師〉，收入《大正藏》第 51 冊，頁 321 中、283 下。

〔註28〕收入《卍續藏》第 54 冊，頁 55 中。

〔註29〕支道林「小頓悟」說，後代視爲漸悟之論。湯用彤曾批評支氏之說：「支道林等乃據經文，以爲七地（遠行地）結盡，始見無生，乃謂頓悟在於七住。而究竟證體，仍須進修三位。夫既須進修，則未見理。如未見理，曷名爲悟？又既須進修，則理可分。理既可分，則慧可有二。支氏等之說，實自語相違也。」參見氏著：《漢魏兩晉南北朝佛教史》（臺北：木鐸出版社，1991 年），頁 656。竺道生另提出「大頓悟」說，原文已佚，慧達《肇論疏》卷上曾有引述：「竺道生法師大頓悟云：夫稱頓者，明理不可分，悟語照極。以不二之悟，符不分之理。理智悉釋，謂之頓悟。」收入《卍續藏》第 54 冊，頁 55 中。

〔註30〕引自氏著：《陵陽集》（臺北：台灣商務印書館，1972 年），卷 1，頁 14。

的醞釀達到成熟階段而自然拈出；一方面是學詩的過程，透過體悟的經驗，才能正確掌握藝術創作的一般規律。嚴羽《滄浪詩話·詩辨》：

> 大抵禪道惟在妙悟，詩道亦在妙悟。且孟襄陽學力下韓退之遠甚，而其詩獨出退之之上者，一味妙悟而已。惟悟乃爲當行，乃爲本色。〔註31〕

所謂「悟」是從有法以至於超越法而達到無法的境界；是一種內在的美感體驗，超乎現象感官而掌握詩的神髓。他以禪人參公案的經驗比況詩人參詩而悟入詩法，當然二者之悟並非同一實質，只是著眼於詩道和禪道在「妙悟」的心理過程上，可以互相會通。〔註32〕這裡將「妙悟」與「學力」作了區判，顯示二者是兩種不同的創作心理活動，孟浩然詩所以高於韓愈，正是因爲他能以妙悟的直觀心靈來創作，而韓愈則參雜了學力與理思，不復純粹的直觀感應，可見愈依妙悟的直觀心靈創作的詩，代表已達到某種審美境界，其評價就愈高。然而，妙悟與學力亦非全然對反，詩歌創作的靈感亦是妙悟與積學的辯證統一，有先積精思的醞釀，和充實的生活經歷，或深刻細膩的情感體驗，加上形象直覺的專一，才能在刹那間捕捉到物象的美感。孫昌武先生從文學的角度，認爲禪宗的「頓悟」境界有三個特徵：一者既然一機一境都是法身的具體體現，則一切境界必然是完整渾成的；二者禪表現在生活中，所體現的禪趣境界必然是生機勃勃，而非僵死枯寂的；三者外境本空，人們觀照外境不能執著，必須除去一切塵勞妄念，達到自淨自定。〔註33〕悟就個殊的審美活動而言，是達到了興會的刹那，內在的感受與外在意象融凝合一的階段。就創作的整體積學而言，是從前人的創作經驗和優秀作品中學習，而對創作技巧和規律產生體會和把握，以提升自己的審美精神層次。所以長期的藝術實踐工夫的累積，乃是從漸修而達到頓悟美感特質。

王士禎《香祖筆記》進一步將詩、禪的悟境等一：

〔註31〕引自郭紹虞：《滄浪詩話校釋》（臺北：里仁書局，1987年），頁12。

〔註32〕黃景進歸納前人對「妙悟」的解釋約有五種：（一）以「形象思維」釋妙悟。（二）以妙悟等於「悟入」，指對詩歌藝術的特殊規律的悟入，然悟入是指由熟參所獲得對詩法的認識；而妙悟是指創作時作者的心靈狀態，當然，應先有悟入的基礎，才有可能在創作時馬上進入情境之中。（三）指創作時，「運用自如，豁然無礙」的境地。（四）指詩境的醞釀。（五）妙悟即直覺、直觀的表現。參見氏著：《嚴羽及其詩論之研究》（臺北：文史哲出版社，1986年），頁167～177。

〔註33〕參見氏著：《佛教與中國文學》（臺北：東華書局，1989年），頁107。

舍筏登岸，禪家以爲悟境，詩家以爲化境，詩、禪一致，等無差別。
〔註34〕

王氏指出詩的妙悟，重點其實不在於詩法的掌握，而在能體現一種「境」。禪家、詩家所達到的修行或詩歌表現的共同高度，是捨筏登岸。筏者語言、詩法等，悟是達到審美境的關鍵，使文字表現與內在體驗渾化無跡，因此，有「悟」之後，創作才能呈現「妙境」。妙悟開放了吾人內在的精神世界，使內心本俱的無限創造性活力回復，如此創造的詩境，才能泯然一體、生動活潑而情景交融。則此悟之關卡，實乃詩與禪所共同追求的目標。胡應麟《詩藪》內編卷二：

禪則一悟之後，萬法皆空，棒喝怒呵，無非至理；詩則一悟之後，

萬象冥會，呻吟咳唾，動觸天眞。〔註35〕

禪人頓悟之後，即脫離二元建構的認識世界層次，親證萬法皆空之至理，森羅萬象盡皆佛理，一機一境均可隨緣點化，融事理於一爐而不背不觸；詩人妙悟之後，詩興如活泉，同樣可以即人生任何實境中，觸機成篇。因此，頓悟是對心靈狀態掌握的階段性訓練成果，能達這個階段，表示心靈能量已達某種程度的開發，不論是禪的智慧之泉或詩的感性之淵，都將因爲頓悟而達到運用無方、變化自在的境界。

三、直　觀

　　詩的形象直覺，禪的直觀內照，都是站在一個新的觀點去看事物。這並不是在舊有的思維模式之外再加入一種新的觀點，而是放棄舊有的一切慣性思維模式時，所發現的全新的心靈角度。〔註36〕二者同樣都不是靠概念知解、邏輯推論的判斷而成，此即宗寶本《六祖大師法寶壇經》所謂：「思量即不中用，見性之人言下須見。」〔註37〕

〔註34〕收入《帶經堂詩話》卷3「微喻類」，《續修四庫全書》第1698冊，頁614。
〔註35〕引自氏著：《詩藪》（臺北：莊嚴文化出版社，1997年），頁642。
〔註36〕俞建章、葉舒憲將思維分廣義與狹義，狹義的思維是指運用語言概念所進行的抽象推理運演過程；廣義的思維是對「問題情境」做出解決辦法所經歷的符號運演過程。面對某些情況，我們可以不用思考，完全靠慣用的辦法不能解決，需要考慮和發明新的解決辦法。這樣的情境就是「問題情境」，與之相應的認知性符號行爲便是廣義的思維。參見氏著：《符號：語言與藝術》（臺北：久大文化出版，1992年），頁126。
〔註37〕收入《大正藏》第48冊，頁348中。

　　人的審美直覺可分爲感性直覺和理性直覺，二者經常有機地結合在一起。感性直覺是人的感官知覺受到外在事物的刺激，尚未經過理智的分析、判斷，而直接在腦中形成反射，這種美感屬於較基層的，有時可能還停留在生理上的快感。理性直覺則是在已有的審美、理智、情感等活動的基礎之上，並對特定事物的審美特質已有所認識之後，對事物的美醜迅速作出整體性審美反應的直覺。它非理智活動，也非只是純粹的感性直觀，而是包含理智活動在內，能抓住事物的內在本質，卻不只停留在表面現象；雖然它仍未經理智分析，然而此種直覺形式，實是融合理智與情感而把握事物本質的一種直覺活動。

　　禪有二層意義：一者使心念專一寂靜，二者正審思慮，如實了知所緣境。前者與止或定相近，後者與觀或慧相近。在禪的定境中可以隔斷人們對客觀世界的慣性反應，控制意識，集中注意力，改變人的精神狀態，從而在直觀境界中轉染污爲清淨，由迷而悟，開顯智慧。所以禪是以般若智直觀萬象，它非感性直覺，也不完全是理性直覺，而較近於「智的直覺」。〔註38〕《景德傳燈錄》卷十四：

> 師（藥山惟儼）坐次，有僧問：「兀兀地思量什麼？」師曰：「思量箇不思量底。」曰：「不思量底如何思量？」師曰：「非思量！」
> 〔註39〕

人的理性思維被逼到孤峰頂上或十字街頭時，才能越過現象和語言概念的束縛，以直接的覺照體驗使精神獲得高度的自由，而超越時空物我的界限。牟宗三先生認爲意識的認知是取相的，有能所的對待，這種識知是緣起的，受經驗的限制。而「實相既非對象，它即無客體與之相對；無客體與之相對，它之主體義亦不存在，此即示它不在能所對待之架構中。無此能所之架構，它不能有所知，……雖無知，而又朗照一切假名法之實相。在此朗照中，空意于緣生無性中呈現，而緣生無性之假名法亦一一朗現而無遺（不是作爲一

〔註38〕牟宗三先生對「智的直覺」的特性與作用，依康德之說歸納爲四點：（一）它的理解作用是直覺的，而非概念辨解的；（二）其直覺作用是純智的而非感觸；（三）智的直覺是靈魂心體之自我活動，只判斷或表象心體自己；（四）智的直覺自身就能把它的對象之存在給予我們，直覺活動就能實現存在，此乃智的直覺之創造性。參見氏著：《智的直覺與中國哲學》（臺北：臺灣商務印書館，1987年），頁145。

〔註39〕收入《大正藏》第51冊，頁311下。

對象而朗現）……在此圓照中，一切法皆如，不見有生相，亦不見有滅相，乃至不見有常，斷，一，異，來，去等相。一切法皆在如中宛爾呈現，此之謂無知而無不知。」〔註40〕此種「無知而無不知」即是「智的直覺」。

　　佛陀的法教並非以文字句法虛構而成，而是直接帶領眾生，以直覺觀照當下之實相，禪人修行須得經過大死一番的辯證歷程，把一切物我、主客的分別徹底泯除，達至物我合一的境界。此際，心不起任何分別意識以了別外物，心與物之間，處於一種雙忘泯然的狀態。宗寶本《六祖大師法寶壇經》：

　　　於一切處，行住坐臥，常行一直心是也。〔註41〕

「直心」即非理知之妄念，而是境呈於心，不因轉折詮釋而扭曲，一切時中看只是看、聽只是聽，不做分判、不起好惡，只是保持心靈的清醒覺照，透過直觀照見自性及心所現之境的最純然的本來面目。《景德傳燈錄》卷六：

　　　僧問：「如何是大乘頓悟法門？」師（百丈懷海）曰：「汝等先歇諸
　　　緣，休息萬事，善與不善，世出世間，一切諸法，莫記憶，莫緣念。
　　　放捨身心，令其自在，心如木石，無所辨別，心無所行。心地若空，
　　　慧日自現。」〔註42〕

吾人日常生活無不受五根的作用而起種種情識造作，欲以此種慣性的見聞覺知之心悟本源清淨之心，只是將心求心。事實上，真心並非別有一心，而是原本而真實的這一顆未起念染著的心地光明。黃檗希運《傳心法要》卷上：

　　　此本源清淨心，常自圓明遍照。世人不悟，祇認見聞覺知為心，為
　　　見聞覺知所覆，所以不睹精明本體。但直下無心，本體自現。〔註43〕

人的見聞覺知能力是後天積學而來，以感官認識事物的方式，從禪的眼光看來，這些只會使事物的原貌被支解破碎而已。所以僧璨〈信心銘〉說：「不用求真，惟須息見」，〔註44〕但能直下無了見聞覺知之心，本體自現。這本體統合了理智、情感、意志、智慧等，形成一整全的心靈狀態而體現。

　　禪僧和詩人同樣具有超越世俗的審美觀點，能於日常生活當中隨處點化現實物象成理想中之意象，展現一種專注凝神賞玩的心靈特質。其尋常舉足和面對事物的態度，往往具創造性的另一隻眼，如貫休〈山居詩〉第十五首：

〔註40〕引自牟宗三：《智的直覺與中國哲學》，頁212～213。
〔註41〕收入《大正藏》第48冊，頁352下。
〔註42〕收入《大正藏》第51冊，頁250上。
〔註43〕收入《大正藏》第48冊，頁380中。
〔註44〕收入《大正藏》第48冊，頁376下。

> 長憶南泉好言語，如斯癡鈍者還稀。〔註45〕

騰騰和尚〈了元歌〉亦言：

> 今日任運騰騰，明日騰騰任運。心中了了總知，且恁半癡半鈍。〔註46〕

南泉普願曾說過：學道之人癡鈍難得！這是一種性情上的直心純然。所謂的「癡鈍」，其實是關掉分別之意識，六根對六塵不起了別作用，從表面意識看來，似乎反應遲鈍，實則是放下慣性的反應態度，沉潛於更真實而專一的心靈境界。

詩與禪同樣必須跳脫日常習慣的思維和眼光，由現實超脫而另闢嶄新的視界來觀照人生，以不落俗套。劉禹錫〈秋日過鴻舉法師寺院便送歸江陵〉引言：

> 因定而得境，故翛然以清；由慧而遣詞，故粹然以麗。〔註47〕

劉氏運用禪人定慧直觀的工夫來闡釋詩人與物境之間的觀照互動關係，因為禪定而體察到一種「翛然以清」的境界；直接將此種觀慧形諸文字，便能形成「粹然以麗」的風格特色。

詩的直覺是一種創造性精神的自由，既可以保持意象的完整性，又能即形象產生內在的體悟。詩人成詩過程中，面對具體情境的專一投入，和參禪過程中直心觀照的體驗類似，都排斥邏輯概念、理性分析的思維模式，而在單一、專注、凝神的直覺感受中蘊釀情境。審美過程中，我與物直接照面，物之形象呈之吾心；吾人眼中唯此一物，彼此形象融攝入對方之精神中，由物我交流進入物我同一的狀態，擺落一切現實牽連，而有絕對之美的領悟現前。詩人面對外物進行審美觀照和藝術構思時，「以心擊之，深穿其境」，則物我之間已超越主客的對待關係，不作理性或經驗判斷，只是讓境象在主體之照見中，以其自己的實相呈現。總之，愈能擺落慣性思考模式，愈能純粹觀照境象，而見到物自身本然的美。

對審美對象直接的感知，是觀照中刹那的知覺，比理智作用更近於本體性思維，而能深刻掌握審美對象的內蘊。就詩而言，直觀當機所見之境，非擬議想像而來，王夫之《薑齋詩話》卷下即提出「現量」之說：

〔註45〕引自《全唐詩》，卷837，頁9427。
〔註46〕引自《禪門諸祖師偈頌》卷3，收入《卍續藏》第66冊，頁742下。
〔註47〕收入《劉賓客文集》（臺北：臺灣商務印書館，1968年），卷29，頁244。

「僧敲月下門」，只是妄想揣摩，如說他人夢，縱令形容酷似，何嘗毫髮關心？知然者，以其沉吟「推敲」二字，就他作想也。若即景會心，則或「推」或「敲」，必居其一，因景因情，自然靈妙，何勞擬議哉？「長河落日圓」，初無定景；「隔水問樵夫」，初非想得，則禪家所謂「現量」也。〔註48〕

「現量」是佛教因明學三量之一，「量」者度量義，即認識作用，指知識來源、認識形式，及判斷知識眞僞的標準。「現量」即感覺，指尚未加入任何概念活動、分別思維、籌度推求等作用，僅以直覺去量知色等外境諸法的自相。〔註49〕那麼，詩人若果然寫當下直心所見之境，就不致有「推敲」的擬議空間，王氏認爲眞正的詩人，必是寫「即景會心」之所得，絕非意識分別所能拼湊，這和禪家之現量直觀有相同的心靈機制。

詩以意象性思維直接進入情境中，當審美主體與審美對象達到融合渾一的狀態時，就產生美感經驗，而這種經驗是無法將主體與客體清楚劃分開來的，此際客體已消融於主體的心靈境界之中。克羅齊（Benedetto Croce）在《美學原理》中認爲美感起於形象的直覺，人的主觀直覺本身即藝術的表現，所以美非來自客觀物理事實，而是由人的主觀直覺發現的。朱光潛評說：

依他（克羅齊）看，就藝術本身的完成說，傳達並非絕對必要，必要的是在心裡直覺到一個情感飽和的意象。情感與意象卒然相遇而忻合無間，這種遇合就是直覺，就是表現，也就是藝術。〔註50〕

直觀雖須外境引發，但其根本卻來自主體本有之操持修養。詩是以形象思維直接感受，非透過邏輯思維的推論，詩人得詩的靈感來自他對大千世界敏銳的直覺感受力，主客之間不容有任何中介存在。

詩與禪具以直觀照面，而反對邏輯思維；將體悟形象化，而忌直接說理。專一純粹地觀照審美對象之整體，雖然不必然會產生美感經驗，但專一凝神的進入具體情境中，卻是獲得美感經驗的必要條件。主體與境象作爲一個整體融合爲一，這時心對境的直心觀照，互即互攝，此種心境與禪境的直觀相

〔註48〕收入丁福保編：《清詩話》（臺北：明倫出版社，1971年），頁9。

〔註49〕參見《佛光大辭典》（高雄：佛光出版社，1989年四版），「現量」條，頁4729。《因明入正理論》：「現量謂無分別，若有正智於色等義，離名種等所有分別，現現別轉，故名現量。」收入《大正藏》第32冊，頁12中。

〔註50〕關於克羅齊（Benedetto Croce,1866～1952）的主張，參見朱光潛：《詩論》（臺北：正中書局，1988年），頁71～72。

似，非純然的感性或理性，而是在心、境的融合中，產生的靈覺觀照。所以，對詩和禪而言，直觀都是進入森羅萬象中，汲取其內在精神力量的鎖鑰。

四、超越語言

如果思想果然無法超越於語言而存在，則推之，語言應可表盡所有的思想才是，但事實卻不然。可見有某種非以語言思量之心靈經驗存在，只能透過直覺而照見。禪宗在不得不運用語言溝通的情況下，則盡量避免語義的直露和僵化，所以採「言此意彼」的方式暗示之，達到不脫不黏的傳達效用。而詩亦是以意象性的情境語言表達某種既特殊又可相互通感的心靈經驗，使不同讀者透過文字意象體悟詩人的情境，其語言含蓄，具意在言外和多義性的特質。所以禪師運用語言的目的不在語言之內，詩的內涵亦不在語言表面，二者均視語言為工具，以傳達言外之意，所以「超越語言」是其共同特點。

大乘佛教的基本精神是不能只停駐在個人悟境的階段，必須入廛垂手，也就是在具足甚深般若見後，同時要有廣大慈悲行，其修行才臻圓滿，甚而可說前者是後者發用的根本基礎。禪宗的基本精神也不例外。那麼，對禪者而言，最棘手的便是如何溝通其道的問題了。佛陀的教示即非常重視傳教時順應當時當地的文化風俗、思想語言而作善巧方便的調整。宗寶本《六祖大師法寶壇經》：

> 一切修多羅，及諸文字，大小二乘，十二部經，皆因人置。因智慧性，方能建立。若無世人，一切萬法，本自不有。故知萬法本自人興，一切經書，因人說有。〔註51〕

一切言說都是因病施設，都沒有固定的主體意涵，都是因他而起或為他而有的虛構性言說。汾州無業：「諸佛不曾出世，亦無一法與人，但隨病施方，遂有十二分教，如將蜜果換苦葫蘆，淘汝諸人業根。」〔註52〕佛陀說法往往有請法因緣而宣說，甚少不請自說，所以是因人、因時、因地的權宜之說，自然也將隨著當度眾生度盡而自動消失。所以言說本身並無絕對的獨立性，只是一種條件性的存在而已。錢新祖謂：

〔註51〕引自《大正藏》第48冊，頁351上。
〔註52〕引自《景德傳燈錄》卷28〈汾州大達無業國師語〉，收入《大正藏》第51冊，頁444中。

維摩詰和釋迦的言說都不是具有確定的主體內涵或涉及終極本體
的實說，並且是因他而起、隨他而消，所以跟「默」沒有兩樣，是
一種虛構性的非說（Fictitious non-saying）。〔註53〕

他認爲惠能和臨濟義玄等禪師都是遵從印度佛學的語言觀，認爲不具說話者主
體的因他而起的言說是可以肯定的，但又沒有印度式言說的層層否定或列舉數
說的繁複特徵，「都是中國佛徒肯定印度佛教的言說典範而又在運用的手續上加
以樸素化的實例」。〔註54〕所以佛教的中國化就某個意義來看，也可說是接受中
國文化的語言表達系統的過程。

　　禪的語言是就當機者與說教者所共許或隱然共許的內容，在交談當下，刻
意違反交談的合作原則，借由此種超越慣性語言意蘊限定的交談方式來產生意
蘊，使悟境的傳達不背不觸。所以，禪宗公案裡，禪師與徒弟之間每一次的交
談，都會因人、事、時、地不同，而有應機的不同意蘊產生，其語言具有極大
的跳躍性和不定性，隨對象、時空之異而可能產生全然不同的理解。爲了維持
禪境的生命力，採用的語言自須是多層次、多義性，而詩正具備此種語言特質，
所以禪師也將詩視同棒、喝一般，作爲傳達第一義諦的工具。《景德傳燈錄》卷
十八玄沙師備謂：

汝諸人賴遇我不惜身命，共汝顛倒知見，隨汝狂意，方有中問處。我
若不共汝恁麼知聞去，汝向什麼處得見我。〔註55〕

禪宗認爲道存在日常生活之中，「平常心是道」，其語言表達只是權宜暫用的
標月之指、得魚之筌，而非終極目的，更不等於實相本身。《景德傳燈錄》卷
十六雪峰義存亦謂：

我若東道西道，汝則尋言逐句；我若羚羊掛角，汝向甚麼處捫摹。
〔註56〕

所謂「羚羊挂角」，一則因爲見性的體驗當下透脫、無跡可循，更無法用言語
傳授給人；二則既欲提點弟子，又要避免弟子死在語下，故儘可能利用語言
的多義性、不確定性，跳脫邏輯的必然性，表現局外人乍看之下如同矛盾的

〔註53〕引自氏著：〈佛道的語言觀與矛盾語〉，《當代雜誌》第 12 期（1987 年 4 月），
　　　　頁 101～108。
〔註54〕引自錢新祖：〈佛道的語言觀與矛盾語〉，《當代雜誌》第 11 期（1987 年 3 月），
　　　　頁 63～70。
〔註55〕收入《大正藏》第 51 冊，頁 346 上。
〔註56〕收入《大正藏》第 51 冊，頁 328 中。

語義狀態，以減少語言的渣滓葛藤。

　　一般我們使用語言是為了指稱、分別外在事物或抽象情思，但是透過語言概念的轉譯過程，卻只能表達普泛印象，無法具體表明當下而獨一的情狀。禪的語言不然，它是本質的，其表現方式是與事實一致的，故禪所關心的主要是當下的實存感受而非理論概念。如果以為禪師是用文字來構想或裝飾，那就錯了，故鈴木大拙先生說：

> 對禪師們來說，語言是一種直接來自於內心精神體驗的呼喊。語言的
> 表現本身是沒有什麼意義的，意義要在我們自己內心去找，因為我們
> 內心也生起同樣體驗。所以，當我們了解禪師們所說的語言時，這是
> 對我們自己的了解，並非了解反映觀念的意義，也不是了解所體驗的
> 感情本身。〔註57〕

禪的表達最忌直說，惠能訶責神會為「知解宗徒」，〔註58〕就是因為他一語道破那不可以言語致之的佛性。所謂「說似一物即不中」，不得不說時，就用遮撥法來說，不住兩邊，亦不住中間，僅借日常生活中眼見目擊、可感可知的具體事物來引發學人對自性的體悟，此即洞山所云：「語中無語，名為活句」。〔註59〕禪宗主張參活句，言此意彼即是「活句」。《景德傳燈錄》卷十九雲門文偃對禪人運用語言的態度作了具體的說明：

> 終日說事，不曾掛著唇齒，未曾道著一字；終日著衣喫飯，未嘗觸
> 著一粒米，掛一縷線。〔註60〕

如此，說而無說，語言隨用隨棄，才能言滿天下無口過；語義就不會產生因時空流轉而固定變質的危險。是以終日說事、著衣喫飯，看似尋常的形下生活實況，卻絕不著跡，跡與本二而為一。

　　詩、禪的語言都具言此意彼的特色，以有限的文字表達無限的意蘊，使言外意蘊無窮。禪師以具體事物來暗示那不可感覺、不可思議的自性，所謂「道本無言，因言顯道」，故一一境界皆從自性流出，皆可為般若之觀照，其中必然有禪師主體的體悟。所以此時禪者所描寫的景物在虛實之間，無法清

〔註57〕引自鈴木大拙：《禪與生活》（臺北：志文出版社，1993年），頁135。
〔註58〕參見宗寶本《六祖大師法寶壇經・頓漸品第八》，收入《大正藏》第48冊，頁358中。
〔註59〕引自《石門洪覺範林間錄》卷上，記有洞山守初之言。收入《卍續藏》第87冊，頁251中。
〔註60〕收入《大正藏》第51冊，頁356下。

楚地畫分出有一觀照者和一被觀照者的主客分別，語言只是一種方便的媒介。詩則不同於日常生活用語，它是經過精簡凝鍊過的語言，用以表達人生命領域中最深刻的體驗。唐代詩歌創作即充份發揮「言外見意」的語言特質，善於利用語言的多義性、暗示性，啓發讀者廣大的想像空間，達到言有盡而意無窮的效果。其後，司空圖最是標舉詩貴有「言外之意」，在〈與李生論詩書〉中，強調詩歌含蓄的表意功能：

> 古今之喻多矣！而愚以爲辨於味而後可以言詩也。……近而不浮，
> 遠而不盡，然後可以言韻外之致耳。〔註61〕

詩是以具體意象來表達情感而非直陳或浮論，其中所寓含的意旨深遠而無窮，若能將語言使用的精鍊和精準達到能詮的極致，以透出言語底蘊之外的意旨，才算有言外之意。此即達到司空圖《二十四詩品》之「含蓄」所指出：「不著一字，盡得風流」〔註62〕的妙詮，用含蓄間接的手法，無一字明確地說出，僅借景表意，卻盡得詩歌的韻味，使言有盡而意無窮。

嚴羽《滄浪詩話‧詩辨》將詩的語言特質說得很清楚：

> 所謂不涉理路、不落言詮者，上也。詩者，吟詠情性也。盛唐諸人
> 惟在興趣，羚羊掛角，無跡可求，故其妙處透徹玲瓏，不可湊泊，
> 如空中之音，相中之色，水中之月，鏡中之象，言有盡而意無窮。
>
> 〔註63〕

嚴氏認爲詩之所以爲詩的本質即在「吟詠情性」，盛唐詩最能達到這種美感標準，因其最具「興趣」。「興趣」的形成與「情性」的抒發有絕對的關連，葉嘉瑩先生從中國詩學注重「心物相感」的傳統來理解，認爲「興趣」指「由於內心之興發感動所產生的一種情趣」，〔註64〕可見詩歌創作主要在表達內在情志所發生的感動內容，這說明了詩「吟詠情性」的本質與「興趣」的關連意義。因爲中間未經過理性構思過程，所以如「羚羊掛角，無跡可求」，由感性直觀傾注而成，其情境寄託於文字之外，表現上自不落言詮。

詩與禪均含言不盡意之趣，詩能將語言文字靈活運用到某種程度，使人不感覺到文字的存在，而只有一種超於言外的意境，打破語言的文法規則，

〔註61〕引自氏著：《司空表聖文集》（上海：上海古籍出版社，1994年），卷2，頁24。
〔註62〕收入〔清〕何文煥編：《歷代詩話》（臺北：漢京出版社，1983年），頁8。
〔註63〕引自郭紹虞：《滄浪詩話校釋》，頁26。
〔註64〕引自葉嘉瑩：〈《人間詞話》境界說中國傳統詩說之關係〉，《迦陵談詩二集》（臺北：東大圖書公司，1985年），頁88。

是深具視覺效果的語言。禪的語言也著意於打破邏輯思考法則，訴諸直觀，以激發活生生的體驗。惠洪《石門文字禪》序：

> 蓋禪如春也，文字則花也，春在於花，全花是春；花在於春，全春是花，而曰禪與文字有二乎哉！故德山臨濟棒喝交馳，未嘗非文字也；清涼天台疏經造論，未嘗非禪也。〔註65〕

禪的表現須賴文字為之，而文字的表現也完全是為表詮禪道而存在；反之，文字作為詮道的工具，禪的深義亦都含蘊於其中。那麼，即文字之中探尋禪意，文字是禪的具象化，禪是文字的精神內涵，與文字已結合為一，如同春之與花的關係，春天必然繁花盛開，而花是春天的一種存在象徵，二者可說是二而為一。

　　詩、禪二者的綰合點來自道、藝的類比性思維，禪只顯一虛靈之悟境，能體驗此境界，則一切形下器界均可因之發用而作為觀照本體的通孔。反之，則一切形下器界之動用，均可作為禪精神之一面向的展現，所以道藝雙向互顯。高達美（Hans-Georg Gadamer）特別指出藝術經驗中有真理的開顯，其中蘊含著超越的向度，藝術經驗本身就是一個走出後而又回返的經驗，而且在返回而達致自覺之時，會呈現一共相於具體作品之中。高達美的核心觀念在於生命是目的性的不斷走出而後自返的過程。生命不斷走出經驗之外，對美感經驗亦然，在美感經驗中亦含有經驗之外的意義。「象徵」和「隱喻」皆表現出藝術對美感經驗另有盈餘，也因此，藝術含有宗教向度、超越向度，不能只視為是美感意識之產物。〔註66〕則詩、禪之相通，不只是因其相同的特質，更重要的是他們都源自於更廣大的中國文化精神。〔註67〕

　　綜之，詩與禪具有四點最明顯的相似性特質：（一）普遍地重視主體的心智自覺；（二）講究創作或修行實踐歷程的妙悟；（三）以直觀的思維方式獲得美感或體悟；（四）語言表達儘量做到意在言外。由之形成詩、禪關聯的基礎。

〔註65〕收入《嘉興藏》第 23 冊，頁 577 上。

〔註66〕參見高達美著，洪漢鼎譯：《真理與方法——哲學詮釋學的基本特徵》（臺北：時報出版社，1993 年），書前沈清松的導讀。

〔註67〕黃永武：「由於詩很空靈，用詩來表達禪的悟境，才能不脫不黏，避免『背』『觸』皆非。由於禪極機妙，用禪來深遠詩的悟境，才能靈趣盎然，超出『理』『言』之外。因此詩與禪也自有其融合的理由。」引自氏著：〈詩與禪的異同〉，《中國詩學——思想篇》（臺北：巨流圖書公司，1983 年），頁 223。

第二節　詩與禪的相異性

一、心靈所體現的內涵不同

　　詩以描寫主體之精神感受爲主，禪的修養則在於主體精神的自覺，二者固然都強調主體性精神自我的重要性，但是其心靈主體所體現的感受內容卻大不相同。

　　就詩而言，一個新名詞的成立，代表一個新觀念的辨析與形成；詩的定名，可以說是一個文藝範疇的初步建立。古籍中最早申明詩歌意義的記載，是《尙書‧堯典》：「詩言志，歌永言，聲依永，律和聲。」〔註68〕先秦時期普遍將詩視爲主體志意的表現，《詩經》所表達的內容，便是後來「言志」觀念的源頭，包括言人志意、美刺諷頌，以及抒情。當時對人的理性認識和情感活動的區分尙未明晰，所以這個「志」意義廣泛，包括個人生命整體含蘊的思想情感，及反映群體的生活意志和願望。上層政治外交場合，更利用詩作爲溝通工具。〔註69〕

　　兩漢承先秦「詩言志」觀念而發展，使言志與載道諷頌結合，詩的功用主要在於政治教化。依儒家詩教，這個「志」的內涵，一則要反映詩人對現實生活的態度；二則所抒發之志必須符合倫理道德規範。〈詩大序〉對「志」的內涵有進一步的說明：

> 詩者，志之所之也。在心爲志，發言爲詩，情動於中，而形於言，言之不足，故嗟歎之，嗟歎之不足，故永歌之，永歌之不足，不知手之舞之，足之蹈之也。情發於聲，聲成文謂之音……先王以是經夫婦，成孝敬，厚人倫，美教化，移風俗。〔註70〕

這裡雖肯定「情動於中，而形於言」的主體情感質素是創作的內在動力，然而志的內容，非關修身，即關治國，必包含政教諷論，非僅個人之志，而是以一己之心含括社會的集體之志，所強調的仍是詩歌反映國家社會興衰治亂的功

〔註68〕引自〔漢〕孔安國傳，〔唐〕孔穎達疏：《尚書注疏》（北京：商務印書館，2006年），卷1，頁11。

〔註69〕蔡英俊：「『詩言志』的觀念便蘊涵有簡單的『以語言表達個人心志』或複雜的以『藝術媒介整體地表現個人的心境與人格』的美學理論，由是而預示了往後文學理論發展的方向。」引自氏著：〈抒情精神與抒情境界〉，《中國文化新論──抒情的境界》（臺北：聯經出版公司，1982年），頁89。

〔註70〕引自〔漢〕鄭玄箋，〔唐〕孔穎達疏：《毛詩注疏》，卷1，頁12。

能。漢人創作總是在主體的心理活動中加入道德意義，其實是進一步限定和窄化詩的內容。孔穎達《左傳正義》昭公二十五年謂：「在己爲情，情動爲志，情志一也。」〔註71〕情則指向個殊性的情感表現，詩雖在發抒一己之個性，然而詩人先將一國之意內化爲一己之心，則詩人的個性即是其社會性，而非純粹的個人意志，是經過提煉昇華，在主觀上包含整個國家社會的情感。因此詩人個己之情，發抒而出卻自然與社會群體共同情志相謀。蔡英俊先生謂：

> 在「詩大序」提出的理論中，「志」顯然指陳兩種相互對峙、卻又相輔相成的內容：一是個人的情感、懷抱，因而詩歌創作是用以抒情；一是個人內在情思的昇騰而表露出「以一國之事繫一人之本」的社會公眾的志意，因而詩歌創作具有「美刺」的政治效用。〔註72〕

在《禮記‧樂記》中則進一步強調外在客觀環境與主體間的作用關係：

> 凡音之起，由人心生也；人心之動，物使之然也。感於物而動，故形於聲。〔註73〕

詩以言志，志本於心，「人心之動，物使之然」，物指外在客觀情境；外在客觀事物作用於心，使得主體產生情感上的波動。漢人對這種人與萬物交感會通的經驗內容之看法，龔鵬程先生認爲是道德的，也是美感的。〔註74〕所以，漢代一方面將詩視爲載道之器，志的內容必關乎倫理教化；另一方面，已看到感物而動者乃詩人內具之情，對人性論的關注，也逐漸轉向以情爲主的感性主體。

六朝以來由於個人意識的覺醒，對人的感性生命特質的重視，使文學創作進入自覺時代，形成「緣情」詩觀。陸機《文賦》：「詩緣情而綺靡」，〔註75〕承認詩歌的本質是緣情，肯定詩歌的情感屬性，因此強調情感作用在創作過程的重要性，並且注意到創作時外物與主體的關係。劉勰《文心雕龍‧明詩篇》：

> 人稟七情，應物斯感，感物吟志，莫非自然。〔註76〕

〔註71〕引自〔晉〕杜預注，〔唐〕孔穎達疏：《春秋左傳正義》（臺北：新文豐出版社，2001年），頁2299上。
〔註72〕引自氏著：《比興、物色與情景交融》（臺北：大安出版社，1986年），頁24。
〔註73〕引自〔漢〕鄭玄注，〔唐〕孔穎達疏：《禮記注疏》（北京：商務印書館，2006年），卷11，頁110。
〔註74〕引自氏著：〈從《呂氏春秋》到《文心雕龍》——自然氣感與抒情自我〉，《文學批評的視野》（臺北：大安出版社，1990年），頁73。
〔註75〕引自張少康：《文賦集釋》（上海：上海古籍出版社，1984年），頁14。
〔註76〕引自〔清〕黃叔琳注：《文心雕龍注》（臺北：臺灣開明書店，1993年），卷2，明詩第六，頁1。

七情是喜怒哀樂好惡欲，此乃主體性內所具之質，詩人抒情自我的內蘊情思受到外物感應而自然引發內在的感覺經驗，這時志的內容，其實就是七情等情緒。鍾嶸〈詩品序〉說得更具體：

> 氣之動物，物之感人，故搖蕩性情，形諸舞詠。照燭三才，暉麗萬有，靈祇待之以致饗，幽微藉之以昭告。動天地，感鬼神，莫近于詩。〔註77〕

此時對詩歌創作時，審美主體的情思與審美客體的物象之間的關連有了整體性的思考，已掌握創作時心物之間的作用關係。蔡英俊先生：

> 魏晉以降，緣於現實哀樂的激感，中國詩人發現了以情感爲生命內容與特質的自我主體，一方面拓展了漢代詩學中一再強調的社會群體的共同的「志」的領域，另一方面則開創出追求情感與景物相互依託、相互融會的情景理論。〔註78〕

由此可見，中國文學發展，一直以主體抒發爲主，而這個主體之內涵不外言志與緣情。然而，情、志都還是不出意識造作的範圍。

就禪而言，印度傳統思維中，認爲「自我」和「他人」之間，僅是現象型態的差別，並無最終的區分意識，所以，中村元先生謂：「『普遍自我』在印度一般則被理解成：不僅意指個體的自我，而且也意指『梵』或『抽象自我』。」通過每個人的自我意識，便可直證普遍自我的存在。因爲「印度人承認『最高自我』是個別靈魂的根柢。所以，他們自然堅持個別自我和『最高自我』，是一體的或同一的。」〔註79〕因此印度人沒有一個固定又實際的行爲主體的觀念。在佛教的「無我」思想中，認爲我只是意識與肉體和合的成果，並不承認有一個固定又實有的行爲主體存在，也就不太會將自我與外在事物的關係對立，所以印度人對現實與理想、事實與想像之間也未作明確的區辨，因爲他們沒有人是歷史發展中心的觀念。

惠能禪宗將生死解脫的工夫放在一心的迷悟之上，馬祖道一則將惠能從自心自悟的禪法進一步加以發揮，特別重視從日常生活中去發現自身的價值。他曾開示門人說：

> 道不用修，但莫污染。何爲污染？但有生死心造作趣向皆是污染。

〔註77〕收入〔清〕何文煥編：《歷代詩話》（臺北：漢京出版社，1983年），頁5。
〔註78〕引自氏著：《比興、物色與情景交融》，頁75。
〔註79〕以上兩段引文，引自中村元：《東方民族的思維方法》，頁16〜21。

> 若欲直會其道，平常心是道。謂平常心無造作、無是非、無取捨、
> 無斷常，無凡無聖。〔註80〕

黃蘗希運《傳心法要》繼承其說：

> 但莫於見聞覺知上起見解，莫於見聞覺知上動念，亦莫離見聞覺知
> 覓心，亦莫捨見聞覺知取法，不即不離，不住不著，縱橫自在，無
> 非道場。〔註81〕

所以，若人能從慣性兩邊的是非情識判斷中脫身，保持一個本然中道的平靜
心態，則「行住坐臥，應機接物盡是道。」〔註82〕至此禪宗的修行全與日常
生活打成一片，「平常心」其實是一個本然清淨的心態，修行即在放捨掉生活
中心知情識的念頭造作。因此，中國禪宗的主體性，指的不是因緣假合的這
個個別的形軀之我，而是那脫卻身、心相狀之束縛，指向見性解脫的主體。
吳汝鈞先生認為禪的主體性是一「無住」的主體性：

> 禪的本質，在於那一對於現象世界不取不捨而恆常起作用的動進
> 的主體性，或者說，在於這樣的主體的動進性。主體不以存有的
> 形態說，而以活動的形態說。存有（Being）可以是靜態的，活動
> （Activity）則必定是動態的。〔註83〕

惠能是聽聞《金剛經》：「應無所住而生其心」〔註84〕而開悟，顯現悟道之心，
並不是沒有念頭，而是不停滯於任何事物或念頭上，保持一種清明又靈動開
放的心態。《六祖大師法寶壇經》：「道須通流，何以卻滯？心不住法，道即通
流。」〔註85〕所以禪宗的心不是寂滅不動的，因為世間萬法都是因緣和合而
成，其本質是空，所以對主體產生不了任何影響。〔註86〕

　　禪透過直觀妙悟所體察的萬物，就非相對於主體的客體，而是自心頓悟

〔註80〕引自《景德傳燈錄》卷28，收入《大正藏》第51冊，頁440上。

〔註81〕收入《大正藏》第48冊，頁380下。

〔註82〕引自《景德傳燈錄》卷28，收入《大正藏》第51冊，頁440上。

〔註83〕引自氏著：〈游戲三昧：禪的美學情調〉，《國際佛學研究》，1992年12月，頁201～244。

〔註84〕收入《大正藏》第8冊，頁749下。

〔註85〕收入《大正藏》第48冊，頁353上。

〔註86〕吳汝鈞又謂：「故無住實包含兩面涵義：不取著、住著世間，也不捨棄世間。心對世間物事、不住不捨，只是隨順世間眾生個別的需要，隨機起用施以適當的回應，以教化、點化眾生，使轉迷成悟。」引自氏著：〈游戲三昧：禪的美學情調〉，《國際佛學研究》第2期，1992年12月，頁201～244。

我、法二空之後，回入尋常一機一用中以見眞諦。此時之見，只是純粹的見，並未起任何的分別或價值判斷，如是不作判斷就沒有預設立場，而只任一己開放讓萬物各以其自己如如地呈現。《六祖大師法寶壇經》：「於一切法不取不捨，即是見性成佛道。」〔註87〕所以，禪精神注入於文學，最主要的開展，而且不共於儒家和道家的，是其反實體之主體性，而只呈現一主、客虛靈妙合之「境」。牟宗三先生：

> 至於佛教，則尤純自菩提、般若、以言聖證，證如不證悲，故尤純屬境界形態，而根本不肯定「實體」之觀念，故自不涉及其客觀性。

〔註88〕

這種純粹「境界型態」的言說，自然無所謂能說、所說主客對立的問題，終究只是因緣說法。佛陀是已證悟空性者，無論是有人請法而說或不請自說，「他們說話者的主體並沒有絕對的獨立性，而是一種條件性的存在（Conditional existence）」，「所以都沒有能說的主體自我，也沒有主體自我可說。」〔註89〕

感性觀照是藝術的形式特徵，詩人用感性形象將內心意識表達出來，這一點與禪的基本觀念正好相反，禪宗的修養就是在去除人欲感性的左右，企圖超越感知層面而使人的精神得到更大的自由。黑格爾：

> 最接近藝術而比藝術高一級的領域就是宗教。宗教的意識形式是觀念，因爲絕對離開藝術的客體性相而轉到主體的內心生活，以主體方式呈現於觀念，所以心胸和情緒，即內在的主體性，就成爲基本要素了。這種從藝術轉到宗教的進展可以說成這樣：藝術只是宗教意識的一個方面。〔註90〕

中國文學之大本，從言志到抒情的傳統，均是由主體而發。禪宗的證入自性，則是徹底打碎主觀意識，形同虛空，其中無一物（體），而照見一切（用）。唐君毅先生謂佛教一切瑜伽行，重在由戒定而生慧，此根本智慧可說是心之虛靈明覺之能量上的純粹開拓，而又並不回頭把握執持此心之虛靈明覺。〔註91〕儒

〔註87〕收入《大正藏》第 48 冊，頁 350 下。
〔註88〕引自氏著：《才性與玄理》（臺北：學生書局，1989 年八版），第七章第八節境界形態下主客觀性統一問題，頁 275。
〔註89〕以上兩段引文，引自錢新祖：〈佛道的語言觀與矛盾語〉（上）《當代》第 11 期，1987 年 3 月，頁 70。
〔註90〕引自黑格爾著，朱孟實譯：《美學》（一）（臺北：里仁出版社，1981 年），頁 141。
〔註91〕參見唐君毅：《人文精神之重建》（臺北：學生書局，1977 年），頁 486。

家是以主體去面對現象界的客體，一持有主體性之觀點，必形成與之相對的客體，認識作用就在二元對立下進行。詩人之主體抒情性，便是以一己之情感籠罩所觀之事物，此中有一強力的自我中心在主導思考；而有「我」爲主導，則必是預設了自我觀點的立場，以現象的一切都是在闡明此主體，都染此主體之性。相反的，禪是一整全，其中並無心物之對待關係，主體與現象關係位置撤退，完成更徹底的以物觀物。此中並不是沒有了一個形質之我，而是精神主體之我從認知分別的假我中超脫，進而掌握其靈明之自性。這種非以個人之心知情識所主導的見，如明鏡之鑑照，是如實、本然而物我和諧的，它開拓了唐詩另一種超越時空故實，展現具體而當下的心靈空間之美感境界。就此點而言是新的思維模式的開創，體現於詩，即是自然常境之一體映現。

然而，清代袁枚卻從中國詩歌傳統的源流，說明詩、禪內容之異，借以撇清二者的關係：

> 詩始於虞舜，編于孔子，吾儒不奉兩聖人之教，而遠引佛老何耶？
> 阮亭好以禪悟比詩人，奉爲至論。余駁之曰：「毛詩三百篇，豈非絕調，不知爾時禪在何處？佛在何方？」人不能答。因告之曰：「詩者人之性情也，近取諸身而足矣！」〔註92〕

詩所抒發者乃詩人主體情識之所感或對周遭事物的反應，這種情志抒發就佛教來看只是情識造作，正是禪所欲去除的。由此點而論，詩、禪的原始內容有著根本的差異。到了唐代，受禪宗「一眞一切眞，萬境自如如」〔註93〕的觀念影響，使詩人在心與物的觀照方式上，超越相對性而強調主體「當下」的緣慮作用，所緣之境均不出自心之影現，即一切機用中可見眞諦，使詩歌轉向以刹那的意境來體現內在當下時空的心識。「境」包含主、客結合的意象，這種趨向描寫心靈實相的態度，既不屬於言志，也不能算是抒情，是以往詩歌傳統內容中所無，而正是得自禪宗心靈主體觀照的啓發。

二、對語言的根本態度不同

詩與禪在表達內在情境的方式上，都具有超越文字表面意蘊而指向文字之外，更廣闊的意蘊空間的特色。這是就二者「運用」語言的方式而言其同；

〔註92〕引自〔清〕袁枚：《隨園詩話及補遺》（臺北：長安出版社，1978年），卷1，頁1。
〔註93〕引自宗寶本《六祖大師法寶壇經》卷1，收入《大正藏》第48冊，頁348下。

然而，二者「本質」上對語言的態度有著根本的差異。

　　任何思想和語言觀念的形成，都有其相應產生的環境背景，透過對此背景的揭示與掌握，方能了解其語言思想所欲掙脫或瓦解的核心所在。禪修所體證者，超越文字名言所能言詮；禪者的教示就是在努力使一般人跳脫慣性的語言思維模式，是以強調「不立文字」。立者，執著、固定也。也就是要人從固定的意義限制中，開拓一條把握自性全體的新觀點。禪講究的是實修體證而不在言說論道，所以禪宗一開始便有別於傳統佛教的經典教示，對語言採取較嚴屬的對反態度。這種不立文字的立場，在禪門傳法的源頭傳說，就揭示了理想的傳意典範。一卷本《大梵天王問佛決疑經・拈華品第二》：

> 爾時如來坐此寶座，受此蓮華，無說無言，但拈蓮華。入大會中八萬四千人天，時大眾皆止默然。於時長老摩訶迦葉見佛拈華，示眾佛事，即今廓然，破顏微笑。佛即告言是也。我有正法眼藏，涅槃妙心，實相無相，微妙法門。不立文字，教外別傳，總持任持，凡夫成佛，第一義諦，今方付屬摩訶迦葉。〔註94〕

微法妙諦就在世尊拈花、迦葉微笑的當下具存時空中，揭示性的照面下傳承圓滿。法會本為說法而設，然而，這卻是一個沒有一個人用到任何語言就完成說法的法會，可見「拈花」也是說法的一種方式；「微笑」也是法之直悟的一種表意方式。《六祖大師法寶壇經》亦云：

> 本性自有般若之智，自用智慧，常觀照故，不假文字。〔註95〕

「不立文字」具有兩層意義：一是不依於文字，語言文字只是權宜之計，並不等於自性本身；使用語言文字的目的，是為了透過對它的瞭解，進而把握其思想背後所彰顯出來的真正意蘊。二是不預立文字，祖師們所做的任何語言文字、行動舉措，都只是為了呈現本體而採行的各種可能的示現而已，並沒有預立某些絕對的答案。《楞伽經》云：

> 菩薩摩訶薩以此正智，不立名相，非不立名相，捨離二見建立及誹謗，知名相不生，是名如如。〔註96〕

〔註94〕引自《卍續藏經》第 1 冊，頁 442 下。此書學術界公認是中國佛教徒所偽託，非傳自印度。其中所記世尊拈花，迦葉微笑的故事，成為後來禪宗傳法的源頭。《寶林傳》、《祖堂集》及《五燈會元》等，同樣記錄了類似這個詩意飽滿又意蘊無盡的傳法故事。

〔註95〕收入《大正藏》第 48 冊，頁 350 下。

〔註96〕收入《大正藏》第 16 冊，頁 511 上。

「不立名相」的意涵更廣，包括語言文字，甚至分別妄想，皆應隨立隨掃。語言只是符號和妄想的和合，我們的意識就是一種妄想，語言表達本身也是一種妄想，因此以語言表達意識，更是妄想中的妄想。「捨離二見」是對文字採取不即不離、不滯不除的中立態度。此種立場，與《金剛經》中"所謂A，即非A，是名爲A。"二道相因，生中道義的思維模式相類。

　　牟宗三先生認爲佛陀在般若經中並不從「是什麼」（what）的立場來給予「般若」以答案，而是從主體方面，通過存在的實感而使之被呈現或被展示，無法用語言或概念加以分析：

　　　　用非分別的方式把道理、意境呈現出來，即表示這些道理、意境，不是用概念或分析可以講的；用概念或分析講，只是一個線索，一個引路。照道理或意境本身如實地（as such）看，它就是一種呈現，一種展示。〔註97〕

人一從分別建立概念，就有所執著和限定。般若經的「非分別說」意在化除對法的執著，使每一法皆歸於實相。因此，「用非分別說的方式，所展示的實相般若，就是不諍法，它不是一個由分別說所建立的概念，它是諸法的如、實相，並非我們觀念中的如與實相，它必須以智慧證取。」〔註98〕這種對法的掌握絕對超於語言之上的立場，也可由另一位神通變化的大士現身說法得到印證。《維摩詰所說經・入不二法門品第九》：

　　　　文殊師利問維摩詰：「我等各自說已，仁者當說，何等是菩薩入不二法門？」時維摩詰默然無言。文殊師利歎曰：「善哉！善哉！乃至無有文字語言，是眞入不二法門。」〔註99〕

以「無言」作爲「不二法門」之終極，可見「默」也是言說方式的一種，高妙地打破語言限定，是方便法中最接近本體的一種表意方式——不交談本身也是交談的一種表現。維摩詰用行動具體地否定語言，完全從對話中撤退，表面違反交談合作原則，但其中仍有意蘊的傳達。所以沉默非語言的對立或否定，而是超越於語言之上，使意義更無止境地開顯；並且，避免一用語言隨即而然的漏失和遺誤。唐力權先生謂：

　　　　由於在東方思想中，眞理之所在，並非哲學家的言說或表達，而主

〔註97〕引自牟宗三：《中國哲學十九講》（臺北：臺灣學生書局，1986年），頁347。
〔註98〕同前註，頁357。
〔註99〕收入《大正藏》第14冊，頁551下。

要卻是他實踐沉默的方式。……在東方哲學中，一個哲學家所不得
不說出以及已說出的話，其重要性與意義，必須根據他的沉默（他
的言說之超越）來判定。〔註100〕

也就是說，佛教的實際理地屬於一種先於語言而存在的「默」，並肯定終極眞
際的不可用以言說，故標「言語道斷」。蔡榮婷謂：「維摩詰的默是『入不二
法門』、是悟境的直示，這也就是禪師以默啓悟弟子的積極意義。」〔註101〕
所謂「莫道無言，其聲如雷」，這種「默然」、「良久」的教示方式就實際運用
於禪門公案中。如達摩欲付法時，乃命門人曰：「時將至矣！汝等盍各言所得
乎？」由此勘驗弟子的悟境，於是，道副、尼總持、道育一一答畢，最後，「慧
可禮拜，依位而立。祖曰：『汝得吾髓。』」〔註102〕能用名言具體陳述者，往
往是有限的見地；若悟得大全，實難言摘，唯有默然禮拜，以整全的生命直
示對法的體悟，差可承接。可見語言表達一方面已被肯定而且運用爲傳示悟
境的方法；一方面卻又開口便錯、動念即乖，認定語言絕無法做到悟境的完
整表達，這就彰顯出禪宗在傳法上的困境。

　禪訴諸文字般若，但文字般若的目的在起觀照般若而證實相般若，所以
禪宗始終抱持言語道斷的立場，以語言破除語言而把握本來面目。禪宗主張
丟掉語言的轉譯功能，所以在表達上便尋求更直接的方式，或棒喝、或拳打，
或指東說西，在全無道理中說道理，一方面亂說，打掉語言邏輯的慣性理路；
一方面又不斷提醒弟子語言的不可信任。李澤厚先生：

禪宗的這一套比玄學中的"言不盡意""得意忘言"又大大推進了
一步。它不只是"忘言"或"言不盡義"，而是乾脆指出那個本體
常常只有通過與語言、思辨的衝突或隔絕才能領會或把握。〔註103〕

人是思維的動物，思維必須透過語言使吾人交通外物，但同時也使人們被這
些概念、名相所圍限。佛法眞諦無法用語言表達，必須現量親證，名言概念
只是一種方便施設而非眞理本身。那麼，悟道就是很個人的經驗，而且是在

〔註100〕引自氏著，賴顯邦譯：〈哲學沉默的意義：有關中國思想中語言使用的一些看
　　　　法〉，《哲學與文化》，第14卷第7期（1987年7月），頁40～46。
〔註101〕引自氏著：《景德傳燈錄研究——以禪師啓悟弟子之方法爲中心》（臺北：政
　　　　治大學中文所碩士論文，1983年），頁137。
〔註102〕參見《景德傳燈錄》卷3，收入《大正藏》第51冊，頁219下。
〔註103〕引自氏著：〈莊玄禪宗漫述〉，《中國古代思想史論》（臺北：谷風出版社，1987
　　　　年），頁224。

任何情況下都有可能發生，只能飲水自知。

所以，禪宗說「不可言傳」非「不可知」，而是這種經驗表達不出來，只能用直觀方式，以般若智照見。亦即人在觀物之時，非以分別識區判，而是以直觀達到對本體的頓悟，所以只有靠自家體證，才能掌握語言之外的真義。〔註104〕禪不是一種概念或知識，而是一種超越名言文字的內證體驗。禪者的核心精神，在展現人格的當體獨立和心靈的圓滿自由，證悟自性等同證悟宇宙，人的本體存在與宇宙的自然存在融為一體。然而禪者並不以具備理想人格者自居，而是本體存在借由他展現出一種生命境界來罷了。

禪宗「不立文字」，視文字為見道的一種障礙，易落入知解宗徒；詩則必須以文字作為形式成立的基礎，光有內在的詩意還不構成詩的條件。禪只存在於絕對的當下，然而這種我與物的融合悟境，只能算是詩的前身。欲表現這種意境時，本身已脫離當下時空，進入構思階段。然而不如此就無法傳達，就不能算是詩；傳達就涉及語言文字，純粹的詩境就會消失。詩的本質可以存在於主體精神中，但表現則必須借助媒材，所以詩不可能完全排除客體性。可見禪的無言之境是語言所無法理解的境界，唯有默然差可承接；詩之無言不可能完全沉默，詩只是企圖超越語言的表象意旨，達到更靈活表達的可能性。

所以，詩作為一種文學體裁，它必須將內在詩意透過文字記錄下來，不可能脫離語言而存在；它根本上就是一種以語言為媒材的創作活動，而且著力於文字的精煉。所以，詩與禪對文字有其根本態度的差異。劉克莊〈何秀才「詩禪方丈」〉：

> 詩家以少陵為祖，其說曰：語不驚人死不休；禪家以達摩為祖，其說曰：不立文字。詩之不可為禪，猶禪之不可為詩也。何君合二為一？余所不曉。夫至言妙義，固不在於言語文字；然舍真實而求虛幻，厭切近而慕闊遠，久而忘返，愚恐君之禪進而詩退矣！〔註105〕

劉氏從詩與禪對文字的根本態度的對反以見其異質性，認為「至言妙義，固不在於言語文字」，也就是承認好詩往往言外見義，但是詩人放棄文字工具的本份

〔註104〕 李澤厚認為：「不立文字的另層含義在於，文字（語言、概念和思辨）都是公共交通的傳達工具，有群體所共同遵守的普遍規則，禪宗認為要真正達到或把握本體，依靠這種共同的東西是不可能的，只有憑個體自己的親身感受、領悟、體會才有可能。」引自氏著：〈莊玄禪宗漫述〉，《中國古代思想史論》，頁225。

〔註105〕 王蓉貴等點校：《後村先生大全集》（成都：四川大學出版社，2008 年），卷99，頁2546。

要求，而求於禪迂遠虛幻的經驗，則是捨本逐末。然而，從另一個角度來看，詩歌言外見意的特質，正是禪宗突破語言障礙的最佳工具。所以，禪宗從「不立文字」，受到詩歌表達方式的啟發，走向利用文字傳達言外的悟境，而對自身的言說方式有所修正。

綜之，詩歌創作與宗教修持活動的生命源頭有其重疊，二者都是產生於人類原始的情感，但這並不代表二者完全相同。許倬雲先生：

> 從比較裡尋找不同的地方，從不同的地方回溯它演變的經過，看看是那些條件促使這些不同地方的發生，這是在比較中尋找「異」，而不尋找「同」。〔註106〕

由本節對詩、禪的比較可知，二者實同中有異：（一）二者均由主體出發，然而其心靈的內涵層次卻不同；（二）二者均採意在言外的表達方式，然而對語言形式本身，卻存在對反的態度。就是基於以上兩點，使彼此經由接觸而吸納彼此之異，成為自身的新特質。

本章小結

禪人的詩偈和詩人的禪詩應放在不同的層面來研究，一者禪人是「了悟真諦」而通過詩偈形式傳達；詩卻是追求表現人生境界的語言藝術，雖有禪境，畢竟感性成份居多。二者因為創作動機的差異，故創作方式和語言態度不同，禪人是不假思索脫口成章；詩人卻著意於意境的經營，所以應將二者分開來討論，以見他們彼此學習引用的狀況。唐代詩歌內容與言志、抒情的傳統有異，這應是得自禪宗的養分，而導向呈現心物交融之境界所產生的改變。其次，唐代禪師利用詩歌「言外見意」的表達方式，不同於其傳統反對語言的態度，應是受到中國詩歌「意在言外」的特質啟發而產生的轉變。

〔註106〕引自氏著：〈古代文化發展的特色〉，《中國古代文化的特質》（臺北：聯經出版公司，1995年），頁5。

第三章　唐代詩禪互涉的社會文化基礎

　　唐代詩人、禪僧之間經由何種方式的互動而產生具實質性的接觸效應關係呢？詩、禪發展關係確實有待挖掘，因此，本章主要進入歷史實境當中，全面檢視有唐一代「詩文化」和「禪文化」之間的實際互動關係，以致二者產生階層性〔註1〕文化互涉的現象。〔註2〕

　　《全唐詩》中多數詩人均有幾首與佛教寺院、僧人、訪遊、義理、意境有關的作品；八〇六卷以後所收錄的全是僧人詩作，實則僧人寫詩一向被斥非當行，散佚者必然更多，這反映了唐代詩人習禪和禪僧寫詩的事實。可見，詩與禪在唐代不只平行發展，更由於遞變時間相當而彼此互涉。這兩種不同社會階層群體，何以會產生階層性文化行為的相互模習？其互動、學習、類化後的共同文化傾向又是如何呢？以下分別討論。

〔註1〕 階層性，意指任何社會都有一個等級的體系，包含許多彼此相關的層次，有些階層較高，有些較低，彼此有統屬與從屬的關係，可能是權力上的、特權上的或聲望上的，所有這些的總合，構成社會的階層化體系。參見彼得‧柏格（P.Berger）著，黃樹仁、劉雅靈譯：《社會學導引——人文取向的透視》（臺北：巨流圖書公司，1982 年），頁 80。

〔註2〕 何朋在〈略論禪宗與中國文學〉一文中，指出詩、禪雙軌發展的巧合：「吾人可謂禪宗與唐詩，皆為時代產物。故其盛衰之跡，亦頗有相同者。禪宗源於南朝；唐詩亦由南朝永明諸體蛻變而來。禪宗思想於齊梁末大行於時；律詩近體亦於齊梁萌芽。至唐統一天下，禪宗大盛，由修持之法，一變而為明心見性，頓悟成佛之道；唐詩於此時亦蔚為一代文學精革。兩相比較，其遞變之跡，相同如此，則其關係有可得以論者矣！」引自氏著：《佛教與中國文學》（臺北：大乘文化公司，1981 年），頁 297。

第一節　唐代「詩文化」、「禪文化」普遍傳播及　二者階層性文化互涉的原因

　　所謂「文化」（Culture）的形成，從人類學的角度而言，是來自群體性、反覆性而非個人性的行為，此行為背後必有其共同追求的價值意義存在；亦即一群人承襲前人某種傳統的生活形式而反覆為之，並表現出自覺或不自覺的價值意義就是「文化」。〔註3〕人是社會性的動物，存在於我群關係中，當其行為具有指向他人的作用性時，就算是「社會行為」，而非個人行為了。〔註4〕這種社會行為落實於特定的歷史時空當中，形成具穩定性、反覆性的社會關係結構模式時，其與他人的互動行為即隱含某種價值意向。而這整個關係脈絡下的社會行為背後，有一反覆承襲的文化原理在指導其行為，則這種群體互動所共成，並具意義傳承性的文化行為，就構成了某種階層性或類型性的社會文化行為。〔註5〕在唐代文學史上，詩人與禪僧的互動行為，便形成具有共同指向性的文化現象，對其文學發展產生影響作用。

　　「詩文化」即指一群以詩活動（包括創作與欣賞）為生活內容的人，由之表現其精神意向，並且彼此以詩作為主要的互動媒介，而形成具共同價值取向的關連，使詩活動由個人行為推擴為社會某一階層的共同行為。詩人之

〔註3〕　文化，指某特定社會群體的行為特質及其受社會傳遞的模式。一則用來指涉「一個社群內的生活模式，也就是該社群規則性一再發生的活動，以及物質的佈局和社會的佈局。」二則指涉組織性的知識體系和信仰體系，一個民族藉著這種體系來建構他們的經驗和知覺，規約他們的行為，決定他們的選擇。參見基辛（R.Keesing）著，陳其南校定，于嘉雲、張恭啟譯：《當代文化人類學》（上冊）（臺北：巨流圖書公司，1980年），頁202～203。

〔註4〕　社會學家韋伯（M.Weber，1864～1920）將「社會行動」定義為：「行為個體考慮到他人的行為，將自己的行為指向他人的行為過程，並對行為賦予主觀意義。」參見舒茲著，盧嵐蘭譯：《社會世界的現象學》，頁12。

〔註5〕　葛慈（Geertz）：文化「就社會互動發生的角度來看，是一個意義和象徵的有序體系（Ordered system）」，而社會體系就是「社會互動體系本身」。又謂：「就個人對其世界的界定，情感的表達，判斷的決定等角度而言，在文化的層次有個信仰、表現性的象徵框架（Framework）；在社會的層次，存在互動行為的進行過程，其固定的形式就叫做社會結構。就人類對其經驗的解釋和行動的指導的角度而言，文化是一種意義構造（Fabric of meaning）；社會結構則為行動所採取的形式，即社會關係真正存在的網路，因此，文化和社會結構只不過是同一現象兩種不同的抽象概念。」參見基著，于嘉雲等譯：《當代文化人類學》（上冊），頁212。

間因之逐漸連結爲一緊密的群體，形成同一階層意識，由此共同之意識指導其詩活動的進行，漸漸形成一有機的文化體系。龔鵬程先生謂：

> 由文化的內容來說，所謂文化，基本上是道沿聖以垂文的文學性文化，我們整個社會「自成童就傅以及考終命，解巾筮仕，以及鈞衡師保，造次必於是，視聽必於是」（唐·楊嗣復撰、權文公集序），文學不只是文人的專利包辦，而是彌漫貫串於一切社會之中的存在與活動。文化，其實就是文學，就是文。中國人的生活方式、人生態度，也都體現爲一文學藝術的性質。〔註6〕

唐代就是一個詩文化普遍傳播的社會，文人階層由之形成共同的價值取向。

　　對人的主體性創造精神的肯定和發揚，是唐代文化精神的共同傾向。而所謂「禪文化」即是指禪宗的人文意識興起，以祖師爲理想人格的具體化，代替對如來和菩薩的崇拜。強調心靈與行動之間的一致性，打破固定的教條概念，肯定主體具有無限的自由，不受僵化形式與法則拘束的一種生活態度。惠能以下禪宗發展，其修行方式逐漸由宗教變成一種社會生活態度，在廣大群眾中引起共鳴，加上唐代隱逸風氣盛行，在士林中形成一種著重主體心性修養，專注於當下生活的林下文化風流。

　　唐代佛教翻譯、義學及宗派發展蓬勃，才智之士多沉潛於佛學研究。佛教發展勢力，一者形成普遍性的文化，爲全體社會所共同奉行，如：齋戒、輪迴、因果觀念，已成爲中國文化體的一部分。二者維持佛門之特有文化，如出家，是來自以解脫爲目標的宗教要求。禪宗雖然是一個經過中國固有心性傳統改造過，極具中國式思維特色的佛教宗派；同時它畢竟是來自於佛教，有其作爲佛教宗派的共法——解脫的要求。而解脫的核心在於「實踐」，所以，禪宗的根本旨趣即在如何將修行落到現實生命。這一發展方向，就中國佛教發展而言極有開創性。

　　禪宗由達摩、慧可、僧璨，到道信將楞伽與般若合一，五傳至弘忍，他明確提出教外別傳、以心傳心的「達摩禪」。接著南惠能、北神秀的局面，打破一代一人而多頭並傳。唐開元中以前，北宗神秀弟子義福、普寂活躍於長安，傾動朝野。到了開元二十二年，惠能弟子神會北上，在滑台大雲寺設無遮大會，立南宗頓教宗旨，批判北宗凝心入定，住心看淨，起心外照，攝心內證的法門

〔註6〕 引自氏著：《文化符號學》（臺北：臺灣學生書局，1992年），第二章中國文學藝術發展的結構：說「文」解「字」，頁71。

是「漸」，傳承是「傍」。於是「南北二宗，時始判焉」。〔註7〕中唐以後，禪宗盡歸曹溪，其後「江西主大寂（馬祖），湖南主石頭（希遷），往來幢幢，不見二大士爲無知矣！」〔註8〕越祖分燈，傳爲五家，各自發展出不同的禪法和接機方便。〔註9〕禪法方便的開發和轉變，主要是因應當機眾生的根機和傾向而給予的引導；禪重相應行，師徒之間用什麼方法達到法的溝通，則是應機起用、法無定法、圓融變化，這也是禪宗充滿活潑的生命力之所在。

唐代詩文化和禪文化同樣擁有廣大的社會群眾，他們本身具備了什麼樣的條件，而能如此普遍傳播，以致彼此也在這種強大社會文化潮流的推波下，形成階層性互涉的現象？

從詩所提供的時代條件來看，〈全唐詩序〉：

蓋唐當開國之初，即用聲律取士，聚天下才智英傑之彥，悉從事於

六義之學，以爲進身之階，則習之者固已專且勤矣！〔註10〕

詩是最能表現主體精神的語言藝術，以詩取士，一方面使人內心普遍存在的詩歌才能被全力開發；另一方面，這種詩的才性因此獲得社會廣泛的承認。則詩本爲人所好，今又加之科舉的弘揚，更成爲社會共同的文化語言。劉大杰先生謂：「由於唐代用科舉考試，打破了過去幾百年的門閥制度，使得中下層知識分子，通過考試，可以登上政治舞台；其目的雖是使『天下英雄入吾彀中』，但客觀上卻形成一個文化發展的新時代。」〔註11〕確實，以社會文化形成的角度而言，詩在唐人社會中興盛的內外因素眾多，然而科舉實是此中

〔註7〕 引自贊寧著，范祥雍點校：《宋高僧傳》（北京：中華書局，1982 年），卷 8〈神會傳〉，頁 179。關於神會確立南宗地位之發展事實，參見印順法師：《中國禪宗史》（臺北：正聞出版社，1994 年），頁 290～299。

〔註8〕 引自贊寧著，范祥雍點校：《宋高僧傳》卷 9〈希遷傳〉，頁 208。

〔註9〕 參見陳榮波：〈禪宗五家宗旨與宗風〉，《佛光學報》第 6 期（1981 年，5 月），頁 197。文中將五家接引方法、宗旨、宗風、目的表列如下：

宗　名	方　法	宗　旨	宗　風	目　的
曹　洞	五　位	正偏互協	穩健綿密	
臨　濟	四料簡	無位真人	機鋒峻烈	
潙　仰	七十九圓相	大圓鏡智	體用圓融	明心見性
雲　門	三　句	直下無事	高古隱約	
法　眼	六　相	即物契神	中庸篤實	

〔註10〕引自《全唐詩》，首卷，頁 5。

〔註11〕引自氏著：《中國文學發展史》（臺北：華正書局，1990 年），頁 369。

之關鍵。〔註12〕文人階層的產生與科舉制度關係密切，可以說以詩舉進士、致卿相，是唐代社會群眾追求的目標，這是借由政治的運作，推動文化發展的方向，對庶民階層形成積極進取的力量。

所以，就文化意義而言，進士考試已不只是普通考試，而成為群眾共同參與的文化活動了。《唐摭言》卷十描述進士文章「頃刻之間，播於人口」，〔註13〕從登第、謝恩、曲江宴到慈恩塔題名，傾城圍觀，進士成為被崇拜的對象。科舉成了「具有社會儀式化意義的典禮」，「這是一種文學崇拜，具有宗教慶典般的性質，屬於社會群體的崇拜。」〔註14〕唐代就是這樣一個詩歌量豐質美的黃金時代。

禪宗在社會發展上，一方面可以看作是一種意識形態上的「反文化」，〔註15〕具有反權威、反迷信、反繁瑣義學、背離教門內傳統思想體制的性格。但另一方面在其傳教的領域內，卻依中國文化尚簡的趨向，在修行方法上改造而得以為廣大群眾所接受。惠能強調透過「頓悟」而把握本心、自性，那麼，如何達到「頓悟」，就是一個很重要的修養論問題了。禪宗把這個問

〔註12〕 以詩取士，確實對寫詩風氣的普及，和技巧的嫻熟具有很大的催化作用，使詩在「量」上極為可觀。然而，「質」的提升如何能致？就詩歌本身發展而言，從《詩經》以來累積的創作經驗到唐代，一則言志抒情，內容表達豐富多樣；二則格式韻律至此趨於成熟，在共同的時代精神下，又能充份顯露詩人的個殊氣質。尤其內容與形式之間的融合，如「空中之音，相中之色」，在色空有無之間泯然化跡。其次，唐帝國政治安定、經濟繁榮，成為亞洲文化交流中心。唐代本身不僅包含南北朝兩個文化系統，更在與四夷交通往來的過程中，以開放性的態度，吸收外來文化而形成混雜性的文化特色。唐帝國國勢強大，人民充滿自信，而且交通便利，詩人生活和心胸視野開擴。思想未定於一尊，儒釋道並行，構成一個風流、自信又浪漫的時代。在這種時代氣氛下的人們，美感意識以及功業企圖心全面復甦，社會心理開朗而閣放，形成詩文化傳播的最佳時機。「要了解唐朝，也必須掌握科舉制度這條線索。門第社會的興衰、王權的轉變、官僚體制的沿革、世風與文學的發展，均得從這條線索上去看。」引自龔鵬程：《文化符號學》，第三卷文字化的社會及其變遷，第一章文學崇拜與中國社會：以唐代為例，頁307。
〔註13〕 引自五代王定保撰：《唐摭言‧載應不捷聲價益振》（上海：上海社會科學院，2003年），頁194。
〔註14〕 參見龔鵬程：《文化符號學》，頁317。
〔註15〕 所謂「反文化」是指一套屬於某個群體的規範和價值觀，這種規範和價值觀與這個群體所屬的社會的主導性規範和價值觀具尖銳的衝突性。參見彌爾頓‧英格（J.Milton Yinger）著，高丙中、張林譯：《反文化：亂世的希望與危險》（臺北：桂冠出版社，1995年），頁6、27；頁321。

題放在具體實踐的層次來談；亦即，惟有透過生活實踐的工夫才能達到頓悟。宗密《禪源諸詮集都序》卷上說：「古來諸家所解，皆是前四禪八定，諸高僧修之，皆得功用，南岳天台令依三諦之理修三止三觀，教義雖最圓妙，然其趣入門戶次第，亦只是前之諸禪行相，唯達摩所傳者，頓同佛體，迥異諸門。」〔註16〕有了頓悟的親證經驗，即可在尋常生活中，即用見體，妙用無方。

禪的實踐意涵，一者是指禪本身並非理論概念，而是實際的人生體驗；二者是指實際生活本身，就是自性隨機施用的境域。因此把所有日常生活都納入禪觀的範圍當中，這種隨緣任運的修行方式，其實是以更緊密峻烈的手段來修行，在禪師的參悟公案中，經常揭示了頓悟前的刻苦磨鍊，如惠能負石舂米、臨濟三次問法三次遭棒打等。這些祖師們開悟過程都是經歷千辛萬苦、石破天驚，由此可見中國禪宗是把印度的禪定放在日常生活中來訓練。《六祖大師法寶壇經》：「若無世人，一切萬法本自不有，故知萬法本自人興。」究竟理地，世間一切因緣無不是轉煩惱為菩提的機緣，所以「佛法在世間，不離世間覺；離世覓菩提，恰如求兔角。」〔註17〕日用尋常運水搬柴都是修行之境，則現實生活即與修行生活打成一片，無須畫分，所謂「饑來喫飯，困來即眠」，〔註18〕生活本身觸事即真的修行方式，即可頓悟成佛，不必出世或捨棄功名。

禪宗簡化宗教修持為見性工夫，同時調合了世俗生活與宗教修行的矛盾，提供詩人另一種觀察生活的新態度，直接的從見聞覺知（語默動靜）中去悟入，使人人都能就尋常生活而立處皆真地體現個人生命的當下存在價值，而能為社會各階層普遍接受。如此簡便活潑的修行方式，使詩人不必割捨世俗文化活動，而樂於接納禪宗。

佛教從六朝以來，累積了相當的群眾基礎，社會上崇佛風氣普遍，文人多諳佛經典籍，結交僧侶，統治者為了政治勢力的考量，便不得不實行三教兼容的思想統治政策。但佛教雖盛，同時亦遭遇兩種中國傳統文化力量的無形抗拒，即傅樂成先生所提出的：一是科舉。因科考重經書，知識份子為求

〔註16〕收入《大正藏》第48冊，頁399中。

〔註17〕以上兩段引文，收入《大正藏》第48冊，頁351上。

〔註18〕引自《景德傳燈錄》卷6〈大珠慧海禪師〉，收入《大正藏》第51冊，頁246下。

取功名參加考試，不得不埋首儒家經典，而無法專究佛藏。二是中國傳統的
家族觀念。佛教的出世修行，乃是傳統社會結構之破壞者，故知識份子雖研
究佛理，於出家一事則持保留態度。這兩種力量，是佛教在中國發展始終無
法克服的困難。〔註19〕

　　就第一點而言，開元以來，以詩賦取士的政策，使文人個殊生命獲得更開
放、自由的抒發空間，解決了這項矛盾，而且有助於禪宗的發展，以致「儒門
淡薄，收拾不住，皆歸釋氏。」〔註20〕就第二點來看，從東晉至唐代，儒家衛
道者對佛徒的批評未嘗稍減，所論不外以社會問題言，僧侶是游民，他們不須
付租稅，不用勞動，又建立寺廟，浪費國庫，對國家有損無益；以倫常論，僧
侶背離父母家園，不敬王者，有違綱常；在思想上，神不滅論、三世因果之說
影響庶民思想等等。〔註21〕這些批評並未能從佛教的根本教義上有所駁斥，僅
是就中國社會關係結構上的自護，因此對佛教的影響力不大，但同樣的質疑一
再被提出，也可看出佛教想要在唐代社會擴大發展，適度回應勢所必然。

　　禪宗將修行放入日常生活的這一改革路數，一方面是其教內發展的必然；
另一重要因素即是對客觀環境作必要的回應。因為宗教發展必須兼顧縱面的教
理深度及廣面的教徒傳布，在唐代調合儒釋道三教的思潮中，作為穩固社會結
構的儒家，是維護封建統治權威的基礎；唐代帝王以老子李耳後代自居而始終
迴護道教；佛教以外來宗教身份，在教義和實際生活上都與封建統治階級有一
定的矛盾，則禪宗想要在唐代社會普遍紮根，首先得解除這種衝突。〔註22〕所

〔註19〕參見傅樂成：〈唐型文化與宋型文化〉，《漢唐史論集》（臺北：聯經出版公司，
　　　　1987年），頁366。
〔註20〕引自志磐：《佛祖統紀》卷45，記宋張方平之所言。收入《大正藏》第49冊，
　　　　頁415中。
〔註21〕參見鎌田茂雄：《簡明中國佛教史》（臺北：谷風出版社，1987年），頁196～
　　　　213。
〔註22〕關於此點，一般論者多謂唐帝王為了鞏固政治勢力而大力提倡佛教，使社會
　　　　形成崇佛風氣。如此說來，卻成了統治者提倡是因，佛教的興盛是果了。然
　　　　而反省這種說法的事實因果甚不確實！一者，從根本立場而論，佛教與統治
　　　　階層始終是對立性的存在，佛教之興盛，只會使其統治產生瓦解的危機。故
　　　　其興盛本非統治者之所樂見，更不可能刻意去提倡。二者，終唐之世，帝王
　　　　（除唐武宗外）對佛教多採敬順態度，是因應社會強大的崇佛風尚，在民望
　　　　的考量下，為收服百姓的作法，私底下統治者對佛教發展的監督未嘗稍懈。
　　　　如限制出家人數、行動，而且出家必得政府核准頒發牒才算合法。佛教本
　　　　身也看清了這一點，所以在調和與統治者的衝突的同時，其弘化發展的策略，
　　　　便採行先在社會各階層廣佈基礎的路線，因為群眾的擁戴，才是他們被統治

以佛教在中土傳播的過程,與其說是儒、佛調和的過程,更準確地說是統治者與佛教的調和過程;禪宗之流傳過程,也可說是佛教對中國傳統文化的一種妥協。

那麼,禪宗如何求同於儒家呢?儒家講「未知生,焉知死」,其重視現世人生和佛教重視終極解脫的人生態度有根本的差異。然而二者均重視生活實踐,以開發心性來提昇精神生活,就這一點而言,彼此實無二致。於此,禪宗調和方外與世俗的矛盾,把宗教修持精簡成見性工夫,解決廣大士大夫階層取捨問題。《六祖大師法寶壇經》:「若欲修行,在家亦得,不由在寺。在家能行,如東方人心善;在寺不修,如西方人心惡。但心清淨,即是自性西方。」〔註23〕這種修行方式,正可調和詩人在宗教與仕進的抉擇上所面臨的困境。既是不必捨,故其教徒亦逐漸由下層百姓擴及知識階層。

唐代佛教宗派經安史之亂、會昌法難後,教下諸宗經籍散佚,傳承中斷,漸趨式微,唯禪宗本來就活動於平民山林之間,不須倚賴典籍義學,故影響不大。〔註24〕於是,文人以「居士」〔註25〕身份的折衷辦法調整個人儒、釋之間的衝突矛盾,既可仕進廟堂,又可求法山林。因此,自唐代開始,居士身份成為詩人自由出入儒釋道三教的代稱。另一方面,禪宗教團內部也順應時代及中土文化要求而改革,在青原行思、南嶽懷讓之前,仍然以山間水上、木食草衣的山居生活為主,並無固定群居修行的型態。到石頭希遷、馬祖道一以後,禪風大盛,國家為統一僧人的管理政策,將佛寺納入官府的監管下。於是,禪僧由遊隱山林,開始納入一般寺院,過群居的叢林勞動生活。到了百丈懷海制定禪宗叢林清規,行「一日不作,一日不食」之普請法,並率身

者支持的基石。

〔註23〕收入《大正藏》第48冊,頁352中。

〔註24〕嚴耕望〈唐代佛教的地理分佈〉一文,就唐代佛教地理分佈位置作統計,略以大曆為斷代,分為兩期。隋及唐初佛教極盛於北方,而國都長安尤為中心。唐初法相宗之宗師玄奘,華嚴宗之宗師法藏同時得勢於京都,惟天台一宗獨秀於東南,但不能與法相、華嚴抗衡。自武后至玄宗,法相、華嚴漸衰,而神秀之北派禪宗大盛於京洛及北方。安史亂後,北禪衰微,而慧能之南派禪宗大盛於江南,融合華嚴,侵逼天台,為佛學之正宗。有唐一代,南北佛學之盛衰,於此可見。參見氏著:《中國佛教史論集》(二)隋唐五代篇(臺北:大乘文化出版社,1977年),頁83~89。

〔註25〕居士一詞原出《禮記·玉藻篇》,指有道藝而不求仕宦的處士。慧遠《維摩義記》卷1:「居士有二:一廣積資產,居財之士名為居士;二在家修道,居家道士名為居士。」後者即為佛教中之居士。參見《佛光大辭典》,頁3187。

恭行，因此便建立了一個與傳統僧團不同的新制度，立禪堂供宗門特殊修行的需要，以適應日益增多的禪徒僧眾。在重戒律同時，調和儒家對群居倫理的需求，遂形成李瑞爽所說的「中國化的寺院生活」，這種寺院生活，一方面受儒家重視人格、倫理的影響，在修行生活中，注重人格修養以及個體與個體之間的關係；另一方面，僧團的物質所需，非依賴行乞制度，而靠耕種以自給自足，使僧團成為社會中有生產力的群體之一，所以「中國化的寺院生活，並不簡單地是一個特殊的修道化僧侶們的社會居民，僅只住在一個住處，卻亦是社會的一種生動化的成分。」〔註26〕

在佛、道關係方面，道先而佛後，這是唐室一貫的作風。道教與佛教一直存在著對峙的形勢，終唐之世，論爭不休。道教的源頭道家，原本在中國社會就是作為儒家的輔貳，後起的道教遠離精神修養而傾向形軀養生之術，落入下層群眾的迷信中。而原始道家精神反而為禪宗所援引，與大乘般若思想結合，形成充滿道家意味的禪宗。唐中葉以來，道教發展逐漸脫離迷信色彩，向老莊精神歸復，並吸收佛典義理和禪宗修行特色，轉向內在的體驗，以吸引知識階層。這就使得禪、道之間逐漸形成某種互容的傾向。安史亂後，在社會文化由盛轉衰的巨變刺激下，文人萌生了強烈的，試圖掙脫傳統框架束縛的時代精神。《唐國史補》卷下謂：「大歷之風尚浮，貞元之風尚蕩，元和之風尚怪也。」〔註27〕其實這正表明中唐以後的社會文化傳統與價值觀念在轉變——儒道佛三教都朝內在生命探究發展，重視內在自覺，把向外攀緣的熱情轉向自我修養。這時唐型文化逐漸向宋型文化過渡，「中國文化心理結構的內傾封閉性便定型了。」〔註28〕

禪宗廣為人接受，還有一個原因，上層知識階層所接受的禪僧，多容態秉性不凡、器宇秀傑，故足以傾動人心。《宋高僧傳》卷十〈道悟傳〉描述道悟回應裴休時的安閑氣度：

> 江陵尹右僕射裴公，搢紳清重，擁旄統眾，風望昽昽。當時準程，驅車盛禮，問法勤至。悟神氣灑落，安詳自處，徐以軟語，為之獻酬，必中精微，洞過肯綮。又常秉貞操，不修逢迎，一無卑貴，坐

〔註26〕參見李瑞爽：〈禪院生活和中國社會〉，《佛教與中國思想及社會》（臺北：大乘文化公司，1978年），頁314。

〔註27〕引自〔唐〕李肇：《唐國史補》（臺北：藝文印書館，1965年），卷下，頁40。

〔註28〕引自葛兆光：《道教與中國文化》（上海：上海人民出版社，1991年），頁225。

而揖對。〔註29〕

裴氏以國之大臣身份親自驅車請法，而道悟的接應泰然自若、不亢不卑，這是來自內在修持力所自然散發出來的操持，也是其令文人折服之所在。又如張說描述神秀氣度身形說：「禪師身長八尺，厖眉秀目，威德巍巍，王霸之器也。」；〔註30〕智威：「淡然閑放，形容溫潤，面如滿月，言辭清雅，慧德蘭芳。」所以「江左定學往往造焉」。〔註31〕南嶽懷讓：「炳然殊姿，特有靈表」；〔註32〕南陽慧忠：「肌膚冰雪，神宇峻爽」。〔註33〕其出眾的容止儀表，閑雲野鶴的氣度，生死自在的神態，自然吸引上層知識份子的注意。宋周必大〈寒巖升禪師塔銘〉云：

> 自唐以來，禪學日盛，方智之士往往出乎其間。迹夫捨父母之養，
> 割妻子之愛，無名利爵祿之念，日夜求所謂苦空寂滅之樂於山巔水
> 涯，人迹罕至之處，斯亦難矣。宜其聰明識道理，胸中無滯礙，而
> 士大夫樂從之遊也。〔註34〕

這些記述，證明詩人好交禪僧，緣自禪僧才性清絕，令人傾慕。而且都是經過簡擇的禪門高僧，或兼通內外學和特殊技藝者；或隱身山林雅有高名的山僧。而從惠能樹立禪師不入朝受供，終隱山林的典型以來，其後諸祖亦仿其行，更在士林中建立清望，成為超群拔俗的精神象徵。

詩人、禪僧被同樣的社會群眾所擁戴，形成唐代兩個最主要的文化活動圈域。「詩文化」的普及是整個唐代的社會風尚，具有主導文人價值動向的力量。比較起來，「禪文化」原本屬於次群體性的社會行為，但是由於其本身條件的改進，一方面在社會上形成習禪風尚，使詩人願意涉足其中，因而擴大其群眾影響力，而與詩文化有更深廣的交集；另一方面其本身亦因而逐漸文人化，跨越僧人階層與文人生活產生緊密的關連。可見普遍性文化具有強勢的主導力，外來文化欲進入此文化圈內時，必得透過對此文化活動的熟悉掌握，才可能被接受認同。詩與禪的文化階層互涉，必須主體抱持主動的接觸

〔註29〕引自〔宋〕贊寧著，范祥雍點校：《宋高僧傳》，頁231。
〔註30〕同前註，卷8〈神秀傳〉，頁176。
〔註31〕同前註，卷8〈智威傳〉，頁185。
〔註32〕同前註，卷9〈懷讓傳〉，頁199。
〔註33〕同前註，卷9〈慧忠傳〉，頁204。
〔註34〕〔宋〕周必大：《文忠集》（景印文淵閣四庫全書，第1147冊，臺北：臺灣商務印書館，1983年），卷40，頁436。

意願，透過詩人對禪的體認和禪僧對詩人的回應，才有可能在外緣條件配合下滲入對方。唐代就在多種客觀的社會文化條件與主體心理動機，內因外緣的配合下，使詩、禪形成循環互涉的發展結構。以下進一步探討詩人、禪僧階層文化的實際接觸。

第二節　詩人習禪的文化風尚

　　唐代是一個對人性充分開放的時代，詩人習禪風尚之興，除了考察當時整個時代社會文化因素，及禪法本身對文人思想行為的影響外，詩人個別的生命傾向、人生經歷的因素，都應該列入考量。就個別作者而言，其思想可能是多面而複雜的，而且會因階段遭遇而修正。本節透過詩人接觸禪僧的原因、心態和習禪的內容，抽繹出這種階層性文化互涉的意義。此中所舉的詩人，僅討論其與禪宗有關的面向，而非詩人之全面思想。

一、詩人接觸禪僧的個人因素

（一）家業宿緣對個人氣質傾向的陶冶

　　詩人或出身崇佛家庭，自幼熏習，如王維母崔氏：「師事大照（普寂）禪師三十餘歲，褐衣蔬食，持戒安禪，樂住山林，志求寂靜。」〔註35〕他和弟王縉均終身奉佛。柳宗元因母盧氏篤信佛教的緣故，自謂：「吾自幼好佛，求其道積三十年。」〔註36〕他少年隨父柳鎮任職洪州，時馬祖道一正在洪州傳法；岳父楊憑亦為如海禪師弟子，淵源甚深。或因個人夙慧，早歲即接觸禪僧，受到啓發，形成其人生態度，如白居易接觸佛教甚早，在青年時期作〈客路感秋問明準上人詩〉中謂：「借問空門子，何法易修行？使我忘得心，不教煩惱生。」〔註37〕同時認識了東都聖善寺凝公禪師，求得八字心要。〔註38〕蘇轍〈書白樂天集後二首〉評曰：

〔註35〕引自〔清〕趙殿成注：《王摩詰全集箋注》（臺北：世界書局，1962 年），卷17〈請施莊為寺表〉，頁 249。

〔註36〕引自《柳宗元集》（臺北：華正書局，1990 年），卷 25〈送巽上人赴中丞叔父召序〉，頁 671。

〔註37〕引自《白氏長慶集》（景印文淵閣四庫全書，第 1080 冊，臺北：臺灣商務印書館，1983 年），卷 9，頁 96。

〔註38〕參見《白氏長慶集》，卷 39〈八漸偈〉中有八字心要：觀、覺、定、慧、明、通、濟、捨，景印文淵閣四庫全書，第 1080 冊，頁 447。

樂天少年知讀佛書、習禪定，既涉世，履憂患，胸中了然，照諸幻
之空也。故其還朝為從官，小不合，即捨去，分司東洛，優游終老。

蓋唐世士大夫達者如樂天寡矣！〔註39〕

白氏處中唐官僚派系紛爭中，卻能安居高位以至終老，可見早年受教禪師所
形成隨緣任運的人生態度，對其出處取擇的影響。

（二）官場失意而逃禪

文士在宦途失意時，往往心生空幻而尋求宗教的慰藉，如宋之問貶官後，
便至韶州向惠能參問法要：「吾師在韶陽，欣此得躬詣。洗慮賓空寂，焚香結精
誓。願以有漏軀，聿薰無生慧。」〔註40〕王維受安祿山亂故，個人政治出處的
掙扎，是其生平一大憾恨：「一生幾許傷心事，不向空門何處銷。」〔註41〕充滿
自贖的心情，故「晚年惟好靜，萬事不關心。」〔註42〕裴迪也有同樣的心境，「浮
名竟何益？從此願棲禪。」〔註43〕與王維結為至交。白居易元和十年貶官江州
司馬，因對政治現實的失望，使他對佛理由信仰進而實踐，開始學習坐禪，自
云：「諫諍知無補，遷移分所當；不堪匡聖主，只合事空王。」〔註44〕

尤其安史亂後，社會腐化、政治黑暗及統治階層內部的矛盾，全面浮現。
詩人多潦落失志，只好轉向佛教尋求精神上的寄託。劉禹錫〈送僧元暠南遊
并引〉：「予策名二十年，百慮而無一得，然後知世所謂道，無非畏途，唯出
世間法，可盡心耳！」〔註45〕溫庭筠〈題僧泰恭院二首〉之一：「憂患慕禪味，
寂寥遺世情。」〔註46〕一語道破人生蹇頓而趨向佛門的心理轉折。明胡震亨
《唐音癸籤》卷二十八：

〔註39〕引自曾棗莊等點校：《欒城後集》（上海：上海古籍出版社，1987年），卷21，
頁1407。

〔註40〕引自《全唐詩》，卷51〈自衡陽至韶州謁能禪師〉，頁622。

〔註41〕引自〔清〕趙殿成注：《王摩詰全集箋注》，卷14〈嘆白髮〉，頁208。王維亂
中不及隨帝躲避，為賊所拘，強任偽職。《王摩詰全集箋注》，卷17〈責躬薦弟
表〉：「昔在賊地，泣血自思，一日得見聖朝，即願出家修道。」頁246。

〔註42〕引自〔清〕趙殿成注：《王摩詰全集箋注》，卷7〈酬張少府〉，頁94。

〔註43〕引自《全唐詩》，卷129〈游感化寺曇興上人山院〉，頁1311。

〔註44〕引自《白氏長慶集》，卷18〈郡齋暇日憶廬山草堂兼寄二林僧社三十韻多敘貶
官已來出處之意〉，景印文淵閣四庫全書，第1080冊，頁200。

〔註45〕引自《劉賓客文集》，卷29，頁242。

〔註46〕引自〔清〕曾益等箋注：《溫飛卿詩集》（上海：上海古籍出版社，1998年），
卷7，頁157。

　　開元以前詞人，鮮弗達者；天寶以後才士，鮮弗窮者。〔註47〕

詩人之窮達繫乎時代政治社會環境，唐室初建，一切制度多因襲前朝，社會重門第，顯達者多出身前朝世家大族。到了進士科舉改考詩賦，提供一條仕進的新管道，寒族士子競圖由此晉身，時政治尚清，仕進有門。天寶以來，國是腐化，即使進士也未必得到晉用，仕途反不如文名高，更別說登地之難，往往窮多達少。蓋傳統知識份子向以儒家兼善天下爲己任，然而當外在社會條件無法配合時，只能退而獨善其身；進退的尺度，則全看詩人面對世界的態度。面對仕隱之間的抉擇，白居易另提出〈中隱〉的說法：

　　大隱住朝市，小隱入丘樊。丘樊太冷落，朝市太囂諠。不如作中隱，

　　隱在留司官。似出復似處，非忙亦非閒。不勞心與力，又免饑與寒。

　　終歲無公事，隨月有俸錢。〔註48〕

唐世隱逸風氣的盛行，也是助長禪風的原因之一。一方面禪宗作爲宗教本身，提供詩人超越現實生命之上，更根本的反省和精神提升的進路；另一方面其修行方式簡便，又可安頓詩人出入世間的定位。

（三）個人對生命的反省和了悟

　　一般人接觸佛教的機緣不同，或由信入、或由解入、或由行入。作爲知識階層的詩人，無論是家庭淵源或仕途遭困，多數是由解入門，經過生命的體悟才起信，並因而實行。如柳宗元〈送玄舉歸幽泉寺序〉：

　　佛之道，大而多容，凡有志乎物外而恥制於世者，則思入焉。故有

　　貌而不心，名而異行，剛狷以離偶，紆舒以縱獨，其狀類不一，而

　　皆童髮毀服以遊於世，其孰能知之！〔註49〕

柳氏認爲佛之道包含廣大，具體而論一切萬法無不爲佛法所攝，凡對人生有根源性究詰者，自然會匯歸於此途；而能有此沉斂之反省者，往往也是經歷現實波折後才能有所領悟而安禪，逃禪只是過程。

　　有些詩人早歲即接觸佛法，後來經歷人世困頓後，益加以佛法解慰晚景。一般人將這種人生轉折，歸之於不得意而逃避現實的消極作法，然而劉禹錫在〈贈別君素上人詩〉引文中，對自己晚來好讀佛經有一番剖析：

　　曩予習禮之《中庸》，至不勉而中，不思而得，悚然知聖人之德，學

〔註47〕引自〔明〕胡震亨：《唐音癸籤》（臺北：木鐸出版社，1982年），頁292。

〔註48〕引自《白氏長慶集》，卷22，景印文淵閣四庫全書，第1080冊，頁254。

〔註49〕引自《柳宗元集》，卷25，頁682。

以至于無學。然而斯言也，猶示行者以室廬之奧耳，求其經術而布武，未易得也。晚讀佛書，見大雄念物之普級寶山而梯之，高揭慧火，巧鎔惡見，廣疏便門，旁束邪徑。其所證入，如舟泝川，未始念於前而日遠矣！夫何勉而思之邪？是余知突奧於啟鍵關於內典，會而歸之，猶初心也。不知予者，誚予困而後援佛，謂道有二焉！夫悟不因人，在心而已。其證也，猶暗人之享太牢，信知其味，而不能形於言以聞于耳也。口耳之間兼寸耳，尚不可使聞，他人之不吾知宜矣！〔註50〕

可見劉氏歸於佛教，確實是經過人生歷練後，發覺佛陀教法的修行次第明確，廣開方便之門以接引不同思路根性的眾生，而且有行有證，皆可「普及寶山而梯之」，點滴心頭，自可勘驗，如順流之舟，不饒思索而日進，何況懂得精思用心者！然而這卻非無實際體悟心得者所能了解。故其歸心於佛教，是透過自家生命勘驗的抉擇，未必如外人所以為「世途受挫」之故。

二、詩人接觸禪僧的根本立場

詩人奉佛的心靈層次不同，傳統知識份子心靈上視儒家人倫建構為生命存在之價值根本的觀念根深蒂固，所以唐代社會信佛風氣雖熾，作為一個儒家知識份子，儘管在詩文中充滿對僧人閒雲野鶴般生活的欣羨之情，實際上卻仍僅守分際，止於旁觀，對出家一事，始終持保留態度。如杜甫〈謁真諦寺禪師〉：「未能割妻子，卜宅近前峰。」〔註51〕孟郊〈夏日謁智遠禪師〉：「不得為弟子，名姓掛儒宮。」〔註52〕

對儒家致仕傳統的服膺及人倫本位的觀念，使詩人在傳統文化性格和個人性情傾向之間徘徊。通過惠能禪宗打破在家出家的界限，轉而注重內心的修養，才有了折衷的出路──以「居士」身分自居，既無須割捨世俗事業，亦不礙在家學佛；既成全其社群生活，又可贏得人品上的清望。反之而出家，則可能被指為悖於儒統。因此，詩人外服儒風，內宗梵行，成為風氣。禪的精神在詩人身上，毋寧是作為一種生活情趣和豐富心靈世界的妙藥，這也是

〔註50〕引自《劉賓客文集》，卷29，頁241。
〔註51〕引自《杜工部集》（叢書集成續編，第164冊，臺北：新文豐出版社，1979年），卷16，頁274。
〔註52〕引自《孟東野詩集》（臺北：臺灣商務印書館，1965年），卷9，頁51。

中國知識階層在遭時不遇之際，藉宗教以療養個體生命的傷痛，卻又可以不真正遁入空門的道理。靈澈〈東林寺酬韋刺史〉就勘破詩人這種心態：「年老心閒無外事，麻衣草座亦容身；相逢盡道休官好，林下何曾見一人？」〔註53〕

　　詩人形成居士禪風，並非唐代才出現，而是承自佛教經典和文化傳統。佛教居士的典範，莫過《維摩詰所說經》中的維摩詰居士，在〈方便品第二〉中描述他的生活：

> 雖爲白衣，奉持沙門清淨律行；雖處居家，不著三界。示有妻子，常修梵行；現有眷屬，常樂遠離。雖服寶飾，而以相好嚴身；雖復飲食，而以禪悅爲味。若至博奕戲處，輒以度人。受諸異道，不毀正信。雖明世典，常樂佛法。〔註54〕

維摩詰居士以白衣居家而擁有妻子眷屬、服飾飲食，乃至休閒娛樂，皆能不捨不滯，既圓滿俗諦，又不失禪悅；示現了白衣學佛的典範，即一切現實生活，便俱足清淨梵行。這種兩全俱美的生活，正是詩人所希求的理想情境。

　　魏晉以來即有傅大士、唐代的龐居士等修行圓滿的白衣，而大批詩人學佛亦以居士自稱，如王維以「摩詰」爲字，顯示其仿效之意；白居易晚年自號香山居士，他作詩參禪，可視爲詩人將宗門居士俗化的代表，其學佛思想和修行方式，對後代詩人的影響遠較王維廣大。他既習禪，老來也崇淨土，在〈重修香山寺畢題二十二韻以紀之〉云：「南祖心應學，西方社可投。」〔註55〕而他本身乃一官僚加文人身份，而非宗教理論家或實踐者，從其多數詩文中可以發現，他對佛法的理解駁雜而無明確的宗派之分，而且常以一己之意融合儒道而解之，如〈新昌新居書事四十韻因寄元郎中張博士〉云：

> 大抵宗莊叟，私心事竺乾。浮榮水劃字，眞諦火生蓮。梵部經十二，玄書字五千。是非都付夢，語默不妨禪。〔註56〕

又〈三教論衡〉道：

> 夫儒門、釋教，雖名數則有異同，約義立宗，彼此亦無差別。所謂同出而異名，殊途而同歸者也。〔註57〕

這種雜揉儒釋道的思想，形成他獨特的人生觀和生活方式，可見白氏之好佛，

〔註53〕引自《全唐詩》，卷810，頁9133。
〔註54〕收入《大正藏》第14冊，頁539上。
〔註55〕引自《白氏長慶集》，卷31，景印文淵閣四庫全書，第1080冊，頁355。
〔註56〕同前註，卷19，頁217。
〔註57〕同前註，卷68，頁748。

是調和了三家的矛盾，開展一種知足安樂的人生態度。如〈和微之詩二十三首·和知非〉所言：

> 因君知非問，詮較天下事。第一莫若禪，第二無如醉。禪能泯人我，醉可忘容悴。……勸君雖老大，逢酒莫迴避。不然即學禪，兩途同一致。〔註58〕

參禪學佛只是他生活的一種消遣和寄託的方式，這是當時知識份子接近方外的普遍心態與立場。他一方面禮佛、敬僧、參禪、誦經，另一方面始終不忘世俗享樂，而欲效法維摩詰居士打破出世入世的界限。白氏之例，雖不能作為文人習禪的深度典範，但卻恰恰代表了後來頗多詩人習禪的態度。

白居易算是生活型居士，而柳宗元身為傳統儒家文士、官僚，對佛教義理也頗有涉獵，但仍是站在儒家的立場，期望以佛濟儒，可說是理智型居士。他在〈送僧浩初序〉中，對韓愈批評其親近佛門而忘失儒家立場，曾作了一番解釋：

> 浮圖誠有不可斥者，往往與《易》、《論語》合。誠樂之，其於性情奭然，不與孔子異道。退之好儒未能過揚子；揚子之書於莊、墨、申、韓皆有取焉。浮圖者反不及莊、墨、申、韓之怪僻險賊耶？曰：「以其夷也。」……吾之所取者，與《易》、《論語》合，雖聖人復生不可得而斥也。退之所罪者其跡也，曰：「髡而緇，無夫婦父子，不為耕農蠶桑而活乎人。」若是，雖吾亦不樂也。退之忿其外而遺其中，是知石而不知韞玉也。吾之所以嗜浮圖之言以此。與其人遊者，未必能通其言也。且凡為其道者，不愛官、不爭能，樂山水而嗜閒安者為多，吾病世之逐逐然，唯印組為務以相軋也，則舍是其焉從？吾之好與浮圖遊以此。〔註59〕

柳氏好佛，一則性情適然；二則於認知上肯斷佛不與儒相左，而且較之諸子猶可取，故取能與儒相輔以行的思想以適性份之好。他試圖將佛教理論納入儒家體系之中來理解，可視為中國文士接受外來文化的理性典型。韓愈卻僅從表面的華夷分位斥之，於佛家深奧之義理根本無所理解，是「知石而不知韞玉」者。〔註60〕若就人倫本位論，二人立場實無二致。尤其好接觸佛門者，

〔註58〕同前註，卷22，頁250。

〔註59〕引自《柳宗元集》，卷25，頁673。

〔註60〕反對佛教的言論，自六朝荀濟、郭祖深到唐初傅奕、韓愈未曾間斷，理由

往往淡薄名利、清淨自守，更是柳氏好交佛徒的原因。

　　唐代社會儒釋道三教並行，詩人思想專主一家者少，兼採者多，正是在這樣開放的社會風氣下，詩人對儒家兼濟天下與個我生命精神向度的解脫追求有更開闊的選擇空間，因而出入官場，參禪修道，並行不悖。白居易自謂：「予棲心釋梵，浪跡老莊。」﹝註61﹞代表唐代詩人兼融性的思想特質。像顏眞卿在〈汎愛寺重修記〉中，就直接表明自己不信佛理，卻好遊山林佛寺的態度：

　　予不信佛法，而好居佛寺，喜與學佛者語。人視之若酷信佛法者然，
　　而實不然也。予未仕時，讀書講學恆在福山，邑之寺有類福山者，
　　無有無予蹟也。……目予實信其法，故爲張侈其事，以惑沙汯，則
　　非知予者矣！﹝註62﹞

顏氏好佛慕道所眞正嚮往者，毋寧是那種清淨安閑的生活和悠然自得的情趣，而非對宗教實踐或教理的深契。唐代文人對佛教這樣的異質文化的基本態度，一如顏氏，包容中有其強烈的本位之思。

三、詩人接觸禪門的實際經驗

　　詩人、禪僧來往的風氣，實始於兩晉，到唐代成爲更普遍的社會風尚，即使反佛如韓愈，仍因時代機緣，並抱著自身立場而有一定的涉獵和接觸，可見佛教對中國文化滲透之廣。單宇《菊坡叢話》卷十三釋梵類，記方虛谷曰：

　　經來白馬寺，僧到赤烏年，釋氏之熾於中國久矣。士大夫靡然從
　　之，適其居，友其徒，或樂其說，且深好之而研其所謂學，此一
　　流也。詩家者流，又能精述其趣味之奧，使人玩之而不能釋，亦
　　豈可謂無補於身心者哉！﹝註63﹞

詩人結交禪僧，往往作爲宗教慰藉而非義理上的探究，故不限于何宗何派，而重在機緣相契。經由訪師問道、禪觀體驗的直接接觸，以及經典的間接接觸，乃至於時代共成的參禪風尚所感染，而成爲詩人文化生活中最切近於價值核心的部分。

　　都是以華夷之見，謂佛教以夷亂華、棄忠孝倫常、病民費財等。
﹝註61﹞引自《舊唐書》卷166〈白居易傳〉，頁5122。
﹝註62﹞引自顏眞卿：《顏魯公文集》（四庫備要本，臺北：臺灣商務印書館，1965年），
　　　　卷5，頁112。
﹝註63﹞引自單宇：《菊坡叢話》（臺北：廣文書局，1973年），頁425。

（一）訪師問道

元方回《桐江集》卷一〈名僧詩話序〉：

> 三代無佛，兩漢無佛，魏晉以來無禪，禪學盛而至於唐，南北宗
> 分。北宗以樹以鏡譬心，而曰時時勤拂拭，不使惹塵埃；南宗謂
> 本來無一物，自不惹塵埃，高矣！後之善爲詩者，皆祖此意，謂
> 之翻案法。李、杜、韓、柳、歐、王、蘇、黃，排佛、好佛不同，
> 而所與交遊多名僧，尤多詩僧則同。許玄度（詢）於支遁，陶淵
> 明於惠遠，韋蘇州與皎然，劉禹錫于靈澈，……極一時斤壑磁鐵
> 之契。〔註64〕

這種名士與名僧的交往模式是源自六朝，到唐代成爲詩、僧接觸的文化行爲
典型。《世說新語》上卷〈文學第四〉：

> 道林、許椽（詢）諸人共在會稽王（簡文帝）齋頭，支爲法師、許爲
> 都講。支通一義，四坐莫不厭心；許送一難，眾人莫不抃舞。但共嗟
> 詠二家之美，不辯其理之所在。〔註65〕

顯見名士與名僧的辯難，能使四坐厭心、眾人抃舞的原因，通義尚屬其次，
毋寧更是在二人整體氣度所形成的論對氛圍中，傳達了一種超越世俗的純粹
智悟之美，成爲士僧交往的典型。六朝是個講究人物姿采的時代，當時名僧
如道安、支遁、慧遠等，精擅內外學及妙善玄談，而且才冠當世，上層文士
莫不好與之遊。湯用彤先生謂：

> 高僧傳曰：孫權使支謙與韋昭共輔東宮，言或非實。然名僧名士之
> 相結合，當濫觴於斯日。其後般若大行於世，而僧人立身行事又在
> 在與清談者契合。夫般若理趣，同符老莊。而名僧風格，酷肖清流，
> 宜佛教玄風，大振於華夏也。〔註66〕

唐代詩人常好將自己與禪僧的交往，比擬於六朝名士與名僧往來的模式，如
李白〈同族侄評事黯遊昌禪師山池二首〉之一：

〔註64〕引自〔元〕方回：《桐江集》（臺北：中央圖書館影印，1970 年），卷 1，頁 49
　　　　～50。

〔註65〕引自《世說新語》（北京：中華書局，2006 年），頁 207。

〔註66〕考之佛教傳入中國，到了六朝方等般若經典傳譯盛行，當時學術界正處於玄
　　　　學風潮，玄學與般若的融合，開始佛教的中國化過程。參見湯用彤：《漢魏兩
　　　　晉南北朝佛教史》（臺北：臺灣商務印書館，1991 年），第七章兩晉之際名僧
　　　　與名士，頁 153。

遠公愛康樂，爲我開禪關。〔註67〕

他將自己拜訪昌禪師比作謝康樂與慧遠。又如白居易〈廣宣上人以應制詩見示，因以贈之，詔許上人居安國寺紅樓院以詩供奉〉：

> 道林談論惠休詩，一到人天便作師；香積廚承紫泥詔，昭陽歌唱碧雲詞。紅樓許住請銀鑰，翠輦陪行蹋玉墀；惆悵甘泉曾侍從，與君前後不同時。〔註68〕

他將自己和廣宣的交誼比作支道林和湯惠休，足見詩人對六朝名士、名僧那種林下風流的企慕，而形成文化行爲的仿效。

唐人社會普遍敬重僧人，詩人本身代表社會上層的知識份子，爲一般人所崇敬，然而與僧人交遊時，往往抱著主動受教的態度，而禪僧則站在被動施教者的立場。《宋高僧傳・神秀傳》卷八：

> 則天太后聞之，召赴都，肩輿上殿，親加跪禮。內道場豐其供施，時時問道。敕於昔住山置度門寺，以旌其德。時王公已下，京邑士庶競至禮謁，望塵拜伏，日有萬計。〔註69〕

由此可見禪僧所受到的崇禮。又如張說對北宗神秀「問法執弟子禮」；〔註70〕宋之問曾問法於六祖惠能；裴休先後交於宗密和希運〔註71〕；杜甫〈夜聽許十一誦詩愛而有作〉：「余亦師粲可，身猶縛禪寂。」〔註72〕又〈秋日夔府詠懷〉：「身許雙峰寺，門求七祖禪。」〔註73〕他雖爲醇醇之儒家詩人，亦不妨其接觸禪宗。王維師事道光禪師，「十年坐下，俯伏受教。」〔註74〕後並與神會交誼頗深。孟浩然〈還山詒湛法師〉：

〔註67〕引自《李太白全集》（北京：中華書局，1990年），卷20，頁942。

〔註68〕引自《白氏長慶集》，卷15，景印文淵閣四庫全書，第1080冊，頁162。

〔註69〕引自范祥雍點校：《宋高僧傳》，頁176。

〔註70〕同前註，卷8〈神秀傳〉，頁176。神秀死後張說親服師喪，並撰〈唐玉泉寺大通禪師碑〉以弔之。

〔註71〕裴休將黃蘗希運的開示內容結集成《傳心法要》一書，《景德傳燈錄》亦將他列於希運法系之下的弟子。另一方面，裴氏自言：「休與師（宗密）於法爲昆仲，於義爲交友，於恩爲善知識，於教爲內外護。」參見〈圭峰禪師碑銘並序〉，引自〔清〕董誥等奉敕編，陸心源補輯拾遺：《全唐文及拾遺》（臺北：大化書局，1987年），卷743，頁3452。

〔註72〕引自《杜工部集》，卷1，叢書集成續編，第164冊，頁57。

〔註73〕同前註，卷15，頁252。

〔註74〕引自〔清〕趙殿成注：《王摩詰全集箋注》，卷25〈大薦福寺大德道光禪師塔銘〉，頁359。

幼聞無生理，常欲觀此身。心跡罕兼遂，崎嶇多在塵。晚途歸舊壑，

偶與支公鄰。喜得林下契，共推席上珍。念茲泛苦海，方便示迷津。

導以微法妙，結爲清淨因。煩惱業頓捨，山林情轉殷。朝來問疑義，

夕話得清眞。〔註75〕

孟氏終身布衣山林，將比鄰而居的湛法師比作支道林，從問法中使一己得以
超越出處之窮蹇，獲得心靈的釋放。

　　唐中葉以後，一則政治機緣上，安史之亂予詩人以現實之頓挫幻滅感，因
而更能貼近禪宗澹泊寧靜的心境；二則此時南宗壓倒北宗，獲得全面性的發展，
尤其馬祖道一提出「平常心是道」的主張，將修行與日常生活打成一片，形成
一種任運隨緣的心態。如權德輿曾游於馬祖道一門下，並結交道士，周流三教；
韓愈在被貶爲潮州刺史期間，與大顚禪師往來；〔註76〕白居易早年接觸惟寬、
智常、甄公；晚年居龍門香山，與禪僧如滿、智如交遊，可說是「交遊一半在
僧中」。〔註77〕故其在〈贈杓直〉詩中自言：

近歲將心地，回向南宗禪。外順世間法，內脫區中緣。進不厭朝市，

退不戀人寰。自吾得此心，投足無不安。〔註78〕

以下我們以《景德傳燈錄》卷十四李翶請謁藥山惟儼爲例，作爲理解詩人請
教禪師的典型：

朗州刺史李翶嚮師玄化，屢請不起，乃躬入山謁之。師執經卷不顧，

侍者白曰：「太守在此！」翶性褊急，乃言曰：「見面不如聞名。」師

呼太守，翶應諾。師曰：「何得貴耳賤目！」翶拱手謝之，問曰：「如

〔註75〕引自佟培基箋注：《孟浩然詩集箋注》（上海：上海古籍出版社，2000年），卷
　　　　1，頁125。

〔註76〕此事韓愈〈與孟尚書書〉、《祖堂集》卷五均有記錄。《祖堂集》是最早的禪史
　　　　和《舊唐書》差不多時期完成，本身全用唐人口語寫成，在中國早失傳，故
　　　　未經宋人修改，可信度甚高。歷來對韓愈是否問法於大顚論辯不斷，贊成者
　　　　謂韓愈也是人，仕途多蹇時，也到佛門尋求解脫。反對者迴護其反佛形像，
　　　　認爲他不可能做出違背自己立場的事情。然而，人的思想是會隨時間經歷而
　　　　有階段性的轉變的，固然韓氏有其始終反佛的部分，如倫常觀；但從他啓問
　　　　於大顚的記錄可知，其對答是專就覺性的喚醒，非關其他，這也是韓氏對佛
　　　　教一直未深入理解的部分。換個角度來看，他果然是向禪僧請教了，又何妨
　　　　其對儒家的崇重？

〔註77〕引自《白氏長慶集》，卷31，〈喜照密閒實四上人見過〉，景印文淵閣四庫全書，
　　　　第1080冊，頁381。

〔註78〕同前註，卷6，頁69。

何是道?」師以手指上下,曰:「會麼?」翱曰:「不會!」師曰:「雲
在天,水在缾。」翱乃欣愜作禮,而述一偈曰:「練得身形似鶴形,
千株松下兩函經。我來問道無餘說,雲在青天水在瓶。」〔註79〕

禪師對去請法的人,會先測試其程度,再依現成的機緣,給予適當的引導。
在此公案中,藥山的提點可以分為三個層次:

第一層,藥山執經卷不顧,觀察學生的反應。李翱作為世俗頗有聲名的
詩人和統治階層的官僚,受到此種冷落待遇,自然忿忿不平;其背後龐大而
固定的文化體系,正是難契禪道的包袱。

第二層,師呼太守。藥山見李翱無法放下原有的價值系統而進一層指點,
意在將其從意識層呼醒,發覺自身的當下存在。接著師以手指上下,用肢體
直示其道,上下指虛空,由個我當下的具存而點破此存在乃空性之體。然而
李翱仍不能領會。

第三層,雲在天,水在瓶。禪師指點的最後底線——說出來——禪機處
處直顯,平常而自然,無須刻意求取,如同上有青天下有水一般。禪師即便
用語言示道,所採行的形式仍避免抽象概念的陳述,而運用一些當下日用、
眼耳見聞的意象來喻示道體,使學生透過對意象的體會而把握老師所欲傳達
者。由於禪的開放性,允許學生依其程度而體解,因此沒有理解的正確與否
的問題。重點是,老師不會再有任何躍出此底限的說明了。

李翱這首詩偈,只是把問道的經過寫出來,未見其體悟消息,可見所悟
尚淺。但至少對禪師將他從慣性思維中逆提而出的現存實境有了驚覺,才能
欣愜作禮。禪師對詩人的提點,往往就是因為這種開放性和新觀點的展示,
令詩人佩服,並且有助於詩人創作靈感的激發。

(二)直接的禪修體驗

既然禪師的指點多半在當下豁醒人之一念覺心,乃如人飲水的體證,則
必須訴之於實際經驗才能領略。而法門雖可傳授,其經驗卻不能給予,所以
得實際體驗禪修,才能對禪有本質性的掌握,從而對詩人的人生態度產生根
本的扭轉。當然,一位詩人接觸禪宗,若已有實踐禪坐的經驗,可以確證他
對禪宗的理解或信受必有相當的深度。如宋之問〈宿清遠峽山寺〉:「空山唯
習靜,中夜寂無喧。說法初聞鳥,看心欲定猿。」〔註80〕沈佺期〈紹隆寺〉:

〔註79〕收入《大正藏》第 51 冊,頁 312 中。
〔註80〕引自《全唐詩》,卷 52,頁 640。

「處俗勤宴坐」。〔註81〕李白〈同族侄評事黯遊昌禪師山池二首〉之一:「一坐度小劫,觀空天地間。」〔註82〕又〈廬山東林寺夜懷〉「宴坐寂不動,大千入毫髮。湛然冥真心,曠劫斷出沒。」〔註83〕王維〈過香積寺〉:「薄暮空潭曲,安禪制毒龍。」〔註84〕〈過福禪師蘭若〉:「欲知禪坐久,行路長春芳。」〔註85〕白居易〈在家出家〉:「中宵入定跏趺坐,女喚妻呼多不應。」〔註86〕

王維是個人生命趨向、家庭淵源和社會經歷等條件所共成的心靈契會典型。如〈飯覆釜山僧〉:

> 晚知清靜理,日與人群疏。將候遠山僧,先朝掃敝廬。果從雲峰裡,
> 顧我蓬蒿居。藉草飯松屑,焚香看道書。然燈晝欲盡,鳴磬夜方初。
> 已悟寂為樂,此生閒有餘。思歸何必深?身世猶空虛。〔註87〕

王維的生活態度,是將禪宗思想落實於日常生活的體驗觀照中,體現出由內心而外顯的一份空寂閑淡的心境,而非以南宗「心平何勞持戒」之名過任性放縱的生活,而更深入以坐禪自我修持觀照,因此展現一份更內斂沉靜的生命風調。〔註88〕〈薦福寺光師房花藥詩序〉:「心舍于有無,眼界于色空,皆幻也;離亦幻也。至人也,不舍幻而過于色空有無之際,故目可塵也,而心未始同。」〔註89〕又自謂:「愛染日已薄,禪寂日已固。」〔註90〕可見他

〔註81〕 同前註,卷95,頁1024。

〔註82〕 引自〔清〕王琦注:《李太白全集》(北京:中華書局,1977年),卷20,頁942。

〔註83〕 同前註,卷23,頁1075。

〔註84〕 引自〔清〕趙殿成注:《王摩詰全集箋注》,卷7,頁102。

〔註85〕 引自〔清〕趙殿成注:《王摩詰全集箋注》,卷7,頁99。

〔註86〕 引自《白氏長慶集》,卷35,景印文淵閣四庫全書,第1080冊,頁404。

〔註87〕 引自〔清〕趙殿成注:《王摩詰全集箋注》,卷3,頁30。

〔註88〕 引自〔清〕趙殿成注:歷來研究者對王維所學到底是南宗禪或北宗禪並無定論,他在未見神會之前,因家學淵源,所接觸的都是北宗禪師,後又與南宗禪法更為相契。學者或從王維自述坐禪和靜穆寡居的生活經驗,判其應屬北宗重視靜心觀照之禪風,此說法實甚不通。蓋人一生所接受的思想,不是像機械把資料順序平列存放的;當其將某種思想納入生命中時,是以此主體來涵攝外來的思想,而這些思想對此主體的撞擊影響是綜合整體性地融化為一個人的有機人生價值觀,是無法機械式地辨明他何種行為是受何種想法指導的。孫昌武在《唐代文學與佛教》中的看法較為折衷:「從思想上看,對他(王維)影響最大的是禪宗,而且表現出由北宗漸教轉向南宗頓教的發展趨向。」(臺北:谷風出版社,1987年,頁79)所以,他應兼受南北禪法之影響。

〔註89〕 引自〔清〕趙殿成注:《王摩詰全集箋注》,卷19,頁279。

是經由實修，直接用整個生命去體驗感受，使得心靈份外敏銳，才能見出萬物意識型態下的本來面目而形諸於文字般若。

（三）間接的經典接觸

唐代佛經翻譯發達，許多詩人因此而有接觸佛經的機緣。帝王推動佛經翻譯，數量與品質均優，而且制度嚴謹。其中擔任助譯官和潤文官者，都是當代文壇英彥，這項工作使文人有機會接觸佛經及當代碩學高僧。經典翻譯又是極崇高而純粹的學術活動，不若一般官職之是非紛雜，因此成為文人雅愛的工作，也開啟士僧往來的門徑。《宋高僧傳》卷四〈慧沼傳〉：

> 中書侍郎崔湜因行香至翻經院，歎曰：「清流盡在此矣！豈應見隔？」
> 因奏請乞同潤色新經。〔註91〕

可見文人對這種純粹的學術活動的嚮往。佛經，是佛陀原本而真實的言教，透過對經典要義的掌握，才能直契佛陀教示的本懷。經典的流佈是唐代佛教傳播的基礎，所以詩人好佛者，無不熟諳佛經，或勤於聽經，或研究義理，或日常讀誦、抄寫。

唐代佛教講經活動極其昌盛，詩人常去參與聽講。從相關詩作中可以歸納出詩人最常去聽《金剛經》、《維摩詰經》、《涅槃經》、《楞伽經》等，〔註92〕這些都是與禪宗相關的經典，由之亦可印證禪宗在詩人思想上的影響力。如孟浩然〈陪姚使君題惠上人房〉：「來窺童子偈，得聽法王經。」〔註93〕李頎〈題神力師院〉：「每聞第一義，心淨琉璃光。」〔註94〕王維〈苑舍人能書梵字兼達梵音皆曲盡其妙戲為之贈〉說苑咸：「蓮花法藏心懸悟，貝葉經文手自書。」〔註95〕準此則苑咸不但精通梵文和梵音，而且以梵文抄經。苑咸贊王維：「當代詩匠，又精禪理。」〔註96〕《舊唐書》卷一九○〈王維傳〉：「弟兄俱奉佛，居常蔬食，不茹葷血；晚年長齋，不衣文綵。在京師日飯十數名僧，

〔註90〕同前註，卷5〈偶然作〉六首之三，頁56。
〔註91〕引自范祥雍點校：《宋高僧傳》，頁73。
〔註92〕參見蔡榮婷：《唐代詩人與佛教關係之研究——兼論唐詩中的佛教語彙意象》（臺北：政治大學中文所博士論文，1992年），頁143。
〔註93〕引自佟培基：《孟浩然詩集箋注》（上海：上海古籍出版社，2000年），卷1，頁89。
〔註94〕引自：《全唐詩》，卷132，頁1347。
〔註95〕引自〔清〕趙殿成注：《王摩詰全集箋注》，卷10，頁141。
〔註96〕引自〔清〕趙殿成注：《王摩詰全集箋注》，卷10，苑咸〈答詩〉序，頁142。

以玄談爲樂。齋中無所有，唯茶鐺、藥臼、經案、繩床而已。退朝之後，焚香獨坐，以禪誦爲事。」〔註97〕王氏整個生活可以說是以禪修爲中心了。白居易給好友崔群的詩〈答戶部崔侍郎書〉說：「言不及它，常以南宗心要互相誘導。」〔註98〕並由〈讀禪經〉而悟理：

> 須知諸相皆非相，若住無餘卻有餘。言下忘言一時了，夢中說夢兩重虛。空花豈得兼求果，陽焰如何更覓魚？攝動是禪禪是動，不禪不動即如如。〔註99〕

柳宗元則以理性態度研究佛經義理，〈送巽上人赴中丞叔父召序〉：「佛之言，吾不可得而聞之矣！其存於世者，獨遺其書，不於其書而求之，則無以得其言；言且不可得，況其意乎？」〔註100〕所以，〈晨詣超師院讀禪經〉從研閱禪誦下手：

> 汲井漱寒齒，清心拂塵服。閑持貝葉書，步出東齋讀。眞源了無取，妄跡世所逐。遺言冀可冥，繕性何由熟？道人庭宇靜，苔色連深竹。
>
> 日出霧露餘，青松如膏沐。澹然離言說，悟悅心自足。〔註101〕

柳氏已思考到由佛意、佛言到佛經這中間意蘊的轉折，然而今人唯透過佛經，方有離言說而得佛之意的可能。

　　另外，詩人好寄宿禪寺或與寺院比鄰而居，不但山居清淨，又可就近請教禪師或濡染禪院的氣氛，如王維居輞川別墅，〈飯覆釜山僧〉：「將候遠山僧，先朝掃敝廬；果從雲峰裡，顧我蓬蒿居。」〔註102〕其母死後，將山莊施爲佛寺。杜甫卜宅移居。〔註103〕白居易晚年居龍門香山寺，「除卻青衫在，其餘便是僧。」〔註104〕韋應物：「爲性高潔，鮮食寡欲，所居必焚香掃地而坐，冥心象外。」〔註105〕司空圖有先人別墅於中條山，「日與名僧高士遊詠

〔註97〕引自劉昫等：《舊唐書》（北京：中華書局，2002年），頁5052。

〔註98〕引自《白氏長慶集》，卷45，景印文淵閣四庫全書，第1080冊，頁494。

〔註99〕同前註，卷32，頁363。

〔註100〕引自《柳宗元集》，卷25，頁671。

〔註101〕同前註，卷42，頁1131。

〔註102〕引自〔清〕趙殿成箋注：《王摩詰全集箋注》，卷3，頁39。

〔註103〕引自《杜工部集》，卷20〈謁眞諦寺禪師〉：「未能割妻子，卜宅近前峰」，叢書集成續編，第164冊，頁44。

〔註104〕引自《白氏長慶集》，卷16〈山居〉，景印文淵閣四庫全書，第1080冊，頁183上。

〔註105〕引自〔元〕辛文房撰，周本淳校正：《唐才子傳校正》（臺北：文津出版社，1988年），卷4，頁118。

其中。」〔註106〕可見隱逸與學禪的共榮發展。

　　綜而言之，唐代詩人透過以上訪寺問道、禪修體悟及經典的接觸所獲得的智解，影響其人生態度，落實在生活實踐，深化其體驗，進而改變其思維模式和審美意識。

第三節　禪僧作詩的文化轉向

一、禪僧寫作詩偈的初衷

　　身爲禪僧而作詩，豈非矛盾現象？則就禪僧身份而言，他們爲什麼作詩？其動機與一般詩人有何不同？禪師對於覺悟自性的教導，往往必須因應當機者不同的文化素養而採行相應的引導方式。在唐代這樣一個詩的國度中弘化，面對代表社會上層結構的精英份子，其深厚的文化素養，和宗門內如惠能、馬祖等來自素樸的下層民眾截然不同，當然不適合沿用宗門一棒一喝式的震撼教育。那麼，禪師欲交接和度化詩人階層，自然得選擇最能爲詩人所接受的教導方式——詩。〔註107〕清涼文益在《宗門十規論》第九，表明禪人作詩實不同於詩人之創作：

> 論曰：宗門歌頌，格式多般，或短或長，或今或古，假聲色而顯用，或託事以伸機，或順理以談眞，或逆事而矯俗。雖則趣向有異，其奈發興有殊，總揚一大事之因緣，共讚諸佛之三昧，激揚後學，諷刺先賢，主意在文，焉可妄述。〔註108〕

由此可見禪僧作禪歌詩偈，不論是借事喻理或表述眞諦，雖然形式多般，根本立場在「總揚一大事之因緣」，即揭示成佛之道予眾生，而非著意於詩體形式。詩只是一種傳播法教的方便，和詩人爲作詩而作詩的動機截然不同，故「主意在文，焉可妄述」！就是因爲用意非文，而在顯示眞理，所以運用起詩偈反而能不爲形式和文詞修飾所拘限，而任運揮灑；也因其本意不在文，反而可跳出

〔註106〕引自劉昫等：《舊唐書》，卷190〈司空圖傳〉，頁5083。
〔註107〕此乃佛教的四攝法之一——「同事攝」，意即菩薩親近眾生，同其苦樂，並以法眼見眾生根性而隨其所樂分形示現，令其同霑利益，因而入道。參見《佛光大辭典》，「同事攝」條，頁2245。
〔註108〕引自《宗門十規論》〈不關聲律不達理道好作歌頌第九〉，收入《卍續藏》，第63冊，頁38中。

詩人窠套，創造出充滿禪意的詩偈。齊己〈勉詩僧〉謂：「道性宜如水，詩情合似冰。」〔註109〕冰是由水凝結而成，其本質是水，並無固定形狀，可隨時改變形跡。詩偈的完成來自所體現的內容是道性，而道性無形，應物而現。

　　唐代上自帝王、下至老嫗，作詩、讀詩已是其生活中非常普遍的一項文化活動，則欲進入此種關係網路，就得熟諳其溝通的語言。司空圖謂：「解吟僧亦俗」，〔註110〕已將僧人視爲俗世中的族群之一。他之所以視僧人爲俗世中的一份子，乃在禪僧能「解吟」，因爲詩是這個文學崇拜社會的溝通符碼。對禪僧而言，能懂詩則能突破身份的藩籬，以接近群眾，這是僧人走入社會的重要手段。

　　詩人方面，對於禪僧作詩也有超越世俗的看法。白居易〈題道宗上人十韻〉認爲禪師作詩的用意在「以詩爲佛事」、「先以詩句牽，後令入佛智」，本是爲度化他人的一種善巧。禪師和光同塵，並依詩人宿習之所好而以詩作爲點化的工具，故白氏於此詩之序亦言：「予始知上人之文，爲義作，爲法作，爲方便智作，爲解脫性作，不爲詩而作也。」〔註111〕因此，詩人一則不會對禪僧作詩產生身份上的質疑；二則也不以文學創作的標準來評度禪僧的詩作。

二、詩僧形成的原因

　　禪宗發展，由不立文字演變至不離文字的繞路說禪；而禪僧也由孤峰頂上走到十字街頭好修行。早期禪僧多出身下層民間，充滿平民的文化性格，因而奠定禪宗平民性、草根性的特質，故禪人接機多脆快，三兩句機鋒語即當下大悟。然而禪風漸至鼎盛，並爲詩人所深好寖習，詩、僧交遊普遍，使得禪僧自身也漸染文風，甚有隱逸山林，卻以作詩爲務之出家人，晚唐以來便出現大批的詩僧，成爲一個時代的特殊文化產物。另一方面，盛唐以後，譯經事業逐漸衰歇，碩學名僧失去發揮才能的場所，於是轉向文學與藝術創作，這也是詩僧產生的一個因素。

　　然則禪僧作詩之風何以形成？實則僧人而善詩者，非獨出現於唐代，而是一種具歷史傳承的文化行爲。佛教經典中，佛陀說《法句經》純以詩偈構

〔註109〕引自《全唐詩》，卷840，頁9478。
〔註110〕同前註，卷632〈僧舍貽友〉，頁7244。
〔註111〕引自《白氏長慶集》，卷21〈題道宗上人十韻并序〉，景印文淵閣四庫全書，第1080冊，頁244。

成，便於記憶。佛陀弟子中，如鵬耆舍（巴 Vangisa）常以即興之詩偈讚歎佛陀；大乘佛教運動的推動者馬鳴菩薩，就是一位擅長詩歌詠嘆的詩人，其所著《佛所行讚》即以敘述體詩爲佛陀作傳。〔註 112〕到了中國，從詩僧交遊的歷史淵源可知，六朝時名僧無不善詩，如支遁、慧遠等，均爲當時士林所欽重。唐代寫詩的禪僧則來自兩類人物的變型：

（一）由詩人出家成為詩僧

早期詩人接觸禪門，多半帶著儒家本位立場，以居士自居，到禪門來尋求現實人生困頓的慰藉。到了唐中葉後期，有些詩人突破儒家人倫本位的觀念而出家，這有其時代機緣的湊泊和個人性情遭遇的因素。經過安史亂後，大唐國基、社會結構受到破壞，失去事業實踐場域的詩人，便轉而尋求個我生命的安頓。《唐才子傳》卷三〈靈一傳〉：

> 至唐累朝，雅道大振，古風再作，卒皆崇衷像教，駐念津梁，龍象相望，金碧交映。雖寂寥之山河，實威儀之淵藪，寵光優渥，無逾此時。故有顚頓文場之人，憔悴江海之客，往往裂冠裳，撥繒繳，杳然高邁，雲集蕭齋，一食自甘，方袍便足。〔註 113〕

唐代的僧人擁有清越的社會地位，並且逐漸向世俗轉進；另一方面，中唐以來，士人漸傾向內在修養，在這種時代風尚之下，詩人轉披緇衣爲僧，將不致見棄於社會。如甄公禪師：「少而警慧，七歲誦通詩雅，遂應州舉，三上中第，未釋褐。與沙門議論玄理，乃願披緇。」〔註 114〕慧恭禪師：「年十七，舉進士，名隨計車，將到京闕，因遊終南山奉日寺，目祖師遺像，釋然世網，遂求出家。」〔註 115〕天然丹霞也是在赴科考途中，轉而選佛去的。〔註 116〕這些禪僧本身都經歷過科舉考試，他們對作詩之法的專擅則無可質疑。而且禪師當中，許多都有早歲秉受儒業薰陶的基礎，如神秀：「少覽經史，博綜多聞。」〔註 117〕香嚴

〔註 112〕參見《佛光大辭典》，「佛教詩人」條，頁 2694。

〔註 113〕引自〔元〕辛文房撰，周本淳校正：《唐才子傳》，頁 34。

〔註 114〕引自范祥雍點校：《宋高僧傳》卷 11〈唐荊州福壽寺甄公傳〉，頁 275。

〔註 115〕同前註，卷 12〈唐天台紫凝山慧恭轉〉，頁 291。

〔註 116〕參見《景德傳燈錄》卷 14〈丹霞天然傳〉：「（天然）初習儒業，將入長安應舉，方宿於逆旅，忽夢白光滿室，占者曰：『解空之祥也。』偶一禪客問曰：『仁者何往？』曰：『選官去！』禪客曰：『選官何如選佛？』曰：『選佛當往何所？』禪客曰：『今江西馬祖大師出世，是選佛之場，仁者可往。』」收入《大正藏》第 51 冊，頁 310 中。

〔註 117〕引自范祥雍點校：《宋高僧傳》，卷 8〈唐荊州當陽山度門寺神秀傳〉，頁 177。

智閑：「博聞強記。」〔註118〕明覺：「儒家之子，風流蘊藉。」〔註119〕日照：「家世豪盛，幼承庭訓，博覽經籍，復於莊老而宿慧發揮，思從釋子。」〔註120〕恆月：「家訓儒雅，辭采粲然。」〔註121〕此輩為僧，本身皆有相當的儒學根基，並非質木無文的凡夫，又甘入空門，自然以翰業來闡揚佛教。齊己〈寄懷江西僧達禪翁〉便云：「何妨繼餘習，前世是詩家。」〔註122〕

（二）禪僧受詩人影響而文人化

唐代社會文學崇拜的風氣，形成階層文化行為的學習滲透，龔鵬程先生說：「文人成為社會上一般人的人格典型，文人生活成為社會生活的模範，文人的價值標準、審美趣味，也成為大家做效依歸的對象。」〔註123〕即使識字不多的惠能，在歌謠流通如空氣般尋常的唐代，也能依其命意，隨口吟頌口語化的詩偈作為警語。中唐以來，禪僧寫詩者日眾，如寒山、拾得等僧人即常使用五、七言體作偈作歌；宗門大德也往往以詩來表達其修證的境界。在這樣的時代氛圍中，僧人本為了傳教方便而作詩，但接觸日深也漸趨文人化，終於出現大批「詩僧」。「詩僧」不只是會寫詩的僧人；它指的是一群外表披著袈裟，卻專以寫詩為業的僧人。這些「詩僧」的出現，可說是唐代詩、禪密切交流之後的直接產物。

唐末的曹山本寂：「少染魯風，率多強學。」「注〈對寒山子詩〉，流行寓內，蓋以寂素修舉業之優也。文辭遒麗，號富有法才焉。」〔註124〕法眼文益：「遊文雅之場，覺師許命為我門之游、夏也。」「好為文筆，特慕支、湯之體，時作偈頌真讚，別形纂錄。」〔註125〕因而提倡禪家尚文之風，曹山本寂和法眼文益分別是曹洞宗、法眼宗的開宗祖師，以宗祖身份而好遊文雅之場，而且文辭遒麗，必然為廣大禪子所仿效，隨之形成風氣。由於這種禪僧文人化的趨向，更使得禪宗能迅速進入知識階層。

〔註118〕同前註，卷13〈梁鄧州香嚴山智閑傳〉，頁303。
〔註119〕同前註，卷11〈唐天目山千頃院明覺傳〉，頁254。
〔註120〕同前註，卷12〈唐衡山昂頭峰日照傳〉，頁274。
〔註121〕同前註，卷10〈唐潭州翠微院恒月傳〉，頁237。
〔註122〕引自《全唐詩》，卷839，頁9469。
〔註123〕引自龔鵬程：《文化符號學》，第三卷：文字化的社會及其變遷，第一章文學崇拜與中國社會：以唐代為例，頁366。
〔註124〕以上兩段引文，引自范祥雍點校：《宋高僧傳》，卷13〈周金陵清涼院文益傳〉，頁313。
〔註125〕以上兩段引文，同前註，卷13〈周金陵清涼院文益傳〉，頁314。

三、禪僧作詩以結交詩人

　　《全唐詩》中收錄僧詩共四十六卷（卷八〇六～卷八五一），其中初盛唐僅佔二卷，可見僧詩主要產生於唐中葉以後，尤其大歷、貞元時期，詩僧名家并起。〔註126〕元辛文房《唐才子傳》評詩僧靈一、靈澈、皎然、清塞、無可、虛中、齊己、貫休等八人為「喬松於灌莽，野鶴於雞群者。」〔註127〕其中皎然、貫休、齊己三人的詩作就佔約五分之四了。所以宋姚勉謂：「漢僧譯，晉僧講，梁魏至唐初僧始禪，猶未詩也。唐晚禪大盛，詩亦大盛。」〔註128〕

　　明胡震亨《唐音癸籤》卷八承劉禹錫〈澈上人文集記〉中的意見，〔註129〕描述中晚唐五代詩僧發展的情形：

> 釋子以詩聞世者，多出江南。靈一導其源，護國襲之，清江揚其波，法振沿之。風習漸盛，背篋笥、懷筆牘，挾海泝江，獨行山林間，俯俯然模狀物態，搜伺隱隙，悽愴超忽，游其心以求勝語，若有程督之者，嗜吟憨態，幾奪禪誦。嗣後轉噉膻名，競營供奉，集講內殿，獻頌壽辰，如廣宣、栖白、子蘭、可止之流，棲止京國，交結重臣，品格斯非，詩教何取？諸衲大歷間獨吳興晝公能備眾體，綴六義清英，首冠方外。文宣之代，可公以雅正接緒。五代之交，己公以清瞻繼響，篇什並多而益善。〔註130〕

當時僧人面對社會所採取的態度分為二道：一是諸禪門大德，秉惠能遺風，與當政者保持一定距離，不入朝受供，接機應化於山林；另一是深受當代文風濡染的僧人，以「佳句縱橫，不廢禪定」〔註131〕的聯吟唱遊，朝向名為「示人文藝，以誘世智」，〔註132〕而攀交文人才士。

〔註126〕另二卷寒山、拾得、豐干之詩，經余嘉錫〈四庫題要辨證〉考證此三人應是中唐人，故併入中晚唐計。

〔註127〕引自〔元〕辛文房撰，周本淳校正：《唐才子傳》，卷3〈靈一傳〉，頁34。

〔註128〕引自〔宋〕姚勉《雪坡集》（景印文淵閣四庫全書，第1184冊，臺北：臺灣商務印書館，1983年），卷37〈贈俊上人詩序〉，頁255上。確實考之《全唐詩》中詩僧的籍貫或主要駐錫活動區域多在江南。江左，即江蘇、浙江一帶，在中唐以降繼長安、洛陽之後，成為文藝中心。

〔註129〕劉禹錫〈澈上人文集記〉：「世之言詩僧，多出江左。靈一導其源，護國襲之，清江揚其波，法振沿之。……獨吳興晝公能備眾體。」參見《劉賓客文集》，卷19，頁152。

〔註130〕引自〔明〕胡震亨：《唐音癸籤》，頁82。

〔註131〕引自〔元〕辛文房撰，周本淳校正：《唐才子傳》，卷3〈道人靈一〉，頁34。

〔註132〕引自范祥雍點校：《宋高僧傳》，卷15〈靈一傳〉，頁359。

　　首先，禪僧以詩求教於詩人，以獲得交情，也因而提升其詩法。劉禹錫〈澈上人文集記〉說靈澈「從越客嚴維學爲詩，遂籍籍有聞。」〔註133〕過去詩人主動求教於禪僧的關係，隨著禪僧本身修行觀念的變化及與世俗關係的調整，二者之間逐漸轉換成對等關係，甚至有些禪僧刻意作詩投合於詩人。其中皎然可算是代表人物，他受到詩人的普遍尊敬，「凡所遊歷，京師則公相敦重，諸郡則邦伯所欽，莫非始以詩句牽勸，令入佛智。」〔註134〕其詩歌活動，成爲接引詩人的橋樑。他曾借慧遠和雷次宗、謝康樂的交遊比喻自己和于頔的交情之深：「若非禪中侶，君爲雷次宗」；「若作詩中友，君爲謝康樂」。〔註135〕又《宋高僧傳》卷二十九〈皎然傳〉：

　　　　晝（皎然）生常與韋應物、盧幼平、吳季德、李萼、皇甫曾、梁肅、
　　　　崔子向、薛逢、呂渭、楊逵，或簪組，或布衣，與之交結，必高吟
　　　　樂道。道其同者，則然始定交哉。〔註136〕

由此可知，欲與其結交，不論是當官或布衣文人，但能「高吟樂道」，又與他同一氣味，則可定其交情。另一方面，他又主動交附所好慕的當代詩人，如以詩攀附韋蘇州：

　　　　嘗于舟中抒思，作古體十數篇，求合韋蘇州，韋大不喜。明日，獻
　　　　其舊製，乃極稱賞云：「師幾失聲名，何不但以所工見投，而猥希老
　　　　夫之意，人各有所得，非牽能至。」晝大服其鑑裁之精。〔註137〕

其後二人果然結爲方外之交，並常以詩贈答。〔註138〕另外，劉禹錫〈澈上人文集記〉自述：

　　　　初上人（靈澈）在吳興，居何山，與晝公（皎然）爲侶。時予方以
　　　　兩髦執筆硯，陪其吟詠，皆曰孺子可教。後相遇於京洛，與支許之
　　　　契焉。〔註139〕

〔註133〕引自《劉賓客文集》，卷19，頁152。
〔註134〕引自范祥雍點校：《宋高僧傳》，卷29〈皎然傳〉，頁728。
〔註135〕以上兩段引文，引自《全唐詩》，卷815〈奉酬于中丞使君郡齋臥病見示一首〉，
　　　　頁9170。
〔註136〕引自范祥雍點校：《宋高僧傳》，頁728。
〔註137〕引自〔宋〕計有功著，王仲鏞校箋：《唐詩紀事校箋》（上）（成都：巴蜀書社，
　　　　1992年），卷73〈僧皎然〉，頁1972。
〔註138〕韋應物有詩〈寄皎然上人〉，皎然也有詩〈答蘇州韋應物郎中〉。參見《全唐
　　　　詩》卷815，頁9172。
〔註139〕引自《劉賓客文集》，卷19，頁152。

可見他與靈澈相識甚早，後來兩人結爲平生知交，這可由〈敬酬澈公見寄二首〉之一：「淒涼沃州僧，憔悴柴桑宰。別來二十年，唯余兩心在。」〔註140〕獲得印證。這種詩僧攀附詩人、權貴之例，在僧徒社會竟成普遍現象。前者如盧中求見於司空圖，《唐才子傳》卷八〈盧中傳〉：

> 時司空圖懸車告老，卻掃閉門，天下懷仰。盧中欲造見論交，未果，因歸華山人寄詩曰：「門徑放莎垂，往來投刺稀。有時開御札，特地掛朝衣。嶽信僧傳去，天香鶴帶歸。佗時周召化，毋復更衰微。」圖得詩大喜，言懷云：「十年華嶽山前往，只得盧中一首詩。」其見重如此！〔註141〕

又《唐才子傳》卷九〈鄭谷傳〉記齊己投〈早梅〉詩於鄭谷之韻事，詩中有「前村深雪裡，昨夜數枝開」句。鄭谷謂：「數枝非早也，未若一枝佳。」齊欣然改之，並拜鄭爲「一字師」。〔註142〕後者如貫休求見武肅、孟知祥：

> 初昭宗以武肅、錢鏐平董昌，功拜鎮東軍節度使，自稱吳越王。休時居靈隱，往投詩賀，中聯云：「滿堂花醉三千客，一劍霜寒十四州。」武肅大喜，然僭侈之心始張，遣諭令改爲「四十州」乃可相見。休性躁急，答曰：「州亦難添，詩亦難改！余孤雲野鶴，何天不可飛？」即日裹衣缽拂袖而去。至蜀，以詩投孟知祥云：「一缾一缽垂垂老，萬水千山特特來。」知祥久慕，至是非常尊禮之。〔註143〕

武、孟二人均屬政治人物，而貫休如此刻意求見，可見詩僧不但攀交詩人，更進一步向具有政治勢力的人物拓展其交際範圍。

　　僧人參與社會生活的各個層面，出入文壇、政壇，社會上僧俗相攀附，僧人奔走於道途，遊走於各政治集團之間，這並不是被迫性的行爲，而是禪僧出入社會的尺度拿捏不同所產生的結果。《唐音癸籤》卷二十九：「唐名緇大抵附青雲士始有聞，後或賜紫，參講禁近，階緣可憑。青雲士亦復借以自梯，如陸希聲、韋昭度以澈、韜兩師登庸，尤其可駭異者。」〔註144〕所以湯

〔註140〕引自《劉賓客外集》（臺北：世界書局，1986年），卷5，四庫全書薈要，第363冊，頁251。

〔註141〕引自〔元〕辛文房撰，周本淳校正：《唐才子傳》，頁117。

〔註142〕參見〔元〕辛文房撰，周本淳校正：《唐才子傳》，頁127。

〔註143〕同前註，卷10〈貫休傳〉，頁143。

〔註144〕引自〔明〕胡震亨：《唐音癸籤》，頁302。

用彤先生謂：朝廷賜榮典予僧人，至唐乃多，一者賜紫，二者賜師號，三者官補德號，四者賜夏臘，五者授官階，六者賜國師號等。〔註145〕以致過去嘯傲王侯、堅守山林之風漸減，僧格從此卑落矣！

其次，禪僧之間亦常以詩相互切磋，吳興皎然、越州靈澈和杭州道標，常相與酬唱，《宋高僧傳》卷十五〈道標傳〉：

> 故人諺云：「雪之晝（皎然），能清秀；越之澈（靈澈），洞冰雪；杭之標（道標），摩雲霄。」每飛章寓韻，竹夕花時，彼三上人當四面之敵，所以辭林樂府常采其聲詩。〔註146〕

這些僧人，如清江：「善篇章，儒家筆語，體高辭典，又擅一隅之美，時少倫儗。」〔註147〕靈一：「每禪誦之隙，輒賦詩歌事，思入無間，興含飛動。」〔註148〕齊己好詩，「為大溈山寺司牧，往往抒思，取竹枝畫牛背為小詩。」〔註149〕〈自題〉：「禪外求詩妙，年來鬢已秋。」〔註150〕他們成日以賦詩為務，幾奪本行。然而，外人對他們這般行徑的質疑，他們未必沒有警覺，齊己〈答禪者〉：「閒吟莫學湯從事，拋卻袈裟負本師。」〔註151〕又〈荊渚逢禪友〉：「閒吟莫忘傳心祖，曾立階前雪到腰。」〔註152〕可見這些詩僧雖性好吟詩，仍未忘記祖師得法是從千辛萬苦中來，以及自己禪僧的身份。這一方面固然是對僧人寫詩之初衷的自我提醒；另一方面也可看出詩僧在感性生命的癖好和宗門身份之間的矛盾。

禪僧習詩、交接詩人，使其接機漸由一般平民入於上層社會結構中的知識份子；相對地，禪僧也逐漸轉向文采風流。然而若就其禪偈語言表達的提升而言，仍有其正面的價值。

本章小結

文化的傳播向有其內在規律，詩人習禪、禪僧作詩，他們涉入彼此文化

〔註145〕參見湯用彤：《隋唐佛教史稿》（臺北：木鐸出版社，1988年），頁71。

〔註146〕引自范祥雍點校：《宋高僧傳》，頁374。

〔註147〕同前註，卷15〈唐襄州辯覺寺清江傳〉，頁368。

〔註148〕同前註，卷15〈唐餘杭宜豐寺靈一傳〉，頁360。

〔註149〕引自〔元〕辛文房撰，周本淳校正：《唐才子傳》，卷9，頁128。

〔註150〕引自《全唐詩》，卷843，頁9530。

〔註151〕同前註，卷846，頁9572。

〔註152〕同前註，卷846，頁9570。

階層時，一方面改變自身某些特質去迎合對方；另一方面也以自身立場之見解或需要去接納對方。這種交互行為，使彼此都因為新的文化質素的加入，而產生質的變化，從而轉化出一個具有共同傾向的文化現象。文化是具體時空中的存在，有其常與變。就常者言，用以簡擇、消化外來文化而納入自己的文化體系中成為新成份；就變者言，其自身也因外來文化不斷的沖擊而轉變。彼此並非全然的對立，亦非一被動、一主動的接受，而是在時代機緣上因實際的接觸，而產生雙向互涉，因此，可說是彼此吸收同化的過程。「交往是社會關係得以構成的必要條件，同時又是社會關係的具體體現。」〔註153〕詩人與禪僧的交流活動，其互動、學習、類化發展，愈到後期，同質性愈高，好詩的禪僧與習禪的詩人，二者就具有高度的同質性，這即是來自詩、禪文化合流的結果。

〔註153〕引自俞建章、葉舒憲：《符號：語言與藝術》，頁3。

第四章　唐代詩人主體觀照方式的轉變：主客交融之「境」

　　唐代文學的成就指標在於詩歌，詩人的創作質量俱佳；而中國詩歌傳統一直以言志、緣情爲發展主軸，重在抒發主體內在的經驗世界，相對地就比較忽略對外在景象的描繪。詩人一方面要求抒發自我；一方面卻又認爲語言無法完全傳達內在的經驗世界，這時就產生了一個難題——內在生命經驗要如何表達？傳統文學創作歸結出一種方法，即是以外在景物意象來比興內在的體驗，所以中國文學很早就注意到心與物之間的關係。唐代由於詩人對禪宗的浸潤，使心與物之間的興發感動方式有了新的發展，開發出一個非心非物、即心即物的表現內容——境，〔註1〕使詩歌體現了心靈境界與外在客觀景物的融合，也使心與物之間二元對立的關係融解。這是禪宗給予詩歌的養份，尤其突出地表現在盛唐以來的田園山水詩。

　　詩忌直接說理，所以古人對詩中援用禪語而落於議論都不表贊同，趙翼《甌北詩話》卷五：「至於摹彷佛經，掉弄禪語，以之入詩，殊覺可厭。」〔註2〕直接在詩中說禪理，尤被斥之如偈語而非詩，不能算是禪眞正給予詩的養份。唐代詩人對禪宗文化的接受，最主要的效應是開發了詩的第三種特

〔註1〕　「境」義取自佛教，包含能、所雙方所共成的結果。本章強調「境」這個概
　　　　念在詩歌理論中的起用。各家詩論或以「境界」、「意境」稱之，用「意境」
　　　　較能將心物作用含攝於詞義之中，故目前美學界多運用此詞。但本章使用此
　　　　二詞組時，並非將之視爲專門術語，而依上下文脈之需，在「境」的單詞加
　　　　一字使語意通順。
〔註2〕　引自趙翼：《甌北詩話》（臺北：廣文書局，1971年），卷5，頁8。

質——境，使田園山水詩產生關鍵性的轉變。這種心物關係的改變，對詩歌創作產生了什麼影響？詩的表現因此形成怎樣的特質？對田園山水詩的傳統產生什麼作用？詩人的創作方法又有怎樣的轉變？以下分別討論。

第一節　詩人主體觀照方式的改變：詩第三特質的開顯——境

一、「境」的意涵

　　中國古代典籍運用「境」字，或指邊界空間範圍，如《孟子・梁惠王篇》下：「四境之內不治，則如之何？」〔註3〕或指時間之界限，如《說文解字》謂：竟，「樂曲盡為竟。」段玉裁注云：「曲之所止也。引申之凡事之所止，土地之所止，皆曰竟。」〔註4〕或如《莊子》中有「榮辱之境」（逍遙遊）、「是非之竟」（秋水）〔註5〕等，已用來描述無形的精神所對之狀況。《新序・雜事篇》第一：「守封疆，謹境界。」〔註6〕將「境界」合用，《說文解字》謂：界，「竟也」，義同於竟，仍是指疆界之意。〔註7〕這些義界，顯然與後來文學創作中，視「境」為心物之交融不同。事實上，文學中運用「境」或「境界」的觀念，非承自中國固有的文化傳統，而是受到佛教的啟發，才使其意義深化，融主客於一爐。

　　佛教傳入中國之後，創造了「境」字的新意涵，運用到文學藝術的創作上，使傳統心、物關係產生新的觀點。《佛學大辭典》：「心之所遊履攀緣者，謂之境。」則「境」已不只是與主體相對存在的客觀景象，更進一步指出境由心所緣而成。又謂：「境界」一詞，梵語為 Visaya ，「自家勢力所及之境土」，〔註8〕即一切「境」

〔註3〕　引自〔漢〕趙岐注，〔宋〕孫奭疏：《孟子注疏》（北京：北京大學出版社，2000年），頁61。

〔註4〕　以上兩段引文，引自〔漢〕許慎撰，〔清〕段玉裁注：《說文解字注》（臺北：黎明文化公司，1990年），頁103。

〔註5〕　參見〔清〕王先謙：《莊子集釋》（臺北：華正書局，1985年），頁1、104。

〔註6〕　引自〔漢〕劉向著，石光瑛校釋：《新序校釋》（北京：中華書局，2001年），頁7。

〔註7〕　參見〔漢〕許慎撰，〔清〕段玉裁注：《說文解字注》，頁703。

〔註8〕　以上兩段引文，引自丁福保編著：《佛學大辭典》（臺北：新文豐出版社，1985年四版），頁2489。

均不出此心之反射。由是明白顯示了「境」，絕非單方面的主觀之心或客觀之物，而必然是雙方共同作用而成。一切諸法為般若所對之境界，般若為能緣之智，諸法為所緣之境，故名一切諸法曰「境界般若」。唐普光《俱舍論記》卷二：

> 若於彼色等境，此眼耳等有見聞等取境功能，即說彼色等為此眼等境。功能所託名為境界，如人於彼有勝功能，便說彼為我之境界。
> 〔註9〕

由俱舍論可知，「境」的基本特徵是主客結合之所成。一者為能緣之六根，二者為所緣之六塵，任何一根與其所對之塵境雙方面條件同時俱足時，有一具了別能力的主體，並且有一能被了別的對象，功能所託即產生「境界」。這種情況下主客就不是截然二分，而是互攝相融、非一非異。相反的，缺少任何一方，就不能名之為「境界」。

又唐圓暉《俱舍論頌疏論本》卷二：

> 若於彼法，此有功能，即說彼為此法「境界」。……彼法者，色等六境也。此有功能者，此六根、六識，於彼色等有見聞等功能也。准此論文，功能所託，名為「境界」，如眼能見色，識能了色，喚色為「境界」。〔註10〕

吾人以眼、耳、鼻、舌、身、意等能了別之六根，與色、聲、香、味、觸、法等所了別之六塵境接觸，即產生六識的作用關係。《法苑珠林》卷四十六〈攝念篇〉認為，六根各各所成之境界中，有一「意境界」，即意根所攝之外境。〔註11〕凡是根、塵相遇所取之對境，是能、所共成，非純粹之客觀景物，而是經由心的了別功能之作用而折射出物之心影。

　　「明心見性」是禪宗修行的方法和境界，這個心非相對於物的一個觀念，其心即自性本源，既是絕對又包含相對，究竟說是本來無一物，空體寂然；但落入現象層時，「法身無象，應物現形」，故宇宙萬有又都可為絕對境界的一機一象。禪宗強調「對境無心」，《六祖大師法寶壇經》：「悟無念法者，見諸佛境界。」〔註12〕對一切現象不起心念；臨濟和尚示眾曰：「一心既無，隨處解脫。」〔註13〕又把一切事物看作是真如、佛性的體現，而佛性既在宇宙萬有之中，亦

〔註9〕　收入《大正藏》第 41 冊，頁 34 下。
〔註10〕收入《大正藏》第 41 冊，頁 827 上
〔註11〕參見《大正藏》第 53 冊，頁 548 下。
〔註12〕引自《大正藏》第 48 冊，頁 350 上。
〔註13〕引自《景德傳燈錄》卷 28，收入《大正藏》第 51 冊，頁 437 下。

在人的內心當中。佛教認為宇宙萬有的存在並沒有實體性，都只是吾人心識與現前之境作用所變現；究竟而言，諸法畢竟空寂，自性空故。《華嚴經‧梵行品》：「了知境界，如幻如夢。」〔註 14〕境界包括現象與精神意識在內，均不出自心之影現，這是佛教心性觀所形成的特殊觀照方式。《金剛經》：「一切有為法，如夢幻泡影，如露亦如電，應作如是觀。」〔註 15〕有為法相對於無為法，是由因緣條件和合形成，自然有生滅變化，其自性卻是空，故《般若心經》云：「照見五蘊皆空」，〔註 16〕則外在環境是因應主體而呈現，主體與客體都沒有絕對獨立的存在性。禪宗將本體與現象融為一體，故對境之認識，進一步融合絕對與相對於此現前當下之一心，即一切生活中體現此一心所現之境相，一方面不脫離現實生活種種境遇的感受；一方面更積極地即物求真、即事見理。將佛教的「境界」觀運用到文學創作和審美活動上，便開創了詩歌的新視野。

「根」去認識「塵」的這個動作就是「取境」，詩僧皎然後來將這個觀念運用於詩境的取擇經營上，曾祖蔭先生謂：「境界或意境這個詞移用到文學創作和美學思想中，與佛經的傳播以及信奉佛教或受佛學影響的藝術家有重要的關係。」〔註 17〕「境界」一詞的定義，因此揉合了中國傳統語意和佛教俱舍論的界定而有所深化。顏崑陽先生認為至少應有下列幾層意義：（一）必有外在之認識對象，故藝術中所謂「境界」常託顯於對具體景象之描寫；（二）必繫於主觀的感覺經驗，「境界」與主體心靈修養有必然關係；（三）有「界域」之意，藝術理論中所謂「境界」必有大小高低的界限；（四）藝術活動中的「境界」，必得從特定的藝術客體中去探求，「故葉嘉瑩之說境界皆明指『作品』而言，亦即藝術家將其主觀之心靈修養及觀照外在對象所得之感覺經驗，依藉種種藝術媒材加以體現為作品，而鑑賞者也依藉作品去回溯原本內在於主體的『境界』。」〔註 18〕是則強化了主體對物的作用力和境智相融的關係。

「境」乃根塵接觸所生，是心物交融的產物。故文學中的「境界」是指主體對內外境的感受所作的描寫，絕非純粹客觀之象，必含有主觀的感受在內；但又非純為主觀之情與志，必含客觀之物象在內。呈境的作品所表現的

〔註 14〕收入《大正藏》第 10 冊，頁 88 中。

〔註 15〕收入《大正藏》第 8 冊，頁 752 中。

〔註 16〕收入《大正藏》第 8 冊，頁 848 下。

〔註 17〕引自曾祖蔭：〈意境論〉，《中國古代文藝美學範疇》（臺北：文津出版社，1987年），頁 267。

〔註 18〕參見氏著：《莊子藝術精神析論》（臺北：華正書局，1985 年），頁 193。

是主體情感與外在景物結合，形成主客交融之境；萬物非自外於心，心亦非自外於萬物，心物之間互攝融通。

禪宗重即境逢緣的啓發，「境」一方面是根塵結合、因緣所生之幻法，然而鬱鬱黃花無非般若，在俱存時空當下又是最眞實的境界，這並不是說黃花即般若本身，而是不生不滅之體就在生滅法中，所以說「平常心是道」。唐代詩人受禪宗感知方式的啓發，對境界的運用與普遍，延續前代詩歌創作主客關係的探討，以當代豐富的詩歌創作成果爲後設反省之基礎，促進了「境」在審美理論的思考。

二、詩的第三特質——境

前人討論詩中的禪意，通常分爲禪理詩、禪跡詩、禪典詩、禪趣詩等，〔註 19〕而前三類詩中與禪有關的內容皆在語言表面就可明顯的看出來，故無庸論證。但是，直接說理、用典、寫禪宗人事之作，其影響並沒有深入詩的本質，無法從詩的質素中開出有異於情、志的特質，只有禪趣詩一類是過去詩歌傳統所無的新內容。因此前三類詩，我們不作詳細討論，而將重點集中在「禪趣詩」。

然而，用禪「趣」來指稱詩得之於禪最重要的特質，不若用「境」字來得精確。因爲就詩的意義類格而言，屬於「趣」格的作品，主要在描寫由外物而獲致體物的趣味。顏崑陽先生：

> 「趣格」之作，雖也是直覺感性經驗，但「趣」不是中心自生的情緒，而是物所給予的趣味，無所謂悲歡。凡是一首詩的意義歸趨，不指向主體內在的情感，而指向由於「物」（包括一切外在之人、事、物品、生活狀況）的形態、性質、精神所供給的趣味，都屬「趣格」，它比較接近由審美對象所伴生的美感、快感。〔註20〕

因此，「趣」對外物的感受雖然仍是繫屬主體所發，其意義歸趨卻非主體內在心靈所產生的情感，而是指向偏於外物的一方。這與詩受到禪宗啓發所表現

〔註 19〕杜松柏將詩人「以禪入詩」分爲禪理詩、禪跡詩、禪典詩、禪趣詩等，後來的研究者亦多承襲其分類。參見氏著：《禪學與唐宋詩學》（臺北：黎明出版社，1978 年），第四章，頁 299。然而這種分類既主觀又缺乏標準，有些詩兼用禪典、禪語而又深寓禪理、禪趣者，則如何分之？反之，有些詩不著一「禪」字，卻禪意盎然。

〔註20〕引自氏著：《李商隱詩箋釋方法論》（臺北：學生書局，1991 年），頁 62。

的一種心靈與景物融合為一的特質並不相符。而「境」則是情與景交融所成，使詩不偏於主體內在情、志的抒發，也不偏於客觀景物的寫實，所以用「境」字，比較能含括「主客合一」、「情景交融」之義，並具深廣的主體精神內涵。

其次，何以說「境」是詩的「第三特質」？這是從詩歌發展的歷史時間順序而言：詩的第一特質是「志」；第二特質是「情」；而「境」是詩的第三特質。從詩歌觀念史來追溯，先秦到漢魏之詩，以「言志」為主。此「志」特別指與政教有關的集體意志，〈詩大序〉：「詩者，志之所之也。在心為志，發言為詩。」〔註21〕這個「詩言志」的傳統必須放在儒家系統來理解，其價值意向明顯，「是以一國之事，繫一人之本」，故常以人事景物「比興」暗示社會集體之志。如韋孟〈諷諫詩〉、傅毅〈迪志詩〉等，〔註22〕都是典型言志詩，上承《詩經》傳統，而宣政教之志。像漢魏樂府、古詩，作者多為代言人，表達社會共同的意志傾向。如班固〈詠史〉：

> 三王德彌薄，惟後用肉刑。太蒼令有罪，就遞長安城。自恨身無子，困急獨煢煢。小女痛父言，死者不可生。上書詣闕下，思古歌雞鳴。憂心摧折裂，晨風揚激聲。聖漢孝文帝，惻然感至情。百男何憒憒，不如一緹縈。〔註23〕

此詩借由緹縈上書為父抵罪的故實，反映當時政治黑暗，民為刀俎下的魚肉的社會實況，最末感慨百男不如一個弱女子的勇氣，是對整個社會正義失聲與道德淪喪的諷刺。再如陳琳〈飲馬長城窟行〉：

> 飲馬長城窟，水寒傷馬骨。往謂長城吏，慎莫稽留太原卒。官作自有程，舉築諧汝聲。男兒寧當格鬥死，何能怫鬱築長城？長城何連連，連連三千里。邊城多健少，內舍多寡婦。作書與內舍，便嫁莫留住。善侍新姑嫜，時時念我故。夫子報書往邊地，君今出語一何鄙？身在禍難中，何為稽留他家子？生男慎莫舉，生女哺用脯。君獨不見長城下，死人骸骨相撐拄。結髮行事君，慊慊心意關。明知邊地苦，賤妾何能久自全。〔註24〕

此詩借由被徵召的丈夫與家鄉妻子的書信對話，反映漢末政治昏暗，人民生

〔註21〕 〔漢〕鄭玄箋，〔唐〕孔穎達疏：《毛詩注疏》，卷1，頁1。

〔註22〕 參見逯欽立輯校：《先秦漢魏晉南北朝詩》（臺北：木鐸出版社，1988年），「漢詩部」，卷2，頁102；卷5，頁172。

〔註23〕 同前註，「漢詩部」，卷5，頁170。

〔註24〕 同前註，「魏詩部」，卷3，頁367。

命的痛苦與無奈，雖屬客觀寫實，並未加入作者主觀批判，但最末借由一個堅貞自守的妻子，對丈夫同生共死的誓言，代表最亂的時代，人民最卑微的心聲。另外，如蔡邕〈飲馬長城窟行〉、曹操〈苦寒行〉、王粲的〈七哀詩〉等，都是在反映社會現實。〔註 25〕詩人所寫不一定是自身之遭際，而是作為旁觀者、代言人，其寫作目的，在於對時代亂局提出質疑和諷諭。《漢書・藝文志》：「古者諸侯卿大夫交接鄰國，以微言相感，常揖讓之時，必稱詩以諭其志，蓋以別賢不肖而觀盛衰焉。」〔註 26〕這種本於政教的情志，是漢代經學家從《詩經》所反省而得的觀念，「指的就是主體對政教的人文世界所作的價值判斷」，〔註 27〕是為詩的第一特質——「志」。

以詩言「志」，是以主觀之意志統攝外物，心物並非對列互動的關係。晉六朝以來，由於個人意識的覺醒，進而肯定文學中情意性之自我的表現，形成「詩緣情」的觀念，對整個創作過程中，心物互動關係有較多的關注。陸機〈文賦〉：「詩緣情而綺靡。」〔註 28〕所緣之情即個人的感情經驗。鍾嶸〈詩品序〉：「詩者吟詠情性。」已將詩歌內容界定為吟詠個人的情性，此一情性往往感物而動，並發之於詩，故云：「氣之動物，物之感人，故搖蕩性情，形諸舞詠。」〔註 29〕詩人的眼界從社會性的大我，縮小到以一己為中心，面對外物所產生的情緒，詩中流露著明顯的抒情自我，而與廣大社會群眾無關。如潘岳〈悼亡詩〉三首之三：

> 曜靈運天機，四節代遷逝。淒淒朝露凝，烈烈夕風屬。奈何悼淑儷，
> 儀容永潛翳。念此如昨日，誰知已卒歲。改服從朝政，哀心寄私制。
> 茵幬張故房，朔望臨爾祭。爾祭詎幾時，朔望忽復盡。衾裳一毀撤，
> 千載不復引。壘壘期月周，慼慼彌相愍。悲懷感物來，泣涕應情隕。
> 駕言陟東阜，望墳思紆軫。徘徊墟墓間，欲去復不忍。徘徊不忍去，
> 徙倚步踟躕。落葉委埏側，枯荄帶墳隅。孤魂獨煢煢，安知靈與無。
> 投心遵朝命，揮涕強就車。誰謂帝宮遠，路極悲有餘。〔註 30〕

〔註 25〕參見逯欽立輯校：《先秦漢魏晉南北朝詩》，「漢詩部」，卷 7，頁 351；「魏詩部」，卷 2，頁 365。

〔註 26〕引自《漢書》（臺北：鼎文書局，1979 年），頁 1755。

〔註 27〕引自顏崑陽：《李商隱詩箋釋方法論》，頁 42。

〔註 28〕引自張少康：《文賦集釋》（上海：上海古籍出版社，1984 年），頁 25。

〔註 29〕以上兩段引文，引自鍾嶸：〈詩品序〉，收入〔清〕何文煥編：《歷代詩話》，頁 5。

〔註 30〕引自逯欽立輯校：《先秦漢魏晉南北朝詩》，「晉詩部」，卷 4，頁 635。

此詩是潘氏在悼念已逝之妻，抒發個人面對生命孤寂的悲哀，並無任何借詩託喻之寓意，純粹以抒發個人情緒為創作目的。這種詩通常用第一人稱直接吐露個人之經驗感受，讀者所引發的也是屬於個我的情緒。另一種狀況，來自氣動物色，而引觸情性，六朝以山水為題材的詩，都屬緣心感物。如陸機〈赴洛道中作〉之二：

> 遠遊越山川，山川脩且廣。振策陟崇邱，安巒遵平莽。夕息抱影寐，
> 朝徂銜思往。頓轡倚嵩巖，側聽悲風響。清露墜素輝，明月一何朗。
> 撫枕不能寐，振衣獨長想。〔註31〕

詩人受到景物變化而牽動內在情性，因此所寫之景多包含主體情感經驗，不論是「以情觀物」或「情以物遷」，都是以抒發個己之情性為創作之目的，不涉及任何社會行為動機，是為詩的第二特質——「情」。

禪宗給予唐詩最主要的養分，在於將「有執」的心靈境界，轉化為「無執」，而開出「空靈」之「境」，形成異於傳統「言志」、「緣情」的詩風。中國詩歌內容，從言「志」到緣「情」，無論是作為政教諷諭，還是純粹自我抒情，都是內在先有一被感動激發的情志，然後尋求語言文字表達之，還是屬於有目的性或有情識造作的創作。儒、道傳統也重心性之說，此點與禪宗並無大異，其差別關鍵只在「有」、「無」。儒為「有」，與禪殊異；而道為「無」，與禪相近。「言志」，固為儒家「有」之心性觀的產物；「緣情」，則亦世俗常識性之「有」。傳統詩歌發展至唐代，受禪宗啟發所形成最明顯的特質在於主客交感、物我合一，消泯了上述情志之造作，而使「有」之心性淨化為「空靈妙境」。這個「境」既與政教內容無關，亦非作者自我情感的渲洩，而是無意間情景剎那交融之所體現，是為詩的第三特質。

由於禪宗的啟發，使唐詩創造了前所未有的意境，藝術精神突破傳統以來情志詩觀的限制。過去文學史對於唐詩特質的探討，一向偏於對外在政治社會的反映或詩人內在情感想像的內容，徒使此一問題流於片面。事實上，唐詩「興象玲瓏」之作，很重要的養分是來自詩人審美態度受禪宗思維的熏習。當然我們說唐詩受禪特質的啟發，並不排斥它同時也接受其他因素的養分，而禪宗是形成唐詩特質非常重要的關鍵。

禪宗講究明心見性，不尚坐禪，而在直下悟入道體。這種思維方式與詩

〔註31〕引自陸機：《陸士衡文集》，卷5，收入《續修四庫全書》第1304冊，頁13～14。

人講究心物直覺交感以引發詩興的內在體驗相似，詩人心靈與外在自然之間，由感應更進而融合。宗密《禪源諸詮集都序》卷二：

> 心不孤起，托境方生；境不自生，由心現故。〔註32〕

三祖僧璨〈信心銘〉亦云：

> 境由能境，能由境能，欲知兩段，元是一空，一空同兩，齊含萬象。
> 〔註33〕

境非客觀景象的再現，它包含著兩個方面：一者事物的形象；二者主體的靈思。這種心物之通感，根源於中國哲學中人對宇宙的生命共感，經驗世界與心靈世界本是一體兩面，禪宗更將一切萬法置於一心之中，境由心現，然而心也要借由對外境的作用才能顯象。所以禪宗此種絕對超越的心靈境界，並不否定現實經驗世界，心靈與經驗並非對立存在而是互攝合一，因此更能逐感性世界而點化爲心靈之悟境，在詩歌創作上樹立心物泯然的「境」。

因爲禪悟是很難傳遞的個人體驗，因此去界定某文學作品含有禪境，必然無法排除主觀的判定，因爲作者創作時是否果然有禪意已無法得知，這就產生了界義和判定上的困難。因此有時一篇作品即使表面文字上並無與禪相干字眼，但其內涵與禪之精神有相通處，而且此相通處能爲多數人感受到，則可歸爲禪境詩。

唐詩中「非情非志」的「呈境」之作，詩中雖也有人，卻看不到任何人的意志或情緒在主導，只表現一種心靈境界。如李白〈山中問答〉：

> 問余何事棲碧山，笑而不答心自閑。桃花流水窅然去，別有天地非
> 人間。〔註34〕

詩人「笑而不答」，因爲這是具體的心靈體會，無法用語言表達，是從思考推理的世界進入另一番非意識造作的天地。心閑則無情識造作，不作意要做什麼或不做什麼，面對非此境界的旁人的問難，只可以無言答之。如同禪悟過程的返照，禪師將學人的問題擋回去而引發學人自悟，後兩句則用一種極開放性而非陳述性的方式，以具體意象將心閑的狀態表露出來，因爲主體內在的清醒，而見到落花流水去去之生息變化中的另一番風景。語氣極盡平淡簡直，似有言似無言，詩境在有無之間，非可以指實。

〔註32〕收入《大正藏》第 48 冊，頁 404 上。
〔註33〕收入《大正藏》第 48 冊，頁 376 下。
〔註34〕引自《李太白全集》卷 19，頁 874。

再如王維〈鳥鳴澗〉：

　　人閒桂花落，夜靜春山空。月出驚山鳥，時鳴春澗中。〔註35〕

人的「閒」與桂花的「落」是主客兩個絕無相干的狀況，放在一起卻並不衝突，因此物各依自己地存在。閒是詩人主體當時的心情，閒看落花就排除了任何目的性，甚至沒有因花落而產生情緒反應。接著拉遠鏡頭是一整片的山，沒有聚焦，因此顯得空靜，這空帶出後一句月出的意象，使原來一片空蕩的山，焦點凝在白色的月上，這個突然的動態引起連鎖反應，驚嚇了山鳥，最末一個鏡頭是被驚起的鳥飛鳴過溪澗，使鳥鳴與溪澗迴蕩於整個空山，靈動中餘韻無窮。後三句看來也與靜觀一旁的閒人無關，只是因為有此人在，後面的景都是在其閒閒之眼中，不加個人判斷的呈現出來。人、花、山、月、鳥、澗都是萬物之一象，人並非突出的主格，是同層的自然一景。由山水自然的存在中，領悟了空的本質；由於其本體之空的基礎，則心、象共成之「境」即紛然自呈。景物之喧擾反而映襯出格外空寂的氣氛，這種單純的境，已達到與禪悟相似的審美境界，使全詩饒富禪味。因此，明代胡應麟《詩藪》內編下絕句即贊道：「讀之身世兩忘，萬念皆寂，不謂聲律之中，有此妙詮。」〔註36〕

　　以上二詩，總體表現一種空有相即的境界，人也是萬象中之一物，卻並非與萬物相對的存在，而是和諧的共處。唐詩之「境」總在一種心物並存的空間關係之下，形成整體氛圍，而喚起吾人某種感受，卻並不直接說明，任讀者瞬間進駐，融入境中，共同完成這當下一瞬之美感經驗。

　　另一種「境」中無人的詩，只有景物呈現，但非客觀刻劃景物或欲借景物表達個人意志，如王維〈辛夷塢〉：

　　木末芙蓉花，山中發紅萼。澗戶寂無人，紛紛開且落。〔註37〕

起筆以特寫鏡頭將焦點集中於枝末的芙蓉花，接著拉遠來看山色青翠中的紅蕊，在深山澗水邊自開自落。整個山中不可能只有這一簇花，然而全詩僅以此花作為焦點，使整個景象顯得單純而專一。就這一花的世界中，卻表達了自然的生滅相續，全無沾染半點人氣。此詩中作為觀照者的主體，其自身已銷融於

〔註35〕引自〔清〕趙殿成注：《王摩詰全集箋注》卷13，頁188。
〔註36〕引自胡應麟：《詩藪》（臺北：莊嚴出版社，1997年），內編六，四庫全書存目叢書，頁690。
〔註37〕引自〔清〕趙殿成注：《王摩詰全集箋注》卷13，頁194。

萬物之中，而不去突出他的個別觀點。

　　受到禪宗啓發，唐代詩人擅用動靜、喧寂、色空、有無之境，表現生滅一如的利那永恆，抱著「以物觀物」的審美態度，依空靈之境來表現內在精神境界，在靜中有動，故不落於死寂，而蘊涵無限生機。殷璠《河嶽英靈集》中評王維詩：

> 維詩詞秀調雅，意新理愜。在泉爲珠，著璧成繪。一字一句，皆出
> 常境。〔註38〕

此種不帶主體情緒介入的自然呈現，正契合禪宗直觀靜照、物我合一的精神境界。這樣的詩不在闡述禪理，也非純粹寫景，而在自然中引發某種悟境，由自然的空靈澄澈，啓發無限的禪意。花當開而自由恣意地開放，又自由恣意地凋落，不生不滅的那個自性就在生滅中體現，主客俱泯，一片化機。

　　再如李華〈春行寄興〉：

> 宜陽城下草萋萋，澗水東流復向西。芳樹無人花自落，春山一路鳥
> 空啼。〔註39〕

此詩的鏡頭正與〈辛夷塢〉相反，前二句由遠處取境，從宜陽城下望，所見僅是無盡芳草，以及蜿蜒的流水，從這樣廣闊的視野中，定焦於芳樹上正在飄零的落花，雖無人看見，但當落而落，一片自在。末句效果類於〈鳥鳴澗〉的末二句。碧山中，「一路」但聽此起彼落的鳥鳴，「空啼」者，不爲任何目的而啼。從「自」、「空」字眼，而見花落、鳥啼皆是自然如此，毫無刻意。

　　以上二詩能觀的主體都從詩的表面隱去，只有所觀的景象自然呈現。這種表現方式，王國瓔先生謂：

> 在這類山水詩中，語言表象背後的「我」都不存在，因此沒有一個
> 敘述者（Speaker），詩人與自然不是相對的，甚至也不是一種回應
> 的和諧，而是一種完全的認同。〔註40〕

這種詩雖然只是寫景，卻極純粹。自然當中不可能只有這幾個景物，而是經過景物背後的詩人順其心靈內在的覺悟而取擇安排景物，收攝成看似個別意象，卻有內在關連的一個整體之境。此境因物我俱泯，很難說只是純粹的景，而在自然和諧中隱現萬物之生生滅滅，盡其自己地上演。唐詩之「境」，特點

〔註38〕引自殷璠：《河嶽英靈集》（成都：巴蜀書社，2006 年），頁 66。
〔註39〕引自《全唐詩》卷 153，頁 1590。
〔註40〕引自氏著：《中國山水詩研究》（臺北：聯經出版公司，1986 年），頁 404。

即在所寫並非客觀景物的描摩，也非主觀情感的抒發，而是主客融合，達到高度和諧的表現。

唐代詩歌創作的特殊審美經驗和豐富的成果，使詩人們對「物我關係」打開新的視界，開創詩歌言志、抒情之外的第三種特質，「境」。王昌齡《詩格》首先提出「境」這個觀念：

> 詩有三境：一曰物境，欲爲山水詩，則張泉石雲峰之境，極麗絕秀者，神之於心。處身於境，視境於心，瑩然掌中，然後用思，了然境象，故得形似。二曰情境，娛樂愁怨，皆張於意而處於身，然後馳思，深得其情。三曰意境，亦張之於意而思之於心，則得其眞矣。
>
> 〔註41〕

此中「物境」較偏於客觀之自然景物的描寫；「情境」較偏於主觀之情感；「意境」較近於經過內在反思後的意念，但文意並不明確。這是「意境」形成詞組出現於詩歌理論之始，然非後來美學理論的「意境」義。此三者乃是就詩的內容來分類。無論所描寫的對象是物或情，都必須經過一個與主體感受融合後再現的過程，從心與物的關係來看，已注意到創作心靈「處身於境，視境於心」，心與境之間相融互攝的審美過程，至少標幟「境」的特質，是「心」與「物」的結合。

「境」既是主客融合的表現，就內容而言，又有偏重於景、情、意的不同取向，然而共通的特點則是物與情、意往往渾化一體，托出一片難以言詮的境界氛圍。以下試就王昌齡三境之說，各舉詩例以明之。

一，「物境」。如王維〈山中〉：

> 荊溪白石出，天寒紅葉稀。山路元無雨，空翠濕人衣。〔註42〕

此詩呈現一幅自然山水之境，雖有人在景中，但只是廣大山林中的一小點。有我而不存在主體觀點，身在境中，境在心中，物我融合於廣袤的景象，故遠看只如一幅山水畫境。

二，「情境」。如孟浩然〈建德江宿〉：

> 移舟泊煙渚，日暮客愁新。野曠天低樹，江清月近人。〔註43〕

〔註41〕收入張伯偉編撰：《全唐五代詩格校考》（西安：陝西人民出版社，1996年），頁149～150。

〔註42〕引自〔清〕趙殿成：《王摩詰全集箋注》卷15，頁211。

〔註43〕引自《孟浩然集》卷下，頁360。

詩人主要在表達個己之情緒，雖點出一「愁」字，接下一聯卻只寫泊舟過夜的地點所見之景，四野望去，廣袤無垠，水中之月卻如在目前。如此借景之遠近透露一種情懷，景之與情交融互顯。

　　三，「意境」。如張說〈灉湖山寺〉二首之一：

　　空山寂歷道心生，虛谷迢遙野鳥聲。禪室從來塵外賞，香臺豈是世
　　中情。雲間東嶺千重出，樹裡南湖一片明。若使巢由知此意，不將
　　蘿薜易簪纓。〔註44〕

詩人處身於塵外禪寺，主體親歷一番「寂歷生道心」的轉化而世情盡蛻。這是從自然景象的凝神觀照中，斷除一切心知情識，即物而見自性，在所有現象中與如如之真性直接照面。《聖歎選批唐才子詩》評曰：

　　不因寂歷不生道心，然而寂歷非道心也；不因迢遙不傳鳥聲，然而
　　迢遙無鳥聲也。龐居士曰：但願空諸所有，是寂歷道心生義也；慎
　　勿實諸所無，是迢遙野鳥聲義也。〔註45〕

寂歷之心與迢遙鳥聲相即於一個時空，因能空諸所有，才能萬物並作，詩人因為空山而悟空理；因為心之空寂而能容野鳥自鳴。由此一切山河大地都成了自心之影現，都是自性的鏡子。然而因為有強烈的主體自覺在其中，所以會以末聯的反照沉澱之意念作結。

　　另一方面，「境」是當機剎那的心與物遇，所以「境」與傳統文學觀念中的「象」有本質上的差異。「象」源自中國文學創作以具象事物表達抽象情感的傳統，僅是文學創作的一種表現單位；「境」則含括作品整體所具現心物交融的美感狀態。劉禹錫〈董氏武陵集記〉：

　　詩者，其文章之蘊邪？義得而言喪，故微而難能；境生於象外，故
　　精而寡和。〔註46〕

他釐清了「境」與「象」的分別與關係，等於是給「境」一個較明確的義界。「象」是詩中具體的物象，是詩的構成要素。「境生於象外」，無「象」成就不了「境」，但是「境」超越於「象」之外。詩的整體意境有賴於物象的呈現，但「境」卻並非單純的物象，而是主體心境應物現形，託於物象而生，故須象外以求之。「象」與「境」之關係，如「指」與「月」。司空圖〈與極浦書〉：「戴容州云：『詩家

〔註44〕引自《全唐詩》卷87，頁962。
〔註45〕收入《金聖嘆全集》（臺北：長安出版社，1986年），頁82。
〔註46〕引自《劉賓客文集》，卷19，頁151。

之景，如藍田日暖，良玉生煙，可望而不可置於眉睫之前也。』象外之象，景外之景，豈容易可譚哉？」〔註47〕「象外」之象，即是指以有限之物象引生出無限之意境。「境」既是存於「象」外，則非一般可觸之景、可念之意，故言「精而寡和」。

皎然《詩議》亦言：

> 夫境象非一，虛實難明。有可睹而不可取，景也；可聞而不可見，風也；雖繫乎我形而妙用無體，心也；義貫眾象，而無定質，色也。
>
> 凡此等可以偶虛，亦可以偶實。〔註48〕

「境」是心物作用所成；「象」則可以指實，所以「境」較「象」為虛靈。成復旺先生也說：「形象較實，而境界偏虛；形象偏重客體，而境界偏重主體。」〔註49〕景、風、心、色等狀態都有其體用虛實兩面，端看作者取境的角度，必須在虛實之間取得最佳的平衡點，才能使詩境實中有虛、虛中藏實。

如劉眘虛〈闕題〉：「時有落花至，遠隨流水香。」〔註50〕杜甫〈江亭〉：「水流心不競，雲在意俱遲。」〔註51〕這些意象都經過「時有」、「遠隨」、「不競」、「俱遲」的心靈滲透，而串連成一體之境。再如王維〈過乘如禪師蕭居士嵩丘蘭若〉：「食隨鳴磬巢鳥下，行踏空林落葉聲。」〔註52〕巢鳥飛下與人的行進都伴隨著聲音，二者節奏和諧、意象相調，這是因為外在一花一木，無不與其內在心境自然凝合，表現心凝形釋的境界。皎然：「境非心外，心非境中，兩不相存，兩不相廢。」〔註53〕詩人將時空壓縮到當下的心境妙遇上，此中已非刻意的形象經營，而是自然透顯的一種「境」；景象的安排非各個獨立，而是共通營造全詩所欲呈現的精神境界。其中主體與自然二而為一，任何人閱讀時，可自己進入意象中，感其所感，興其所興。清李重華《貞一齋

〔註47〕引自《司空表聖文集》（上海：上海古籍出版社，1994年），卷3，頁42。

〔註48〕皎然《詩議》一卷，最早見於陳振孫《直齋書錄解題》文史類中，今僅《吟窗雜錄》卷七保留若干資料。又羅根澤在《中國文學批評史》（臺北：學海出版社，1990年），隋唐部份第二章，考證弘法大師撰《文鏡秘府論》南卷〈論文意〉中，亦有引用《詩議》此段文字。（頁346～348）

〔註49〕引自氏著：《神與物遊》（臺北：商鼎出版社，1992年），〈緣心感物（下）〉，頁213。

〔註50〕引自《全唐詩》卷256，頁2870。

〔註51〕引自《杜工部集》卷11，叢書集成續編，第164冊，頁201。

〔註52〕引自〔清〕趙殿成注：《王摩詰全集箋注》卷10，頁147。

〔註53〕引自《皎然集》（四部叢刊初編，臺北：臺灣商務印書館，1965年），卷8〈唐蘇州開元寺律和尚墳銘并序〉，頁49。

詩說・詩談雜錄》謂：

> 阮亭選《三昧集》，謂五言有入禪妙境，七言則句法要健，不得以禪
>
> 求之。余謂王摩詰七言何嘗無入禪處，此係性所近耳。〔註54〕

詩的意象非單純的寫實，而是由作者直觀攝入所形成，故任何景象都必含作者精神的觀照。可見有禪無禪是性分中之自然流露，不在語言表達形式，抓住精神體驗的本質，則形式並不是問題。

　　既然「境」是主體與外物共同完成，缺一不可，則就作品之鑑賞而言，也必須是閱讀者與創作者雙方共同完成。就作者而言，不是對現實的機械模擬；就讀者而言，除了對作者意象的還原之外，必然也加入個人的理解和想像於其中，以完成詩境。這即是唐代呈境之詩的一大特色——作者所經營的飽滿意象，具有其開放性，透過讀者心靈的體會，才能再度賦予詩境以生命。如常建〈題破山寺後禪院〉：

> 清晨入古寺，初日照高林。竹徑通幽處，禪房花木深。山光悅鳥性，
>
> 潭影空人心。萬籟此俱寂，但餘鐘磬音。〔註55〕

就作者而言，清晨入山寺，看見初陽剛照到山頂樹林，古寺幽徑而遠於塵煙，初日將山光映深潭，如同千江之月，清澈而非真，由水月之相而悟空性，萬籟包括情緒和思理活動在山光水影反照的剎那，顯得格外靜謐。詩人在自然山林中體悟一番境界，使其心境與自然美景相融，並將心境的變化感受選擇具體景物表達出來。《唐詩紀事》卷三十一謂殷璠《河嶽英靈集》首列此詩，愛其「山光悅鳥性，潭影空人心」。〔註56〕而歐陽永叔欲效「竹徑通幽處，禪房花木深」作一聯，久不可得，始知「造意者爲難工」也。可見呈境之詩是詩人當下即景所產生的感受，非作意而爲，亦非文辭作工而來，而來自即景觸發。末聯鐘磬餘音迴盪在無窮的空間，遺韻無窮。

　　從鑑賞者的角度而言，這萬籟俱寂中的鐘磬餘音，反而能留給讀者無窮的想像空間，在心靈引起更大的迴響。因此完成作品的任務，也由作者而延伸到了讀者，詩人的創作是從境到意象，這個境是虛靈而生命的，必須由每一位讀者創造性的閱讀，賦予意象以生命來共同完成詩境。故葉嘉瑩先生謂：「境界」就作者而言乃是一種「具體而真切的意象的表達」；就讀者而言則是一種「具體

〔註54〕收入丁福保編：《清詩話》，頁929。

〔註55〕引自：《全唐詩》卷144，頁1461。

〔註56〕引自〔宋〕計有功著，王仲鏞校箋：《唐詩紀事校箋》，頁862。

而真切的意象的感受」。〔註57〕

再如前面所舉〈鳥鳴澗〉和〈春行寄興〉的末聯，作者所描繪的，往往在景物流動將到高潮的一剎那停格，等於是把讀者的情緒帶到一個起點就結束了，像半開的口，欲言又止，留給讀者在想像中去完成餘緒的動作。所以，王士禎《香祖筆記》云：

> 唐人五言絕句，往往入禪，有得意忘言之妙，與淨名（維摩詰）默然、達摩得髓，同一關捩。觀王裴〈輞川集〉及祖詠〈終南殘雪〉詩，雖鈍根初機，亦能頓悟。〔註58〕

絕句體製短小，不到三十個字，不適宜表達太繁複的意象，必須把內在世界的豐富感受壓縮成單純的境，再由讀者去完成。這是呈境詩的一大表現特點，達到言有盡而意無窮的效果；展現一個人未介入的自然境界，也可說是人超越於現象界的心靈狀態。所以外物並非存在於人的主觀意識之外，消解了主體意識時，則自然萬化各以其生命的動態活躍起來。它是全篇興象，難以句摘；讀者亦無須介入知性分析，而直接用整個生命去體驗。

唐代詩人完成了情景交融的整體詩境之美，此即胡應麟《詩藪》內編下絕句所謂：「盛唐絕句，興象玲瓏，句意深婉，無工可見，無跡可尋。」〔註59〕其實，中國文學很早就有以語言文字不足以表達內在情思而視之為筌蹄的觀念，《莊子‧外物篇》：「筌者所以在魚，得魚而忘筌；蹄者所以在兔，得兔而忘蹄；言者所以在意，得意而忘言。」〔註60〕言跡只是得意的工具，重點在透過言跡以領悟言外之意。嚴羽認為言與意融合無間，能使言跡的暗示性發揮到極致。《滄浪詩話‧詩辨》：

> 詩者，吟詠情性也。盛唐諸人惟在興趣，羚羊掛角，無跡可求。故其妙處透徹玲瓏，不可湊泊，如空中之音，相中之色，水中之月，鏡中之象，言有盡而意無窮。〔註61〕

「興趣」的產生，來自「妙悟」，而非理性知識概念分析所能推求，故作品所呈

〔註57〕參見氏著：〈由《人間詞話》談到詩歌的欣賞〉，《王國維及其文學批評》（臺北：桂冠出版社，1992年），頁392。

〔註58〕引自《帶經堂詩話》卷三「佇興類」，收入《續修四庫全書》第1698冊，頁609。

〔註59〕引自胡應麟：《詩藪》，內編六，四庫全書存目叢書，頁690。

〔註60〕引自王先謙：《莊子集釋》，頁190。

〔註61〕引自郭紹虞：《滄浪詩話校釋》，頁26。

現出來的美感特質，是一種無固定指涉意義的非客觀意蘊，是只知其然而不能知其所以然的當下照面印象，如鏡花水月，可以不斷釋放出無窮的韻味。此即如洞山良价所言：「語中有語，名爲死句；語中無語，名爲活句。」〔註62〕

　　惠能禪宗所重之頓悟、見性的觀念，由自性的掌握以至對整個宇宙生命有新的認識，啓發詩歌創作抒寫與表現的新觀念，使語言極平易自然，無雕琢之跡，卻能經營出情景交融的情境。王士禛《蠶尾續文》云：

　　　　嚴滄浪以禪喻詩，余深契其說，而五言尤爲近之。如王裴輞川絕句，
　　　　字字入禪。……妙諦微言，與世尊拈花，迦葉微笑，等無差別，通
　　　　其解者，可語上乘。〔註63〕

唐代詩人所體驗的境界，是在自然中具現內心的感悟，使主客交融。李澤厚先生認爲：禪所達到最高境界的愉悅，是一種似乎包括愉悅本身在內都消失融化了的那種異常淡遠的心境。這種淡遠心境，經常假借大自然來使人感受或領悟，如果剔除其所附加的宗教神秘內容，這種感受或領悟接近於一種審美愉快。〔註64〕

　　一般評價禪對詩人創作風格的啓發，多只注意到其靜態的一面，謂其深具「空寂」美感，如《竹莊詩話》：「幽深清遠，自有林下一種風流。」〔註65〕實則唐人興象諸詩非僅如此。詩人處於南北宗交替興衰的唐代，有對北宗坐禪靜觀的體認，也有南宗任運自然的融合之境，兼得二者而形成醍醐般的醇境，〔註66〕於靜景中蘊含無限可能的靈動生機，把自然景物作爲審美觀照的對象，而呈現一份「空靈」生動的境界。

　　綜之，禪一方面讓詩人過度固執、激越的「志」與「情」得以超脫而入於空靈；一方面引入自然景象，以涵融此空靈之心，終而臻至主客相融，形成鏡花水月、即虛即實之空靈妙境。

〔註62〕引自《林間錄》（臺北：台灣商務印書館，1986 年），文淵閣四庫全書，第 1052 冊，頁 805。
〔註63〕引自《帶經堂詩話》卷三「微喻類」，收入《續修四庫全書》第 1698 冊，頁 613～614。
〔註64〕參見氏著：《中國古代思想史論・莊玄禪宗漫述》，頁 232。
〔註65〕引自〔宋〕何汶著，常振國等點校：《竹莊詩話》（北京：中華書局，1984 年），頁 278。
〔註66〕不過，也有持不同看法者，如周裕鍇先生謂：「王孟諸人的山水詩，主要是北宗的『住心觀靜』而不是南宗的『頓悟自性』的產物。」引自氏著《中國禪宗與詩歌》（臺北：麗文文化公司，1994 年），頁 70。

第二節　唐代田園山水詩的進境

　　唐代詩人受到禪宗觀照方式的啓發，使詩歌內容由言志、緣情進而開出另一種不同的內容特質──「境」，這種成果集中表現在以自然景物爲題材的田園山水詩中。〔註67〕然而田園山水詩並非始於唐代，早在六朝，這類詩歌便已大盛，唐代只是繼六朝之後，做了品質上的轉化。本節將從唐代田園山水詩所呈現的「物我關係」，說明禪宗特質的作用所轉化出的新特質。

　　詩人偏愛以自然山水作爲題材，有其思想上的根源。南朝宋宗炳〈畫山水序〉：「山水以形媚道而仁者樂。」〔註68〕形下的自然山水即是形上道體的具現，則道體雖是抽象，卻可藉由形質之山水而體得。呂興昌先生綜合方東美和唐君毅二人所述中國先哲對自然的觀念，而作一概括的歸納：

> 自然是可以互相感通的普遍生命之大化流行，它具備隨遇能化的靈
> 妙之力，並充滿價值的啓示。順此推衍，則人在自然之中，自應體
> 會彼此那種圓融和諧、生機勃然的靈慧之境。中國文學中所表現的
> 人與自然的交融貫通，其基礎也就建立在這淵遠流長的文化命脈之
> 上。〔註69〕

因此，自然美，一者指精神達到自然境界所體驗到的美感。二者指自然景物在特定的時間和空間中，所呈現美的形象。一首山水詩所表現的自然美，正是上述兩種美感形象的融合。事實上，在禪宗興盛之前，中國文學已討論到「物我合一」的表現問題。這種思考，顏崑陽先生認爲來自中國固有天人合一的宇宙觀影響文學創作所致：

> 從基源上來說，並不只是藝術創造的問題，而是中國人的宇宙觀問
> 題。一切人文活動所涉及「物我合一」的美學觀念，都從這基本的
> 文化思想所衍生而來。〔註70〕

〔註67〕這類型的詩，或名之田園詩，或名之山水詩，或名之自然詩。我們可以概略地分別一下：所謂田園詩是以田園生活爲題材；山水詩是以模山範水爲題材；自然詩的定義最廣，可以包括前二者，凡是寫大自然的山水田園生活情趣的均歸之。本文將田園與山水二內容範疇結合言之，主要是想從這類詩在物我關係的描寫方式上，展現唐代新的田園山水風格。

〔註68〕引自俞崑編著：《中國畫論類編》（上）（臺北：華正書局，1984年），頁583。

〔註69〕參見氏著：〈人與自然〉，《抒情的境界》（臺北：聯經出版公司，1989六刷），頁126～130。

〔註70〕引自氏著：〈從莊子「魚樂」論道家「物我合一」的藝術境界及其所關涉諸問題〉（上），《鵝湖月刊》第12卷第12期（1987年6月），頁17～24。

自然山水既是道體之顯現，人與宇宙萬物又同氣相應，則山水與人之間就存在著一種內在的緊密關連，因此山水詩的表現，一直朝物我的互動關係的終極和諧演進。

「自然」相對於「人爲」。以山水景物作爲審美觀照對象的自然，屬於第二自然，它不是對自然景物的寫實，而是透過主體所感知的自然，此中有主觀心境融入其中。朱光潛謂：

> 山水詩所表現的也並非單純的客觀自然，而是有詩人自己在內。山
> 水詩所用的手法大半屬於中國傳統詩所用的「興」或隱喻，用自然
> 事物的某一「鏡頭」隱喻詩人自己的情趣或觀感。就在這個意義上
> 山水詩一般有它的意識型態性或階層性。〔註71〕

六朝以前，中國詩歌一直在言志、抒情傳統下，即使詩中有寫客觀景物，也只是陪襯或作爲主體內在情志的興喻符號，本身尚未獨立成爲文學描寫的對象，清黃子雲《野鴻詩的》：「三百篇下迄漢、魏、晉，言情之作居多，雖有鳥獸草木藉以興比，非僅描摹物象而已。」〔註72〕詩人主體之情思與外在客觀景物之間，是透過比興方式而連結在一起。到了唐代，詩人普遍不將「物」視爲外在於心靈之客體，而含攝爲自心之影現，故二者的連繫就不是比興所能含括，而是更直接的互攝爲一。

在六朝文學觀念中，已肯定心與物的雙向交流，《文心雕龍·神思篇》謂：「思理爲妙，神與物遊。」〔註73〕說明在創作的靈感構思階段，主體精神隨外在景物而激發出美感。《文心雕龍·物色篇》：

> 春秋代序，陰陽慘舒，物色之動，心亦搖焉。……是以獻歲發春，
> 悅豫之情暢；滔滔孟夏，鬱陶之心凝；天高氣清，陰沉之志遠；霰
> 雪無垠，矜肅之慮深。歲有其物，物有其容；情以物遷，辭以情發。
> 〔註74〕

外在自然景物的變化，使得詩人主體的心情亦隨之激盪，亦即內在情感時時受外物影響，因此詩人創作，「寫氣圖貌，既隨物以宛轉；屬采附聲，亦與心

〔註71〕引自氏著：〈山水詩與自然美〉，《山水與美學》（臺北：丹青圖書公司，1987年），頁204。
〔註72〕收入《清詩話》，頁853。
〔註73〕引自〔清〕黃叔琳注：《文心雕龍注》，卷6，神思第二十六，頁1。
〔註74〕同前註，卷10，物色第四十六，頁1。

而徘徊。」〔註75〕因物起情，由情遣詞，而將這種互動關係用文字表現出來。

那麼，同樣是以自然山水爲描寫對象，唐代以前和唐代以後所表現的自然精神有何特質上的差異？基本上，唐代以前尚停留在景物外貌的「形似」描繪，到唐代才逐漸轉向景物內在「神似」的表現。這種差異，原因在於「物我關係」的轉變。山水景物在中國詩歌傳統裡，原本只是作爲襯托情意的背景或比興的符碼，到了魏晉才漸漸以自然山水作爲審美對象。一般評價六朝詩人，總是以陶淵明爲田園詩人代表；而以謝靈運爲山水詩人代表。到了唐代，詩人則結合二人的特點，並融入禪宗的觀照方式。以下分別討論。

一、六朝謝靈運一系山水詩側重客觀景物的描繪

謝靈運是六朝首位全力以山水作爲寫作題材的詩人，他擅長鋪陳景物，達到高度形似的表現，故多爲模山範水、遊歷寫實之作。《文心雕龍·明詩篇》：「情必極貌以寫物，辭必窮力而追新。」〔註76〕指的便是六朝山水詩人對景物極盡刻劃之能事，並且追求新詞麗句以達到對山水最寫實生動的描繪。然而，也因爲過度重視形似表現，以致雖描寫山水卻未能形成一整體的意境。謝靈運之於山水，即是以一種旁觀者的態度去賞遊，茲舉其〈於南山往北山經湖中瞻眺〉爲例：

> 朝旦發陽崖，景落憩陰峰。舍舟眺迴渚，停策倚茂松。側逕既窈窕，
> 環洲亦玲瓏。俛視喬木杪，仰聆大壑淙。石橫水分流，林密蹊絕蹤。
> 解作竟何感？生長皆丰容。初篁苞綠籜，新蒲含紫茸。海鷗戲春岸，
> 天雞弄和風。撫化心無厭，覽物眷彌重。不惜去人遠，但恨莫與同。
> 孤游非情歎，賞廢理誰通？〔註77〕

此詩前面大部分都是在寫景，一句刻劃一個景，每一景物必用特殊設計過的形容詞來襯托，景中無人亦無情，可知謝氏對山水景物只是客觀刻劃。雖然描寫景物富豔細膩，卻是以客觀的心眼對自然美景搜奇求勝，尚未與大自然精神融合。所以最末的興情悟理，流露出來的還是一己出處的辛酸不遇，和前文所寫景象往往主客爲二。故鍾嶸《詩品》卷上評其「尚巧似」、「頗以繁富爲累」，由於「景」與「情」割裂斷開，無法達到交融的完整意境，以至「名

〔註75〕同前註。
〔註76〕同前註，卷2，明詩第六，頁2。
〔註77〕引自《謝康樂集》卷3，收入《續修四庫全書》第1304冊，頁426。

章迴句，處處間起；麗典新聲，絡繹奔會。」〔註78〕所以，常有佳句，而無通篇之佳境。此亦多數南北朝山水詩人的共通弱點。

　　謝氏山水詩仍是傳統借物寓意的思維方式，其內容和結構，從外在的景色到內在的感悟，有一定的脈絡發展可循。由景而情而理，按理路層次而推進，形成固定的思維模式，此即林文月先生所言：記遊──寫景──興情──悟理。〔註79〕就其極物之形貌而言，固然有所興寄；然就情景融化無跡的標準來看，可說並不算成功。其後鮑照、謝朓均循此模式，成為六朝山水詩的典範。如謝朓〈晚登三山還望京邑〉：

> 灞涘望長安，河陽視京縣。白日麗飛甍，參差皆可見。餘霞散成綺，
> 澄江靜如練。喧鳥覆春洲，雜英滿芳甸。去矣方滯淫，懷哉罷歡宴。
> 佳期悵何許，淚下如流霰。有情知望鄉，誰能鬒不變。〔註80〕

小謝在景物的刻劃上，迭有洗鍊的佳句，像「餘霞散成綺，澄江靜如練」。然其結構仍是承大謝而來，將景與情斷開；不過在景物的取擇上，比大謝要能與主體情緒配合，景與景之間也非全然獨立，比較具有連貫性。末了情感的抒發乃由景而生，較為自然，可以說是在大謝的基礎上更進一步。

二、六朝陶淵明一系田園詩側重主體心靈的觀照

　　與謝靈運比較起來，陶淵明的表現方式就自然平實多了。陶詩非著意於自然的客觀美，他所取擇的景物，重在能否與其心靈狀態相契，所以側重的是依借景物表達內在的心境。嚴羽《滄浪詩話・詩評》：「謝所以不及陶者，康樂之詩精工，淵明之詩質而自然耳。」〔註81〕陶詩以描寫個人田園歸隱生活中的心境為主，不似謝詩專意於山水物象。如〈歸園田居〉之一：

> 少無適俗韻，性本愛丘山。誤落塵網中，一去三十年。羈鳥戀舊林，
> 池魚思故淵。開荒南野際，守拙歸園田。方宅十餘畝，草屋八九間。
> 榆柳蔭後簷，桃李羅堂前。曖曖遠人村，依依墟里煙。狗吠深巷中，
> 雞鳴桑樹巔。戶庭無塵雜，虛室有餘閑。久在樊籠裡，復得返自然。

〔註78〕以上三段引文，引自王叔岷：《鍾嶸詩品箋證稿》（臺北：文哲所籌備處出版，1992 年），頁 196。

〔註79〕參見氏著：〈中國山水詩的特質〉，《山水與古典》（臺北：純文學出版社，1978 年再版），頁 50。

〔註80〕引自《謝宣城集》（上海：上海古籍出版社，1991 年），卷 3，頁 278。

〔註81〕郭紹虞：《滄浪詩話校釋》，頁 151。

〔註82〕

在這種日常生活情景的自況中，表現他回歸自然的心境，語氣平淡，而情韻卻極爲深遠。陶氏的田園詩，以表現他從自然中所領悟的主觀情趣爲主，重點不在寫景，故寫景之句不多而且極爲單純，是承漢魏古詩因情見景的傳統方式。再看〈讀山海經〉十三首之一：

> 孟夏草木長，遶屋樹扶疏。眾鳥欣有託，吾亦愛吾廬。既耕亦已種，
> 時還讀我書。窮巷隔深轍，頗迴故人車。歡然酌春酒，摘我園中蔬。
> 微雨從東來，好風與之俱。汎覽周王傳，流觀山海圖。俯仰終宇宙，
> 不樂復何如？〔註83〕

詩中首尾相貫地有一謙沖自得的主體，述說其生活的點滴。詩人的情緒融鍊得極平靜，因之與萬物之間形成一種和諧共處的相契，雖都是寫靜觀生活，卻充滿心靈與自然渾化的境界。後來的人所以認爲陶詩平淡自然，可說是由其〈飲酒詩〉之五所得的印象：

> 結廬在人境，而無車馬喧。問君何能爾？心遠地自偏。採菊東籬下，
> 悠然見南山。山氣日夕佳，飛鳥相與還。此中有眞意，欲辨已忘言。

〔註84〕

陶公的生命型態較接近道家，居人境而無喧，原因在主體心遠而境靜。前四句在敘事，接下四句是物我和諧的高度表現，也是此詩精神之所繫。由無機心的採菊，偶然抬頭，而使本然之我與本然之南山當機照面，「悠然」中有一種主體隨南山現於目前，而與之俱化的心靈轉化。這時夕日飛鳥的景致，非僅是客觀實景，而意在以景表達悠然見山後的心境。末二句對自己這樣的生命境界作一開放性的自白。此中有物有思、有靜照有反芻，雖有一敘述之我，但非與物對立的存在，南山與我，佳氣與飛鳥，物我之間達到「一種平懷，泯然自盡」的和諧。王國維《人間詞話》卷上即將陶詩「採菊東籬下，悠然見南山」視爲「無我之境」，〔註85〕指吾人已泯滅了自我之意志，而與外物並

〔註82〕 逯欽立校注：《陶淵明集》（臺北：里仁出版社，1985年），頁40。

〔註83〕 同前註，卷4，頁133

〔註84〕 同前註，卷3，頁89。

〔註85〕 雖然〈飲酒詩〉爲無我之境，但並非所有陶詩均是無我之境。以〈雜詩〉第十二首之二爲例，這是陶公多數詩作所透露的情感：「日月擲人去，有志不獲騁；念此懷悲悽，終曉不能靜！」（《陶淵明集》卷四）整個詩集除質樸的田園生活，更強烈的表現出一份寂寞無奈，歸園田居其實是不得已的選擇。同理，謝詩亦非即全是有我之境。

無利害關係相對立時的境界。所以陶詩其實主要是在表達一種主體歸復真淳的心靈狀態。

三、唐代田園山水詩達到主客交融的境界

唐代田園山水詩的發展，從陶謝到王孟，從情景兩截到興象渾凝，將偏於寫景與偏於寫心的兩種創作方向融合爲一。謝詩模山範水是主客對立，陶詩則較接近主客合一，而具有寫「境」之特質。實則從詩歌發展承繼來看，唐代田園山水詩乃承陶之緒，而吸納謝之寫景技巧，並注入禪機而更加靈動。

陶詩的景都是寫意式的，主要在表達主體的心境。唐代詩人受到禪宗以心作爲世界根源的觀念啓發，強調主體的創造性和能動性，因此經驗世界與心靈世界本是二而一，宇宙萬有皆可置於吾人一心之中，使內在的凝定與外在生命的躍動並存。因此詩人一方面繼承陶式田園詩，一方面借景體現其心靈境界。以王維〈終南別業〉與前面所舉陶潛〈飲酒詩〉對照來看：

中歲頗好道，晚家南山陲。興來每獨往，勝事空自知。行到水窮處，
坐看雲起時。偶然值林叟，談笑無還期。〔註86〕

此詩與陶詩同樣有一個敘述主體在詩中。前四句爲敘事，接二句最是王維心境的寫照，由眼前之景物觸動其生命體悟，最後還入平常生活。此中有完整的人生境界之攀升迴轉，「好道」表示道尚在生命之外，因好而求之，經過內在修養，從好道而獨往，精神生命因獨立攀深而體悟萬法之空。至此山窮水盡之際，大死一番而當下豁然，從絕對的自性境界來觀照一切萬有，主客融合、物我雙亡，乃能絕處逢生，而當下回入坐看雲起的安閑，化絕境爲平淡，重新回到見山是山的生活，隨遇寒暄，自在從容。故結句比陶詩更加蛻去言跡意向，平淡中有心境之鍛鍊工夫，但卻全不著意，當下即真。可見陶詩寫的是人融入於現實生活的平淡情趣；而王詩的外境只是一種觸媒，作爲其生命境界的形象化展現，此中主體與外景的關係無法分割，所有的景象都是與心靈交織所現出的「境」。

山水詩傳統，從謝靈運偏重在外貌的刻劃，到唐代則打破這種情景分隔的界限。若將《文心雕龍·物色篇》：「情以物遷」，〔註87〕與《文鏡秘府論》南卷

〔註86〕引自〔清〕趙殿成注：《王摩詰全集箋注》，卷3，頁28。
〔註87〕引自〔清〕黃叔琳注：《文心雕龍注》，卷10，物色第四十六，頁1。

〈論文意〉:「安神淨慮,目睹其物,即入於心,心通其物,物通即言。」〔註88〕做對照,可以看到心物互動過程的轉變。前者是主體接觸外物而受其引動;後者是心與物相融相通,轉經驗世界為心靈境界,形成一體之境,是如王夫之《薑齋詩話》卷下所謂「會景而生心,體物而得神。」〔註89〕主體精神滲入山水景觀之中,融合為一。

唐代山水詩對景物有種整體觀照的視野,不在物象細部的描摹,只選取幾個典型意象;人與自然的關係亦非對立,而是在景中融入自心自境,表現一種圓融的生命境界。如孟浩然〈宿來公山房期丁大不至〉:

夕陽度西嶺,群壑倏已暝。松月生夜涼,風泉滿清聽。樵人歸欲盡,
煙鳥棲初定。之子期宿來,孤琴候蘿逕。〔註90〕

劉長卿〈尋南溪常山道人隱居〉:

一路徑行處,莓苔見履痕。白雲依靜渚,春草閉閑門。過雨看松色,
隨山到水源。溪花與禪意,相對亦忘言。〔註91〕

詩人並未以主觀情緒或理性思維介入景物之中,只呈現耳聞目擊之象,此中創作主體並未站在中心位置,亦非純粹模山範水或尋求符契心靈的外物,而讓精神主體從作品中隱遁,無論詩中有無明白表現人的存在,我與物之間是同層的互見互存,讓「物物各在其自己」地展現。

唐代田園山水詩之佳妙者,皆非刻意觀取物象,而是詩人以虛靈之心境契入田園山水之間,忽爾景與目遇,自然成篇,不假湊泊。像「松月生夜涼,風泉滿清聽」;〔註92〕「過雨看松色,隨山到水源」,〔註93〕景之與情融解到難以分辨,所以在這種「物物各在其自己」的景象中,實際上已融入作者主體之心境於無形,只是主客冥合,不使人覺察有一作者在背後主導,而僅體現為一種只可意會難以言傳的「境」。

由是可知,唐代田園山水詩並非詩人躬耕生活的描寫,也非遊山玩水而狀其幽景,而是將人與自然之間的界限打破,個己生命已與自然融合一氣,

---

〔註88〕據羅根澤:《中國文學批評史》,隋唐部份第二章,考證弘法大師撰:《文鏡秘府論》南卷〈論文意〉當中有採自王昌齡《詩格》之文,頁336。因為現存《詩格》僅是殘本,故本論文之引文直以《文鏡秘府論》南卷〈論文意〉為底本。

〔註89〕收入丁福保編:《清詩話》(臺北:明倫出版社,1971年),頁14。

〔註90〕引自佟培基:《孟浩然詩集箋注》,卷1,頁42。

〔註91〕引自《全唐詩》,卷148,頁1512。

〔註92〕引自孟浩然:〈宿業師山房待丁大不至〉,佟培基:《孟浩然詩集箋注》,頁42。

〔註93〕引自劉長卿:〈尋南溪常山道人隱居〉,收入《全唐詩》卷148,頁1512。

在自然中托出一分與物俱化的生命態度。其根本改變因素來自禪宗「即物而真」的觀念，物而非物其中有人，人而非人其中有物，終至即物即人，即心即景的高度融合，完成田園山水詩的極境。如王維〈鹿柴〉：

　　空山不見人，但聞人語響。返景入深林，復照青苔上。〔註94〕

空山無人，卻有人聲劃破空寂，此回音是我與山所共同應現，產生「寂中有喧」的效果。響聲迴盪中，日影流照的時光無息逝去，整個空間只剩將闇的日影照在冷而深幽的青苔上。時間與空間的自然流轉，杳無人跡，這是從大塊的空間鳥瞰，沒有具體物象，有的只是大自然空體寂然的日日循環。短短二十字，卻展現了詩人當下所見之宇宙，個別看來意象和用語都極簡單，卻完成一個不可句摘的渾化之境，而這也是唐代田園山水詩較六朝最大的進境。

　　或有人謂王孟山水詩是站在旁觀者的角度，總是隔了一層；而陶則是自身深入田園生活之中。〔註95〕其實重點並不在於詩人是否果然即是過著田家生活，而在與自然的相處中個人的領悟如何，不是非得如此生活才能領悟，也不應由描寫的是否真正田園生活來做評判標準，重點在心境而非外象。

　　雖然六朝時文學表現已注意到內在情思與外在物象之間的互動關係，但卻到了唐代，因為禪宗的啟發，才使心物變成一個整體。所謂風景即是心境，這種觀照方式，多得之於詩人具有禪悟的心性修養經驗，善於掌握瞬間當下時空中，內心與外物相觸時的境。如王維〈輞川閒居贈裴秀才迪〉前四句：

　　寒山轉蒼翠，秋水日潺湲。倚杖柴門外，臨風聽暮蟬。〔註96〕

韋應物〈滁州西澗〉：

　　獨憐幽草澗邊生，上有黃鸝深樹鳴。春潮帶雨晚來急，野渡無人舟

　　自橫。〔註97〕

王詩中的蒼翠寒山、潺湲秋水；韋詩中的澗邊幽草、深樹鸝鳴，這些意象因為單純化而變得深刻。面對自然時序變化，王詩中人的存在只獨立柴門外，臨風聽暮蟬；韋詩中只把季節變化間春潮之不定，映照野渡隨潮起浮的無人之舟，這是何等物我和諧的悠閒情境啊！

　　唐代田園山水詩人已超越形似階段，從景物的整體觀照中，汲取幾個典

〔註94〕引自〔清〕趙殿成注：《王摩詰全集箋注》，卷13，頁190。
〔註95〕參見林文月：〈陶淵明‧田園詩與田園詩人〉，《山水與古典》，頁157～158。
〔註96〕引自〔清〕趙殿成注：《王摩詰全集箋注》，卷7，頁95。
〔註97〕引自《韋蘇州集》（四庫備要本，臺北：臺灣商務印書館，1965年），卷8，頁67。

型而完整的意象來反映其心靈狀態，完成中國山水詩歌主客合一、兩相俱泯的高度藝術成就。這些人境和諧、物各自己的詩境，逐漸朝向清靜幽冷的風格發展。如柳宗元〈江雪〉：

> 千山鳥飛絕，萬徑人蹤滅。孤舟簑笠翁，獨釣寒江雪。〔註98〕

賈島〈尋隱者不遇〉：

> 松下問童子，言師採藥去。只在此山中，雲深不知處。〔註99〕

此二首五絕，意象簡淨，柳詩千山萬徑而鳥飛絕、人蹤滅，雪白世界中只有一個漁翁獨釣不輟，寂滅中自見生機。賈詩童子問答之後，即是雲深不知的山中。二詩意蘊的表達在將盡未盡之間，似乎尚有無窮的空間可以去填滿，文字無比精簡，境界空靈，呈現最純粹的本然之姿，其間絕無個人身世的感慨、理性思維的推論，而只是瞬間的美感；這種純粹美感經驗則來自當下直覺之心靈。

禪宗所展現的是個體心靈與宇宙本體圓融合一的境界，因而詩人之心對物的主觀能動性愈來愈強，外在世界只是心靈世界的投影，形成蘊藉雋永、恬靜淡泊、內向自省的風格特徵。詩人在創作過程中，隔絕主客觀的因素干擾，凝神於所觀照的境象上。此中明顯的加入了個人禪悟慧心在其中，所取擇的意象多半刻意除去人間煙火氣，經營出妙造天真，意境空靈的刹那忘機之作。

這類詩人有種對宇宙萬象的澈悟明覺，能看透人生故能超然其上，品味萬象之空無。可見唐人山水由外物描摩到心與物泯，「自我」主觀意向不斷從作品表層隱退，消失了作者觀點，使物象不受詩人主觀情緒意志的限定而愈近於純粹自然。這種無工可見、無跡可求的完美詩境，在於詩人善於補捉某種詩意氛圍，在這個氣氛中，提煉意象，與感情節奏和諧地統一。清許印芳〈與李生論詩書跋〉中，論王孟韋柳，即謂：「人但見其澄澹精緻，而不知其幾經淘洗而後得澄澹，幾經鎔鍊而後得精緻。」〔註100〕一切與這個氛圍無關的景物與情思，都刪汰捨棄，只留下最傳神的部分，將詩歌意境經過一翻精鍊的淨化與提純過程。紀曉嵐評點《瀛奎律髓》卷二十三閑適類王右丞〈終

〔註98〕引自《柳宗元集》，卷43，頁1158。
〔註99〕引自《全唐詩》，卷574，頁6693。
〔註100〕收入郭紹虞編：《中國歷代文論選》（上）（臺北：木鐸出版社，1980年），頁500。

南別業〉云：「此種皆鎔煉之至，渣滓俱融，涵養之熟，矜躁盡化，而後天機所到，自在流出，非可以摹擬而得者。」又云：「非不求工，乃已琱已琢後，還於樸，斧鑿之痕俱化爾。」〔註101〕

唐代田園山水詩融匯了六朝田園詩和山水詩，使恬靜的田園生活和幽遠的山水景致結合，形成自己的特色。詩人與禪師交往，個人又有實際參悟的體驗，對山水自然的觀照，含藏其悟境，將之意象化；再吸收六朝山水詩細膩與傳神的表達，而打破其寫景與言理二截的結構，形成盛唐興象超妙的風格，使山水詩達到前所未有的高度成熟。

第三節　習禪影響詩人作詩方法的轉變

唐代詩人透過習禪而獲得一種心靈澄明的體驗，使其美感覺照能力變得更加敏銳，由於禪宗將心性修養工夫放入日常生活的觀照中，樹立活潑、自然的宗風，對詩人的審美直覺和生活情趣產生莫大的陶冶作用，使其在傳統作詩方式上有了新的啟發。此處所論習禪經驗對詩人作詩方法的轉變，指的不是詩歌語言形式上的轉變，而是就整個創作過程而言。以下分為兩個層面來討論：一者，平素修養；二者，臨筆運思。

一、平素修養

傳統文人學詩方式，一類是講究「積學以儲寶，酌理以富才，研閱以窮照，馴致以繹辭。」〔註102〕的長期積學和理性思慮的修養基礎，再運筆推敲而成篇。像杜甫就是典型的以學養工力，累積其創作內涵的大家，他在〈遣悶呈路十九曹長〉自謂：「晚節漸於詩律細」；〔註103〕〈江上值水如海勢聊短述〉亦謂：「為人性僻耽佳句，語不驚人死不休。」〔註104〕可見他對詩歌語言形式表現的努力，以期達到「讀書破萬卷，下筆如有神」〔註105〕的創作境界。「神」者非思力所能求，是經過學思而達到神遇妙會，融學力與情境於一爐的境界。所以「下筆如神」來自「學力苦思」的積澱，由工夫而至於自然渾

〔註101〕以上兩段引文，引自《瀛奎律髓》（北京：中國書店，1990年），卷23，頁1。
〔註102〕〔清〕黃叔琳注：《文心雕龍注》，卷6，神思第二十六，頁1。
〔註103〕引自《杜工部集》，卷18，頁1602。
〔註104〕同前註，卷10，頁810。
〔註105〕同前註，卷1〈奉贈韋左丞丈二十二韻〉，頁74。

化。另一類是直率地任性縱酒，使氣命詩而成。鍾嶸〈詩品序〉：「氣之動物，物之感人，故搖蕩性情，形諸舞詠。」所以他認爲詩主要在於吟詠情性，何貴用事？「觀古今勝語，多非補假，皆由直尋」，〔註106〕創作之可貴處在直接表現詩人的眞性情。像李白就是以天縱才情，依其興會任性揮灑，故其詩常有出人意表的創造力而無「法」可學。前者賴後天學養，屬於言志傳統的學詩方式；是傳統讀書人普遍的訓練模式。後者則賴先天才情，屬於緣情傳統的學詩方式。以上是傳統以來詩歌創作，或偏於學問與形式技巧訓練，或偏於直接主體才情灌注的兩種型態。

《文心雕龍‧體性篇》則將才、氣、學、習予以融合：

> 然才有庸俊，氣有剛柔，學有淺深，習有雅鄭。並情性所鑠，陶染所凝，是以筆區雲譎，文苑波詭者矣！〔註107〕

文章風格雖與作者個人材質、性情有關，但後天的學習仍具有相當的影響力，所以又說：「才有天資，學愼始習」，學習重在「摹體以定習，因性以練才」，依順先天的才情來加強學養，結合才與學以創造屬於自己的風格，故言：「功以學成，才力居中，肇自血氣」。〔註108〕可見才與內在血氣之性有關，而創作則須再配合後天的積學以成。

因此，關連於創作能力的培養，陸機《文賦》歸納出兩個路徑：

> 佇中區以玄覽，頤情志於典墳。遵四時以嘆逝，瞻萬物而思紛。悲落葉於勁秋，喜柔條於芳春。心懍懍以懷霜，志眇眇而臨雲。詠世德之駿烈，誦先人之清芬。游文章之林府，嘉麗藻之彬彬。慨投篇而援筆，聊宣之乎斯文。〔註109〕

一是「佇中區以玄覽」，由詩人對宇宙萬物四時變化的體察而產生觸動；二是「頤情志於典墳」，從前人典籍或作品的涵詠薰陶而受到啓發。概而言之，傳統學詩之法，無非從培養情性與厚積學問兩方面下手。到了唐代，詩人與禪僧往來密切，於佛經禪理頗多涉獵，而開發出不同於傳統言志、抒情的詩歌內容，轉向以主體內在精神體驗爲中心，將外在經驗世界攝歸此當下之一心，完成即心即物、非心非物的呈境之作，因此相應地也就產生迥異以往主

〔註106〕以上兩段引文，引自鍾嶸：《詩品》（北京：中華書局，1991 年），上卷，頁 7；中卷，頁 21。
〔註107〕引自〔清〕黃叔琳注：《文心雕龍》，卷 6，體性第二十七，頁 2。
〔註108〕以上三段引文，同前註。
〔註109〕引自張少康：《文賦集釋》，頁 14。

學、主情的學詩方式。

　　唐代詩人創作重視主體精神的修養。一方面從生活觀照來涵養，在第三章第二節已經討論過詩人習禪的文化風尚，包括禪寺訪師、禪坐和研經等，所以詩人的創作靈感，或者由動態的青山古寺漫遊中自然啓發；或者由靜態的禪坐、研經而得。另一方面從「參學」的修養下手，以下分別來看。

（一）遊山宿寺

　　詩人因為寄宿山林古寺，靜夜清香疏磬，自然搏造一份靜謐內觀的氣氛，引發詩人的禪機。如杜甫〈遊修覺寺〉：

> 野寺江天豁，山扉花竹幽。詩應有神助，吾得及春遊。〔註110〕

李頎〈宿瑩公禪房聞梵〉：

> 夜動霜林驚落葉，曉聞天籟發清機。〔註111〕

溫庭筠〈宿雲際寺〉：

> 高閣清香生靜境，夜堂疏磬發禪心。〔註112〕

在自然山水勝景中，山寺禪房最是尋幽佳處；禪寺本身已化為山水之一景。詩人在自然環境中滌除了塵慮，再加上古寺禪境的薰陶，提昇其心靈層次，這種深刻的觸動對詩人而言，正是激發靈感的源頭。

　　另一方面，詩人常將詩思與禪觀並比而論，可見在意識上對二者關連的認同，如錢起〈題精舍寺〉：

> 勝景不易遇，入門神頓清。房房占山色，處處分泉聲。詩思竹間得，道心松下生。何時來此地？擺落世間情。〔註113〕

李嘉祐〈題道虔上人竹房〉：

> 詩思禪心共竹閒，任他流水向人間。手持如意高窗裡，斜日沿江千萬山。〔註114〕

以上二詩中，詩人的思維已將詩的靈感和禪機的觸動放在一起，可見詩人是自覺地以禪寺中這種氣氛來引發詩思。劉禹錫〈洗心亭記〉即謂：「槃高孕虛，

〔註110〕引自《杜工部集》，卷9，頁786。
〔註111〕引自《全唐詩》，卷134，頁1363。
〔註112〕引自〔明〕曾益原註，〔清〕顧予咸補註：《溫飛卿詩別集》（臺北：學生書局，1967年），卷8，頁249。
〔註113〕引自《全唐詩》，卷237，頁2626。
〔註114〕同前註，卷207，頁2168。

萬景坌來，詞人處之，思出常格；禪子處之，遇境而寂。」〔註115〕由這種高度覺性的禪心所見之外境，亦當增添幾許沉靜清幽，可見用禪悅的心情接觸大自然的勝景，是詩興的泉源。詩人自然興發靈感的方式，源自外物感心，內外相承才能蘊釀出一種心境基調；這種心境基調，一者賴主體心靈的蓄積，二者因詩人所遊覽地點的特殊性，因此詩人多好遊禪寺以啟發靜境。

（二）靜坐習禪

皎然《詩式》卷一總論「文章宗旨」條，謂謝靈運因為有對佛理的深澈體會，而能寫出好詩：

> 康樂公早歲能文，性穎神徹；及通內典，心地更精；故所作詩，發
> 皆造極，得非空王之道助耶！〔註116〕

皎然認為詩人透過與禪定類似的精神體會，能使主體達到高度淨化的精神境界，此時心靈的虛靜空明，使詩人對外物的感應和觀照能力特別敏銳精準，所謂「官知止而神欲行」。〔註117〕這是詩人在中國固有的虛靜凝神修養基礎上，受禪宗啟發，而更朝向主體內在修養的一種作詩方法。

參禪、靜坐是唐代詩人盛行的得詩方式。唐代在文學史上被歸於田園山水派的詩人，多趨向禪宗，由於親身習禪靜坐，而能於精神上掌握禪意，可見禪觀體驗對主體創作的精神啟發。如王維〈積雨輞川〉：

> 山中習靜觀朝槿，松下清齋折露葵。〔註118〕

嚴維〈酬普、選二上人期相會見寄〉：

> 夜靜溪聲近，庭寒月色深。寧知塵外意，定後便成吟。〔註119〕

李益〈入南山至全師蘭若〉：

> 吾師亦何授？自起定中吟。〔註120〕

王維之詩，觀朝槿即是觀自心，彼我非二，這種體會是透過個人實際修持經驗所達到的心靈境界。從嚴、李二詩可見詩人認為「定可成吟」，所以自覺地從定境中尋求創作靈感，則「禪定」成為一種新興的創作方式。那麼，詩人何以認為「定」有助於「吟」呢？禪定修養與作詩興感有何關連？

〔註115〕引自《劉賓客文集》，卷9，頁72。
〔註116〕李壯鷹校注：《詩式校注》（濟南：齊魯書社，1987年），頁90。
〔註117〕引自王先謙：《莊子集釋》卷1〈養生主〉，頁21。
〔註118〕引自〔清〕趙殿成箋注：《王摩詰全集箋注》，卷10，頁135。
〔註119〕引自《全唐詩》，卷263，頁2920。
〔註120〕同前註，卷283，頁3215。

　　詩是心與境相與共成，詩人重視「心」，故以靜坐修養工夫來磨鍊心靈的敏銳度。權德輿〈左武衛冑曹許君集序〉即認為自然興感的能力，得自心靈修養工夫：

　　　　凡所賦詩，皆意與境會。疏導情性，含寫飛動，得之於靜，故所趣皆遠。〔註121〕

「意與境會」強調詩是情與景接觸而「自然起興」，欲達到「意與境會」而「含寫飛動」的創作功力，關鍵在於「靜」的修養工夫。劉禹錫在〈秋日過鴻法師寺院即送歸江陵並引〉也有同樣的看法：「因定而得境，故脩然以清；由慧而遣辭，故粹然以麗。」〔註122〕詩人主體培養出靜定的精神狀態，是獲得詩境的前提，定是慧之體，慧是定之用，再以這種慧力遣詞，自成佳作。可見創作修養在於「靜得佳句」，詩人對得詩的認知已不是閉門造車，琢磨推敲的構思活動，而是以自己整個生命的感受為主，這種起興的方式得自禪修的啟發，因之提升詩的意境。

　　權德輿〈送靈澈上人廬山迴歸沃洲序〉亦言：

　　　　靜得佳句，然後深入空寂，萬慮洗然，則嚮之境物，又其稊稗也。
　　　　〔註123〕

權氏認為禪僧創作的源頭活水，來自內在定慧的自然流露。這樣的認識，一方面由於詩人對學禪的深入領悟；另一方面也代表詩人對禪觀有助於開發創作心境和作品境界的體認。所以，參禪入定可以使精神專一，達到藝術創作時所需要的內在體驗，並以此心靈的凝然專一來引發靈感。葛兆光先生謂：

　　　　為了追求「意」，中國士大夫文學藝術家們自覺不自覺地接受了禪宗
　　　　的思維方式，越來越強調創作構思中的「凝神觀照」與「沉思冥想」。
　　　　〔註124〕

　　禪悟後還須從日常生活中去鍛鍊，以加深悟境。詩人為了興發意生，日常生活如同禪人一般地著意於個人心念的看顧。《文鏡秘府論》南卷〈論文意〉：

〔註121〕引自〔清〕董誥等奉敕編，陸心源補輯拾遺：《全唐文及拾遺》，卷490，頁2246中。

〔註122〕引自《劉賓客文集》，卷29，頁244。

〔註123〕引自〔清〕董誥等奉敕編，陸心源補輯拾遺：《全唐文及拾遺》，卷493，頁2257中。

〔註124〕引自氏著：《禪宗與中國文化》（臺北：天宇出版社，1988年），頁179。

> 凡詩人夜間床頭，明置一盞燈。若睡來任睡，睡覺即起，興發意生，
> 精神清爽，了了明白，皆須身在意中。若詩中無身，即詩從何有？
> 若不書身心，何以爲詩？是故詩者，書身心之行李，序當時之憤氣。
> 〔註125〕

詩既是在抒發心靈之覺受，爲捕捉這種體驗則必須行住坐臥都保持「身在意中」，如同參禪人一般。而詩的主要內容亦在「書身心之行李，序當時之憤氣」，寫一己當下身心整體的經驗。這種對詩的內容的界定，既不屬言志、亦非抒情，卻強調了主體心靈當下真實的狀態才是詩的主要內容。又云：

> 凡神不安，令人不暢無興，無興即任睡，睡大養神。常須夜停燈任自
> 覺，不須強起。強起即惛迷，所覽無益。紙筆墨常須隨身，興來即錄。
> 若無筆紙，羈旅之間，意多草草；舟行之後，即須安眠。眠足之後，
> 固多清景，江山滿懷，合而生興，須屏絕事務，專任情興。因此，若
> 有製作，皆奇逸，看興稍歇，且如詩未成，待後有興成，卻必不得強
> 傷神。〔註126〕

所以欲爲詩必先有興起，心靈狀態若不安則無興，而起興之法在於養神。這整個培養興起的過程，重精神上的自然適意，不可有造作之跡。

因爲境不離心，肯定此心乃吾人識見之主宰後，一切興發感動的對象之終極也將匯歸於此，所以心性修持成爲觀機之靈。而禪定又是達到心空境寂的關鍵手段，詩人從禪坐定心而提昇創作直覺的經驗，形成以此修養工夫作爲得詩學詩的訓練基礎，如此創作過程即是精神修養的過程。《文鏡祕府論》南卷〈論體〉：

> 然心或蔽通，思時鈍利，來不可過，去不可留。若又情性煩勞，事
> 由寂寞，強自催逼，徒成辛苦。不若韜翰屏筆，以須後圖，待心慮
> 更澄，方事連緝。非止作文之至術，抑亦養生之大方耳！〔註127〕

詩人的精神修養工夫若能達到心慮澄明，則自然詩興泉湧；作詩若懂得順此一

〔註125〕弘法大師撰，王利器校注：《文鏡秘府論校注》（臺北：貫雅出版社，1991
　　　　年），頁341。雖然空海不是禪師，而是日本真言宗開宗祖師，然其所著《文
　　　　鏡秘府論》對創作取境的思維歷程的描述，與受到禪宗熟參妙悟的心路歷
　　　　程以得詩的創作方式，頗能相呼應。
〔註126〕同前註，頁 361。《文鏡秘府論・論文意》亦言：「凡作詩之人，皆自抄古人
　　　　詩語精妙之處，名爲隨身卷子，以防苦思。作文興若不來，即須看隨身卷子，
　　　　以發興也。」（頁342）
〔註127〕同前註，頁399。

法而爲之，則不僅抓住了創作之機關，同時也達到了養生的要領。

（三）參　詩

　　唐代詩人對學詩的平日培養工夫和傳統積學有何不同？傳統學詩過程中，詩人飽讀詩書，取古人佳篇作爲臨摹對象的方式，早已有之。受參禪體驗啓發，詩人學詩方式雖仍重視從過去的創作成果中累積對詩法的掌握，表面看來與傳統方式頗爲類似，其最大的不同，在於以精神修養的方法來觀照古詩。〔註128〕所以詩人閱讀古人之詩的方式並非記誦，而是將這些作品當作「參悟」的對象，由「熟參」進而「悟」得詩法。

　　晚唐時即有詩人將參禪精神運用於吟詠，如周繇：「家貧，生理索寞，只苦篇韻，俯有思，仰有詠，深造閫域，時號爲『詩禪』。」〔註129〕後來由參詩以了解詩法的觀念，到宋代形成完整的理論體系，和具體參詩方法。參詩是爲了悟得詩的本質，呂居仁〈呂氏童蒙訓〉：「作文必要悟入處，悟入必自工夫中來，非僥倖可得也。」〔註130〕吳可《藏海詩話》亦言：「凡作詩如參禪，須有悟門。」〔註131〕以悟入的工夫求掌握詩法之妙，「悟」指的是對詩的表達方法、語言運用，及最重要的興感，來經營整首詩的氣氛風格的領悟。

　　韓駒〈贈趙伯魚（章泉）詩〉末四句：

> 學詩當如初學禪，未悟且遍參諸方；一朝悟罷正法眼，信手拈出皆
> 成章。〔註132〕

這種由參悟的心靈靜境對詩靈感表現的傳達，到宋代即歸納出以參悟的方法作爲學詩的具體途徑。悟是由直覺觀照而掌握事物本質，對詩而言，妙悟是詩境的醞釀到達成熟階段而自然拈出。

　　《滄浪詩話‧詩辨》：「且孟襄陽學力下韓退之遠甚，而其詩獨出退之之上者，一味妙悟而已。」〔註133〕可見他將「學力」與「妙悟」視爲對立的兩種作詩方式。妙悟非學力所能及，而是與學力相反的另一種心理活動，不涉

〔註128〕參見劉若愚：《中國文學理論》（臺北：聯經出版公司，1993年），頁68。
〔註129〕引自〔元〕辛文房撰，周本淳校正：《唐才子傳校正》，卷8，頁259。
〔註130〕引自《詩人玉屑》（北京：中華書局，2007年），卷5，頁155。
〔註131〕引自郭紹虞編：《中國歷代文論選》（二）（臺北：木鐸出版社，1980年），頁345。
〔註132〕引自韓駒：《陵陽集》（四庫全書珍本三集，臺北：台灣商務印書館，1972年），卷1，頁14。
〔註133〕引自郭紹虞：《滄浪詩話校釋》（臺北：里仁書局，1987年），頁12。

理路、不落言詮。達到這種直觀感應的心靈狀態，使詩人敏銳的洞察力更能透入具體之情境，這種能力來自詩人的「妙悟」作用。詩歌內在獨特的質素，非讀書、窮理、才學、議論等積學工夫所能達至，讀書等雖然有助於詩人寫作表達上更好的效果，然而這些條件是「從」而非「主」，更根本的是掌握一種詩意的心靈。這種屬於詩人特有的稟賦，可以由學力之助而顯著，卻無必然的決定性，所以學詩必須跨過妙悟的關卡，有妙悟才能進入一個較高的審美精神境界。

學禪學詩過程相當，均須經參而悟，才能自出機杼。以參禪的方式來參詩，就是以諸家詩為熟參對象，由對具體作品的體驗，而掌握純正的審美品味。《滄浪詩話・詩辨》提出一套具體的「參詩」途徑：

> 試取漢魏之詩而熟參之，次取晉宋之詩而熟參之，次取南北朝之詩而熟參之，次取沈宋王楊盧駱陳拾遺之詩而熟參之，次取開元天寶諸家之詩而熟參之，次獨取李杜二公之詩而熟參之。又取大曆十才子之詩而熟參之，又取元和之詩而熟參之，又盡取晚唐諸家之詩而熟參之，又取本朝蘇黃以下諸家之詩而熟參之，其真是非自有不能隱者。儻猶於此而無見焉，則是野狐外道，蒙蔽其真識，不可救藥，終不悟也。〔註134〕

熟參諸家之詩，是為了得到悟入詩法的一個門徑。嚴羽認為不同的時代和不同的詩人，其詩歌必然存在差異性，故須通過熟參不同作品，才能獲得識辨詩歌差異和優劣的能力。又云：

> 工夫須從上做下，不可從下做上。先須熟讀《楚詞》，朝夕諷詠以為之本；及讀〈古詩十九首〉，樂府四篇，李陵蘇武漢魏五言皆須熟讀；即以李杜二集枕藉觀之，如今人之治經，然後博取盛唐名家，醞釀胸中，久之自然悟入。雖學之不至，亦不失正路。此乃是從頂寧上做來，謂之向上一路，謂之直截根源，謂之頓門，謂之單刀直入也。
> 〔註135〕

熟參諸家之詩，久久自然可以「悟入」詩法，這是學詩最直捷而正確的門徑。參典範作品的目的，不在於沿襲或模仿，而在朝夕諷詠以自然悟入詩法，這是一種體之得神的學詩方式。禪宗有所謂「南頓北漸」之事實，南宗即屬「單

〔註134〕同前註，頁12。
〔註135〕同前註，頁1。

刀直入，直了見性」，從見聞覺知中悟入，故最重開頭入路之正而不枉屈於他法，此之謂頓門而非漸教。頓漸非時間之短長，而是把握法門之是否直截了當。若能以第一義諦之法只管修去，久之必有消息。學詩亦然，工夫由上做下，從《楚辭》依序到盛唐詩，熟讀、諷詠之，是爲了得到悟入詩法的一個門徑。「熟讀」是學詩的基礎步驟，有正確的入門，醞釀胸中，「久之自然悟入」，即能認識作詩的巧妙，對情感的醞釀、意境的營造和語言的運用，都能在一有興會時，融會一氣而作出好詩。直接從此下手，謂之「頓門」。不過，妙悟和悟入不同，妙悟是指創作時心靈對情境表達的直觀掌握，悟入則是通過熟參積澱而達到對詩法的掌握。悟與法的關係密切，然而，創作時的妙悟，卻是超於法之上的一種表現，並不是非得先有悟入才能妙悟。

　　所以，承禪宗由漸修以至於頓悟的修行方式，對詩法之體悟亦由有法而入無法，清徐增《而菴詩話》：

> 余三十年論詩，祇識得一「法」字，近來方識得一「脫」字。詩蓋
> 有法，離他不得，卻又即他不得；離則傷體，即則傷氣。故作詩者
> 先從法入，後從法出，能以無法爲有法，斯之謂脫也。〔註136〕

詩人學詩從有法入，成詩之後卻無法之跡可循，「法」只是一個參悟詩道的登岸之筏，是工夫過程或手段，而非目的。綜之，以禪宗參禪、求悟、得法，構成一個固定的體系，運用在學詩上，即由參詩而悟得詩法，這樣體系完整又具體的學習途徑，是唐代以後受到禪宗修行方式的啓發所形成。

二、臨筆運思

　　傳統詩人創作靈感多半來自主體受到外在事物的觸動，產生某種感受而欲求抒發，即開始謀篇構思，將這種感受化爲具體文字形式表達出來。鍾嶸〈詩品序〉強調詩人創作衝動，來自客觀事物的變幻而引動情思：

> 若乃春風春鳥，秋月秋蟬，夏雲暑雨，冬月祈寒，斯四時之感諸詩
> 者也。嘉會寄詩以親，離群託詩以怨。……凡斯種種，感蕩心靈，
> 非陳詩何以展其義？非長歌何以騁其情？〔註137〕

詩人或受景物轉變而感蕩，或因人事聚散而歡悲，凡斯種種只能借創作將個己之情緒抒發出來。這些說明了傳統創作動機，多承自二路：一者社會人事

〔註136〕收入《清詩話》，頁433。
〔註137〕引自鍾嶸：《詩品》，頁11～2。

的反應，形成言志系統的風騷內容；二者個人對景物變化的感慨，形成緣情感物的內容，而著重情識之發露。所以《文心雕龍・體性篇》亦言：「情動而言形，理發而文見」，〔註138〕這也是緣於六朝詩人認爲發動文思的來源在於心物交感所成。

當詩人有了創作靈感之後，就開始以文字組織其靈感，使之具體化。陸機《文賦》對創作構思過程有詳細的描寫：

> 其始也，皆收視反聽，耽思傍訊，精騖八極，心游萬仞。其致也，情瞳曨而彌鮮，物昭晰而互進。傾群言之瀝液，漱六藝之芳潤。浮天淵以安流，濯下泉而潛浸。〔註139〕

詩人開始構思必須專一精神，沉斂思緒，才能深刻掌握內心與外物交流所產生的感受，進一步尋求最精當的意象來符應所思。整個創作過程相當強調心澄而慮一，以作爲馳騁想像空間的基礎。《文心雕龍・神思篇》亦言：「是以陶鈞文思，貴在虛靜，疏瀹五藏，澡雪精神。」〔註140〕在寫作過程，保持一個清明虛靜的心境，可以增進審美的觀察感受力。

唐代詩人則並不講究創作之先置作業，而重在遇目會心的當機興發，《文鏡秘府論》南卷〈論文意〉：

> 自古文章，起於無作，興於自然，感激而成，都無飾練，發言以當，應物便是。〔註141〕

此言詩人創作，應該「起於無作，興於自然」，是內情與外景交會時自然感發渠成。興是內在本有之情感不期然而然地受到外物的觸發而引出，非事先作意構思，文字只是忠實地將這種興情具體表達出來而已，故不刻意雕琢。是則強調作詩只是內心之思，即景而發，應物以成。

這是由於唐代詩人將禪悟所得心與物之間的觀照關係運用於創作構思上，因此強調創作須先有「境」生。「境」的產生，除了本節第一目所言主體內在平素之精神修養外，臨筆時內心與外在景物的互動，才能引生由心外應之「境」。王昌齡《詩格》就舉出三種得境的方式：

> 詩有三思：一曰生思，二曰感思，三曰取思。生思一，久用精思，

〔註138〕引自〔清〕黃叔琳注：《文心雕龍注》，卷6，體性第二十七，頁2。
〔註139〕引自張少康集釋：《文賦集釋》，頁25。
〔註140〕引自〔清〕黃叔琳注：《文心雕龍注》，卷6，神思第二十六，頁1。
〔註141〕引自弘法大師撰，王利器校注：《文鏡秘府論校注》，頁327。

> 未契意象，力疲智竭，放安神思，心偶照境，率然而生。感思二，
> 尋味前言，吟諷古制，感而生思。取思三，搜求於象，心入於境，
> 神會於物，因心而得。〔註142〕

一者生思，詩人專注構思達到力疲智竭的階段，精神由緊繃的極限而放安神思，反而能回復心思的活絡，在偶然的情況下自然心與境會。《文鏡祕府論》南卷〈論文意〉有相同的觀點：

> 夫作文章，但多立意。令左穿右穴，苦心竭智，必須忘身，不可拘束。思若不來，即須放情卻寬之，令境生。然後以境照之，思則便來，來即作文；如其境思不來，不可作也。〔註143〕

前面的「思」與此處的「意」意思極為接近，都是指內心與外境遇合時所觸發的一種或可叫作靈感的思維狀態，而尋求這種創作靈感，必須在自然無作的心態下才能有相應之境生起，並全然投入其中，與之融合而得「意」。二者感思，是藉由吟誦前人作品而產生感動之境。三者取思，詩人從萬象中尋找靈感，「心入於境，神會於物」，指由心照境、以境映心，主體與客體冥然接合。可見作詩在有「境」，境原是心、物適然遇合所興發的一種內外互攝的心影。《文鏡祕府論》南卷〈論文意〉亦言：

> 夫置意作詩，即須凝心，目擊其物，便以心擊之，深穿其境。如登高山絕頂，下臨萬象，如在掌中。以此見象，心中了見，當此即用。
> 〔註144〕

詩人必得凝心注境，用完全開放的全新視野以了見萬象之機，由之因體起用，心物互即。此中生思和取思，明顯的在說明創作過程中，主觀之「心」與客觀之「景」遇會，即呈現一種當下適然之「境」，可見創作的靈泉離不開心物的觀照作用。

　　唐代詩人認為作詩重在主體的心靈澄思才能有超然之境產生，則「境」的有無，是能否下筆的關鍵，所以進一步學習取境、造境。皎然《詩式・取境》：

> 取境之時，須至難至險，始見奇句。成篇之後，觀其氣貌，有似等

〔註142〕引自張伯偉編撰：《全唐五代詩格校考》（西安：陝西人民出版社，1996年），頁149～150。
〔註143〕引自弘法大師撰，王利器校注：《文鏡秘府論校注》，頁335。
〔註144〕同前註，頁335。

　　閑，不思而得，此高手也。有時意靜神王，佳句縱橫，若不可遏，

　　宛如神助。不然，蓋由先積精思，因神王而得乎？〔註145〕

這裡強調文學創作時，主體內心對外境的緣慮作用，分為兩層：一者創作時，搜求詩句，苦思而得，是詩人自我觀照的心靈歷程。二者是平常先積精思，使精神達到某種狀態，有助於臨篇之時，產生靈思泉湧的效果。「境」繫乎詩人主體之所取，所取之境又可說是詩人心境的反應，所以根本在於詩人的心靈狀態，才是詩所摶造風格高低的關鍵。

　　綜之，唐代詩人之創作是遇目會心而當下渠成，當然，要達到這種創作境界，必須要能掌握心物遇合之「境」，而境的有無又關係詩人主體的精神修養工夫，這一套創作方法，是受到禪修經驗的啟發，而對傳統的作詩方式做了修正。

本章小結

　　總結本章，有以下數點結論：

　　第一，中國詩歌創作發展，在六朝以前，強調「人稟七情，應物斯感」，〔註146〕是自然事物對主體意識產生感發作用，心隨著外在環境變化而引動。到了唐代，禪宗直覺觀照、參禪冥思、頓悟關戾的思維方式和幽深清遠的淡泊生活情趣所完成的境界，啟發詩人創作時心物的交流，由互涉而渾化一體，形成即心即物、情景交融的詩「境」，創造了詩歌傳統中，言志、緣情之外的第三特質。

　　第二，唐代田園山水詩，一方面繼承陶謝的創作成果，一方面吸收禪宗即心即物的觀照態度，視外在山水景物與主體心靈的關係為非一非異，故物中有我、我中有物，因而開創田園山水詩情景交融、兩相俱泯的空靈妙境。

　　第三，唐代詩人受到禪觀體驗所達至精神專注狀態的啟發，使傳統講究積學構思的創作方式產生轉變，這種新的美感觀照眼光和靈思泉源，導致詩人創作轉而注重內在精神體驗的涵養工夫，及詩境的醞釀。由這種近似參禪修靜而得詩的途徑，漸漸形成以參詩來悟入詩法的學詩方式。

〔註145〕李壯鷹校注：《詩式校注》，頁30。
〔註146〕引自〔清〕黃叔琳注：《文心雕龍注》，卷2，明詩第六，頁2。

第五章　唐代禪門語言表達方式的轉變：偈頌詩化

　　唐代禪歌詩偈在禪師手中，由木質無文到以近體詩形式、比興手法，形成禪意雋永的詩篇；詩成了禪師信手拈來的點化工具。由現今流傳的公案、語錄可以發現，禪家之詩用於對答、表示悟境或平素遣懷，都充滿意境之美，顯見禪門接受詩語言的養分，在表達工具上不但有所突破，而且更臻於藝術之美。

　　禪宗所欲表達的自性大全，是言語道斷、心行路絕而不可智知，所謂教外別傳，不立文字。禪師為接引學人而不得不言，乃繞路說禪——以肢體語言的揚眉、瞬目、棒、喝等法旁敲側擊。當弟子仍無法領會時，再進一層，只能用最接近於一般人思維的工具——語言來表詮。語言是最方便、有效率的溝通工具，然而，也最容易拘限意蘊，所以必須尋求最合適的表達形式，因為詩的語言特質近禪，借詩寓禪就成了最該恰的方便法。

　　以往學者多將禪門詩偈分類為開悟詩、示法詩、頌古詩、禪機詩等，〔註1〕這樣的分類，無法明白顯示其運用詩語言的精神所在，所以本文不擬沿用前人的分類法，而試圖從所有禪門偈頌中，觀察禪境與語言之間；意與言的交通——看詩語言如何幫助禪解決傳達上的難題？禪偈本身由那些資源轉化，形成富於詩意的詩偈？禪偈如何呈現禪師的悟境？進而反省禪以詩作為表意工具，是

〔註1〕例如杜松柏：《禪學與唐宋詩學》，第三章，頁197～298。無論開悟詩、示法詩、頌古詩、禪機詩，其中必含禪意禪機。以詩作為教導工具或抒發禪修的體會，是就功用上分類，這種歸類並不能窮盡其類，其中類概念也有重疊，而歸類更屬主觀。

否違背宗門本旨？偈頌詩化的傾向及禪僧好作近體詩的文化現象，對宗風發展又產生什麼樣的影響？以下分別討論。

第一節　禪宗語言表達方式的轉變：詩偈「言外見意」

禪師教導弟子最忌直陳，即使非得使用語言表達不可，仍須尋求最能言外見意的方式來溝通。我們在第二章已討論過，因為詩與禪都具有超越語言表面意義而暗示言外意蘊的特質，所以詩成為禪師突破傳達困境的表述方式之一。

一、禪宗詩偈「言外見意」的觀念基礎

禪的語言態度，受到印度佛教和中國道家的雙重影響，「可謂中國思想家以道家玄學之根柢，對印度佛學的『泯言』義旨之顯揚。」〔註2〕其言說的態度來自佛教；表達方式則援自道家。禪宗在中國傳衍的過程，對印度本有的思維方法有所揚棄和修正，並援用本土的語言形式來詮釋。所以，禪宗視語言和禪境之間的關係為體用兩面，是二而一、一而二的善巧變化運用。洞山良价〈玄中銘〉前面有一段引言即謂：

> 竊以絕韻之音，假玄唱以明宗，入理深談，以無功而會旨，混然體用。……雖空體寂然，不乖群動，於有句中無句，妙在體前；以無語中有語，迴塗復妙，是以用而不動，寂而不凝。……用而無功，寂而虛照，事理雙明，體用無滯，玄中之旨，其在斯焉。〔註3〕

本體空寂，起用而不動；所以體用、事理渾然不二，「於有句中無句」、「以無語中有語」，因此禪師使用語言偈頌假名言說，乃視為方便之用，以顯空寂之體，說而無說，妙在其中。紫塞野人〈雪子吟〉前也有一段引言，可以作為洞山良价說法的注腳：

> 是以因體而起用，以用而明體，體不離用，用不離體，體用無私，方乃唱道。其唱道者，或理或事，或隱或顯，事理和融，隱顯無異。然以無私妙用，體用虛玄，奈緣學人，沉空滯跡，不達玄微，墮在

〔註2〕　引自王煜：〈老莊的言意觀對僧肇與禪宗的影響〉，《老莊思想論集》（臺北：聯經出版公司，1990年），頁483。

〔註3〕　引自宋子昇錄：《禪門諸祖師偈頌》卷1，收入《卍續藏》第66冊，頁723中。

> 物機。是以借虛空為體，以森羅為用，……所以野人云：木人夜半
> 穿靴去，石女天明戴帽歸。此是有語中無語，無語中有語，宛轉迴
> 牙，始終無滯，其間假雪子吟詠，玄唱明機，以示學徒，免滯功跡，
> 註之不迨達者，更詳雪子之吟，旨在斯矣！〔註4〕

體與用的融合才完成一個大整體，「玄唱明機，以示學徒」，依用明體，即是
他作〈雪子吟〉的宗旨。又龍牙和尚偈頌、南嶽齊己作序言：

> 禪門所傳偈頌，自二十八祖止於六祖，已降則亡厥，後諸方老宿亦
> 多為之，蓋以吟暢玄旨也。非格外之學，莫將以名句擬議矣！洎咸
> 通初，有新豐、白崖二大師，所作多流散於禪林，雖體同於詩，厥
> 旨非詩也。迷者見之而為撫掌乎！……凡托像寄妙，必含大意……
> 揚眉瞬目示其道而何妨言語哉！乃為之序云耳。〔註5〕

可見禪德「凡托像寄妙，必含大意」，「莫將以名句擬議矣！」總之，眞證得
道體者，言語示道而不妨於道，如同雲門文偃所言：「終日說事不曾掛著唇齒，
未曾道著一字；終日著衣喫飯，未嘗觸著一粒米，掛一縷線。」〔註6〕學禪者
自應於有句中見其無句，能如是則言、道乃是體、用關係，可運用無礙，故
說「揚眉瞬目示其道而何妨言語」。

　　禪宗悟境的傳達是遵循道家「有眞人而後有眞知」的門徑。任何言說的
確立，不在人為的思維構作，而是來自言說主體是一位斷惑證眞的覺者，以
作為言說的保證。一位有證量的達者，一切言行都可以是他對道的揭示，所
以其悟道的言說就可以視為道的具體呈現。顏崑陽先生謂：

> 道乃遍照無方，化成萬相，一方一相之中莫不有道，所謂「周行而
> 不殆」（老子二十五章），所謂「道無不在」（莊子知北遊）。因此，
> 道雖不滯一相，但是一相乃道之所顯，只要能不滯不執，則即一相
> 以見道，也是當然之理。唐君毅云：『人固可以道相攝道體，進而以
> 指道相之辭指道，而意涵道相即道體之意』（中國哲學原論・導論
> 篇）。這也就是中國哲學中「體用不二」的道理。〔註7〕

中唐以來禪門詩偈援引詩歌「言外見意」的表達方式，言的工具性效用被廣泛

〔註4〕 同前註，卷1，頁724上。
〔註5〕 同前註，卷1，頁726下。
〔註6〕 引自《景德傳燈錄》卷19，收入《大正藏》第51冊，頁356下。
〔註7〕 引自顏崑陽：《莊子藝術精神析論》，頁91。

地肯定，並且將言的組織形式納入意的暗示結構之中。從現代語言哲學的觀點來看，語言本身就是思想體系的一部分，因為思想是依據語言而進行的，語法結構和語意結構都是構成思想內涵的有機體，所以語言不只是思想的工具而已，語言本身就是思想的一種形式，使內容與形式、體與用之間，跨越了工具與意蘊的界線，那麼言與意不只是依體起用，根本是即用即體。荷澤神會云：「湛然常寂，應用無方；用而常空，空而常用。用而不有，即是真空；空而不無，便成妙有。」〔註8〕真空即含妙有、妙有不異真空，即可運用無方。

《莊子‧寓言篇》：「言無言，終身未嘗言；終身不言，未嘗不言。」〔註9〕莊子以無言之言來表詮道體，只有主體親證此道，才能夠體會此無言中之所言。如同佛教的「默」，以無言之默作為至道最根本的表詮。確實，中國人的文化性格上，本然以語言僅在成就人我的心靈交通，並不認為語言本身能對客觀事物產生實際的作用性，故僅視語言是在「用」的層次上作溝通或記錄的工具而已。唐君毅先生謂：

> 中國思想，則早將語言指物之用，包攝於達意之用之中，而於語言之指物之用，容有未盡量加以發展之處；故早有一視語言唯存在於人我之心意之交通中之一傳統。然語言固可成就人我之心意之交通，而語言又或不足以成就此人我之心意之交通，乃不容不默，而默又可為無言之言，反能助成此心意之交通者。〔註10〕

佛教的勝義諦同樣無法用語言來表達，唯一的理解方式，就是現量親證。所以，佛教運用名言概念的目的，並不在名言概念本身的理解，而是作為登岸之筏、標月之指，以破除名言概念，領悟名言概念之外的真諦。這個語言立場正與道家接近，加上現實歷史機緣的湊泊，形成一種重主體情境的表意型態，而做為最貼近於禪宗詮道原則的筌蹄。王煜先生即謂：「禪宗主張不立文字，充份發揚空、有兩宗所倡『廢詮談旨』與『勝義離言』。然而，此種顯揚不發生於印度或其他國家，而獨發生於中國，究其遠因，應歸功於先秦道家替中國人奠定的思想根柢。」〔註11〕

〔註8〕 引自《景德傳燈錄》卷30〈荷澤大師顯宗記〉，收入《大正藏》第51冊，頁459上。

〔註9〕 引自王先謙：《莊子集釋》，卷7，頁191。

〔註10〕 引自唐君毅：《中國哲學原論‧導論篇》（臺北：學生書局，1991年），第七章原言與默：中國先哲對言默之運用，頁226。

〔註11〕 引自氏著：〈老莊的言意觀對僧肇與禪宗的影響〉，《老莊思想論集》，頁473。

　　先秦《莊子》已出現對語言本質的反省，並發現語言的侷限性，〈秋水篇〉：「可以言論者，物之粗也；可以意致者，物之精也。」〔註12〕尤其言的對象如果是道，則言必不能窮盡道的所有意涵，這是經由我們共通的語言經驗歸納而認同的。《莊子・天道篇》：

> 語有貴也，語之所貴者意也；意有所隨，意之所隨者，不可以言傳
> 也。〔註13〕

莊子就表達者的立場，主張「言不盡意」，「盡」者窮盡也，「意」在此專指「道」，亦即語言本身並無法窮盡「道」的所有意涵。既然言不能盡意，則如何表達才能盡意呢？《周易・繫辭》上就提出更深一層的解決辦法：

> 子曰：「書不盡言，言不盡意。然則聖人之意，其不可見乎？」子曰：
> 「聖人立象以盡意，設卦以盡情偽，繫辭焉以盡其言……」〔註14〕

言雖不可盡意，象卻可以盡意，故於言與意之間，加入「象」作為意蘊溝通的媒介。「立象以盡意」，朱熹解為：「言之所傳者淺，象之所示者深。」〔註15〕故可將語言所無法描述的深刻意蘊，寄託於具體的象中。則「象」為何物？即是關連於意的某種形象。荀粲針對《易傳》之言，對「象」如何盡意？提出「象外之意」的解讀法。《三國志・魏志・荀彧傳》中有一段荀粲對《易傳》的解釋：

> 蓋理之微者，非物象之所舉也。今稱立象以盡意，此非通於象外者
> 也。系辭焉以盡言，此非言乎系表者也。斯則象外之意、系表之言，
> 固蘊而不出矣！〔註16〕

此則更進一步認為，不僅言不盡意，象同樣不能盡象外之意，這是對《易傳》說法的反駁。然則按荀氏的說法，精微的道理不是現象層的象所能描摹，所以象之外的意蘊，並不包含在象的本身，象只是橋樑，意必須從象之外去求。亦即，語言文字只是現象和經驗世界的符號，真實的現象和經驗世界存在於語言文字之外，這就指出得「意」的閱讀態度了。既然意在言外，欲得意則須向言外求，故求得言外之意的方法即是「得意忘言」。《莊子・外物篇》：

> 筌者所以在魚，得魚而忘筌；蹄者所以在兔，得兔而忘蹄；言者所

〔註12〕引自王先謙：《莊子集釋》，頁106。
〔註13〕同前註，頁91。
〔註14〕引自〔魏〕王弼、韓康伯注，〔唐〕孔穎達疏：《周易注疏》（臺北：新文豐出版社，2001年），頁157。
〔註15〕同前註。
〔註16〕趙幼文：《三國志校箋》（成都：巴蜀書社，2001年），頁386。

以在意，得意而忘言。〔註17〕

意雖不在言，然可透過言去求得言外之意；語言是工具，得意才是目的。成玄英疏云：「玄理假於言說，言說實非玄理。魚兔得而筌蹄忘，玄理明而名言絕。」〔註18〕莊子就解讀者而言，主張得意忘言。「忘」是一個修養論的觀念，強調必須透過主體修養工夫，才能由言而窮盡其意，也就是忘言才能得意。故得意的關鍵，非因言中表達了俱全的意，而賴主體本身具備體道的修養境界，自然忘言而與意冥合。這和禪宗強調悟境得自親證有其相通處。

王弼《周易略例·明象》把「言不盡意」和「得意忘言」結合來說：

> 夫象者，出意者也。言者，明象者也。盡意莫若象，盡象莫若言。
> 言生於象，故可尋言以觀象；象生於意，故可尋象以觀意。意以象
> 盡，象以言著，故言者所以明象，得意而忘言；象者所以存意，得
> 意而忘象。……然則，忘象者乃得意者也；忘言者乃得象者也。得
> 意在忘象，得象在忘言。〔註19〕

一者，就表達者而言「盡意莫若象，盡象莫若言」。他繼承《易傳》的主張，認為象可以盡意，而象本身又可通過言完全地表詮出來，則意——象——言之間，就形成了連鎖的表詮關係。二者，就解讀者的還原過程而言「得意在忘象，得象在忘言」，得意得象的方法就是要忘象忘言。王弼接著說：「是故觸類可為其象，合義可為其徵。」〔註20〕所以，不一定某義必得由某物來指涉，或某象就必定是指涉某義，只要能傳達，觸類皆可為喻道之象。則解讀者亦不當把工具當意義，而建立正確的閱讀態度。〔註21〕梁僧祐〈胡漢譯經音義同異記〉第四謂：

> 夫神理無聲，因言辭以寫意；言辭無跡，緣文字以圖音。故字為言
> 蹄，言為理筌，音義合符，不可偏失。是以文字應用，彌綸宇宙，
> 雖跡繫翰墨，而理契乎神。〔註22〕

〔註17〕 王先謙：《莊子集釋》，卷7，頁190。
〔註18〕 同前註，頁191。
〔註19〕 樓宇烈：《王弼集校釋》（臺北：華正書局，1992年），頁609。
〔註20〕 同前註，頁609。
〔註21〕 總合來看，魏晉言意之辨的主要論題有二，一者，言能不能盡意的問題，即就言的表達功能能否窮盡所欲表達的意蘊問題；二者，如何由言得意的問題，即如何由言的解讀而得意的問題。參見施忠賢：《魏晉言意之辨》（中壢：中央大學中文所碩士論文，1990年）。
〔註22〕 引自梁僧佑：《出三藏記集》卷1，收入《大正藏》第55冊，頁4中。

將言細分語言與文字之別：文字——語言——道理，我們運用語言在思維，的確發覺許多語言所不能觸及而實際存在的某種體驗；加上將語言思維轉換成文字時，又經常產生辭不達意的遺憾，由此看來，從文字記錄所能獲得的真諦，實已經過多層轉折和漏失。所以，文字經教只是跡，神理卻在跡之外。竺道生亦云：

> 生即潛思日久，徹悟言外，迺喟然歎曰：「夫象以盡意，得意則象忘；
> 言以詮理，入理則言息。自經典東流，譯人重阻，多守滯文，鮮見
> 圓義；若忘筌取魚，始可與言道矣。」〔註23〕

這是取自魏晉道家意在言外、得意忘言的觀念，視語言文字為詮道、得意的中介工具。法琳《辯正論》卷六〈九箴篇〉亦謂：「涅槃寂照，不可識識，不可智知，則言語道斷而心行處滅，故忘言也。」〔註24〕忘言是因為語言對於玄意的無能無用故而拋棄之，這時的言，連手段都當不上，可說是將荀粲的觀點拿到佛教中運用的更極端化。

　　禪宗對語言的態度是經過一個辯證地接受過程，在發展中尋求最執兩用中的文字態度。其言意系統中，道與言之間形成：道（意）——象——言的關係，在表達上以語言文字為工具，重言外之意；就悟意上，強調道家提出「忘」的主體修養工夫的印證。〈越州大珠慧海和尚語〉：

> 我所說者，義語非文；眾生說者，文語非義。得意者越於浮言，悟
> 理者超於文字。法過語言文字，何向數句中求？是以發菩提者，得
> 意而忘言，悟理而遺教，亦猶得魚忘筌、得兔忘蹄也。〔註25〕

法超越於語言文字之上，故所言者是「義語」，也就是有寓意的話，能解者自應跳脫文字表面之象以悟真諦。然而這終究是以言句作為媒介，亦即以文字之用來明所悟之體。禪宗將言外之意和得意忘言的觀念結合運用，禪師與徒弟在這兩種條件共許認知下才能進行對話，既以言為方便的溝通工具，又可以傳達真正的意蘊。

　　禪宗以語言文字為筌蹄，而語言文字形式中最能達到「言外見意」之效用者莫如詩。詩的表達方式上承魏晉玄學對言、意關係的反省區判，實際運用到詩歌創作或閱讀時，則力求「言外之意」。首先，陸機援「言不盡意」觀

〔註23〕引自慧皎：《高僧傳》卷7，收入《大正藏》第50冊，頁366下。
〔註24〕收入《大正藏》第52冊，頁530下。
〔註25〕引自《景德傳燈錄》卷28，收入《大正藏》第51冊，頁443下。

念來論文，〈文賦序〉：「恒患意不稱物，文不逮意，蓋非知之難，能之難也。」
〔註 26〕他就作者立場，認爲作文時很難找到能夠完全符合達意要求的外在事
物。劉勰《文心雕龍・隱秀篇》：「隱也者，文外之重旨者也。」〔註 27〕強調
詩的意蘊不在言內，而在文字之外，所以范文瀾謂：「重旨者，辭約而義富，
含味無窮。」〔註 28〕〈隱秀篇〉又謂：「隱以複意爲工」，〔註 29〕說明詩歌具
有表達多層意蘊的特質。所以，「重旨」和「複意」同時說明了通過詩語言的
暗示性，穿透文字表面意蘊，尚有言外無窮意蘊的創造性特質。後來唐代皎
然《詩式・重意詩例》：「兩重意已上，皆文外之旨。」〔註 30〕即是繼承此意。

　　對創作者而言，重點在於如何運用詩這種表達形式本身所具多義性特
質，以令讀者感到詩中充滿司空圖〈與李生論詩書〉所說的：「韻外之致」、「味
外之旨」。〔註 31〕既然禪貴「言外見意」，則如何傳達「言外之意」呢？梅聖
俞謂：「狀難寫之景，如在目前；含不盡之意，見於言外。」〔註 32〕即是以栩
栩如生之景，來託喻那沒有形象的內在情感，如此景與情之間就產生某種內
在關聯，從中流露可以一再玩味的言外意蘊。此種言意關係的成功與否，就
在形式與內容的和諧——語言形式本身的高度藝術形象化後，已與內容結
合，成爲內容的有機成分，達到「但見情性，不睹文字」的效果。

　　那麼，內在情感與外在意象之間，何以能夠形成這種自然的聯類思考呢？
事實上，人類的思維方法與語言形式之間，存在著相互對應的密切關係。人
以語言來從事思維活動，所以，思維活動其實就是語言的結構活動。中村元
先生即謂：

　　　　在人們的深層意識裡，語言表達的形式，就成了在心理上用一套固
　　　　定的結構來安排思維活動的形式，成了使思維活動得出結論的形
　　　　式。因此，使某種語言發揮效用的特殊形式，特別是那種語言的語

〔註 26〕引自張少康集釋：《文賦集釋》，頁 25。

〔註 27〕引自〔清〕黃叔琳注：《文心雕龍注》，卷 8，隱秀第四十，頁 20。

〔註 28〕同前註。

〔註 29〕同前註。

〔註 30〕引自許清雲：《皎然《詩式》輯校新編》（臺北：文史哲出版社，1984 年），頁 23。

〔註 31〕收入郭紹虞編：《中國歷代文論選》（上）（臺北：木鐸出版社，1980 年），頁 49。

〔註 32〕引自《六一詩話》中引梅氏之言。歐陽脩：《六一詩話》（北京：北京圖書館出版社，2004 年），頁 11。

法，尤其是它的句法，往往表現了使用這種語言的民族其比較有意
識的思維方法。〔註33〕

印度人重視形上精神的冥思和心靈內省的寂靜，其言說是以破除主體性的宣
說為目的，故經常是綿密列舉、反覆數說，以展現普渡眾生的理想，雖有其
用意，卻極繁縟，這和中國傳統視語言僅是意的象徵符號有極大差別。中國
人的思維方式一向好以具體形式表現複雜抽象的事物，連綴的語言形式也近
於詩式的思考模式。基本上中國人視語言為傳達的媒介，因此比較強調語言
的實用性而輕忽其邏輯性，故而較重視它的功能和用法。中國詩歌體式以五
言、七言為主，在這樣短的文字結構中，表現一種經驗意象，以傳達詩人對
人生經驗很本質性的感受，因此這種精審的形式，就表現出詩歌感情趨於本
體性的意義。禪宗因其思維方式和表達方法與中國式的思維方法關係密切，
故其發展的文學化傾向，從公案禪語中的詩偈可明顯見出。不過，禪者並不
是用語言來思維，現存的禪師語錄中的詩偈，也不是用思維方式創作而成，
詩僅是禪者傳法的方便溝通工具之一種。

　　黃宣範先生謂：「語言是有意義的結構體，而且語言之有意義在於它具有
結構，結構實際上影響或決定我們要表現的意義，或我們要追求的意義。」〔註
34〕確實，由於中國人這種形象性思維的習慣，使得思想經常透過具體事物來
呈現而養成一種「類比」的思維習慣。通過類比式的思維，將具體事物與抽
象之情感或理思結合理解，「從歷史和個體發生的兩種角度來看，類比能力都
是人類最早發展起來的一種稟賦，……象徵性解釋的邏輯基礎便是類比。被
解釋的對象同用來解釋的故事之間是由類比相似而聯繫起來的。」〔註35〕那
麼類比就有以下幾點特徵：（一）通過類比建立被解釋的現象與用來解釋的現
象之間的因果關係；（二）類比的一般模式是以已知的事物或現象的特徵來說
明未知的事物或現象的特徵；（三）類比解釋是一種意指性活動，將主體對象
化於客體；亦將客體同化於主體之中。〔註36〕吳光明先生也認為：「中國思維
方式卻不離具體事，而以『比興』方式進行思考。」〔註37〕因為詩意與禪境
本質上的相似性而形成類比關係，並以詩作為表達禪境的形式符號，因此，

〔註33〕引自中村元：《東方民族的思維方法》，頁5。
〔註34〕引自氏著：《語言哲學》（臺北：文鶴出版社，1983年），導言，頁1。
〔註35〕引自俞建章、葉舒憲：《符號：語言與藝術》，頁132。
〔註36〕同前註，頁132～134。
〔註37〕引自氏著：《歷史與思考》（臺北：聯經出版公司，1991年），頁74。

比興就成爲禪詩偈「言外見意」最基本的表達方法了。

禪宗語言多用比興詩法爲之，不直接陳說，常用負面遮詮方式來顯示悟境，具婉轉含蓄的特點。巴壺天先生將禪的內容眞理歸屬於「自性知識」：

> 禪宗公案所表達的絕對體的自性，是言語道斷，心行處滅的，因而不得不藉重比興體詩──用可感覺的具體事物，象徵那不可感覺的與不可思議的自性。

又說：

> 由於自性知識不像感性知識與理性知識一樣，是可以感覺、言說或思維的，我們只能用一種「直覺」的方法，鑽入它的裡面，與它合而爲一，親自體驗，而不是站在外面來解說它，思維它。對於這種絕對的，不可感覺，不可思議的自性知識，要表現出來，自然相當困難，因而不得不用具有象徵性的比興法，藉有限表無限，藉具體表抽象，藉特殊表普遍。〔註38〕

所以表達抽象禪境的方法，就是用可以聯類的具體景物：「藉有限表無限，藉具體表抽象，藉特殊表普遍」以託之。詩作爲語言藝術，則託物起興自然還得在語言表現中求之，其言與意之間，通常以具體的意象作爲中介。錢鍾書《談藝錄》第六九條：

> 乃不泛說理，而狀物態以明理；不空言道，而寫器用之載道。拈形而下者，以明形而上。使寥廓無象者，託物以起興；恍惚無朕者，著述而如見。〔註39〕

所謂「託物以起興」之法，便是「拈形而下者」的具體事物，「以明形而上」的抽象禪理，運用比興，一方面使禪理不流於艱澀、隱晦，或直陳說教；另一方面使抽象之理能落實於日常生活中運用。所以，詩在於作者把心中情意，換作景象具體地表達出來，使讀者體悟出景象之外所含蘊的情意。此亦唐君毅先生所謂，將「指物之用」包攝於「達意之用」中。〔註40〕故《談藝錄》第二八條又說：「禪宗當機煞活者，首在不執著文字，句不停意，用不停機。古人說詩，有曰不以詞害意，而須以意逆志者；有曰詩無達詁者；有曰文外

〔註38〕以上兩段引文，引自巴壺天：〈禪學參究者應具有的條件與認識〉，《禪骨詩心集》（臺北：東大圖書公司，1990年），頁10。

〔註39〕引自氏著：《談藝錄》（北京：三聯書局，2007年），頁563。

〔註40〕參見唐君毅：《中國哲學原論·導論篇》，第七章原言與默：中國先哲對言默之運用，頁226。

獨絕者；有曰含不盡之意見於言外者，不脫而亦不黏，與禪家之參活句，何嘗無相類處！」〔註41〕

二、「言外見意」的表達方式在禪宗詩偈中運用的類型

宗詩偈的創作，必然來自禪師先有內在修行體悟境界，希望透過語言文字將這種體悟或心境傳達出來。一般禪師拈出詩偈的情況大約有二：一者禪師為了教示點化或回答弟子的啟問而為詩。二者禪人表達悟境以呈師勘驗或作為悟境的見證以廣傳於人而為詩。形式上四言、五言、七言、雜言不一；體製上絕句、律體、古體皆有；也有以單句詩語、一對詩聯來對答者。以下將從詩偈表現方式來分類，這是以語言結構為判別標準，而不是在討論其所表達的內容問題。

（一）賦──直敘其事

所謂「賦」有鋪陳之意，即直接陳述所欲表達的內容的一種方法。它同樣描寫具體的事物形象，只是賦所寫之物、所敘之事的現象或性質本身，就是詩的意義之所在，而非借物喻志或起情。如宗寶本《六祖大師法寶壇經》：

> 有僧舉臥輪禪師偈曰：「臥輪有伎倆，能斷百思想。對境心不起，菩提日日長。」師聞之，曰：「此偈未明心地，若依而行之，是加繫縛。」
> 因示一偈曰：「惠能沒伎倆，不斷百思想。對境心數起，菩提作麼長？」
> 〔註42〕

臥輪與惠能之詩偈都平鋪直敘，並無一點詩的語言特色，只是句子的字數整齊、有押韻而已。句與句之間是靠邏輯意義的連貫，未作任何比設權說而直接回應，比較近於佛經的偈頌特色。

後之禪師仍有沿用這種直陳普勸的形式而作偈者，如司空本淨：

> 道體本無修，不修自合道。若起修道心，此人不會道。棄卻一真性，
> 卻入鬧浩浩。忽逢修道人，第一莫向道。〔註43〕

又香嚴智閑因山中除草，聞礫擊竹作聲，廓然省悟。遽歸沐浴焚香遙禮潙山靈祐贊曰：「和尚大悲，恩踰父母。當時若為我說卻，何有今日事耶？」乃述一偈云：

〔註41〕引自錢鍾書：《談藝錄》，頁248。
〔註42〕收入《大正藏》第48冊，頁358上。
〔註43〕引自《景德傳燈錄》卷5，收入《大正藏》第51冊，頁243中。

> 一擊忘所知，更不假修治。動容揚古路，不墮悄然機。
>
> 處處無蹤跡，聲色外威儀。諸方達道者，咸言上上機。〔註44〕

上述二詩均屬五古體製，語言質直，表述方式則直截說理，不作轉彎，偈語的成份多而詩語的成份少，這時詩偈製作尚在原始階段，直接承襲佛經偈頌的形式而已。這種勸修歌偈，外形多四句、八句，少用比喻暗示或象徵意象，與早期祖師傳偈的特色相同。

　　另外，禪師有以長篇詩偈歌訣形式作為流通法教的工具，以石頭希遷〈參同契〉為例：

> 竺土大僊心，東西密相付。人根有利鈍，道無南北祖。靈源明皎潔，
> 枝派闇流注。執事元是迷，契理亦非悟。門門一切境，迴互不迴互。
> 迴而更相涉，不爾依位住。色本殊質像，聲元異樂苦。暗合上中言，
> 明明清濁句。四大性自復，如子得其母。火熱風動搖，水濕地堅固。
> 眼色耳音生，鼻香舌鹹醋。然於一一法，依根葉分布。本末須歸宗，
> 尊卑用其語。當明中有暗，勿以暗相遇。當暗中有明，勿以明相睹。
> 明暗各相對，比如前後步。萬物自有功，當言用及處。事存函蓋合，
> 理應箭鋒拄。承言須會宗，勿自立規矩。觸目不會道，運足焉知路。
> 進步非遠近，迷隔山河爾。謹白參玄人，光陰莫虛度。〔註45〕

此詩以五言古體形式，直接鋪陳其意，偶用簡單比喻，目的還是在勸修。又如：永嘉玄覺〈證道歌〉採取當時流行「君不見」式的歌調形式，使人人都能琅琅上口。這種歌偈有時也有比喻說理的佳句，如：「一月普現一切水，一切水月一月攝。」〔註46〕然而大體用語簡直，重在禪理的深度闡釋，及普勸勤修的宗教宣傳，可視為援詩寓禪的過程中尚未成熟的實驗之作。

（二）比——因物喻志

　　所謂「比」即是比喻，借由與所欲表述之內容有類似性的事物來作比的一種表達方法。其所欲傳達之內容是已經過理思反省的意念，再尋索適當事物以作比，《文心雕龍·比興篇》：「比者，附也」，〔註47〕附理之意。所以此物象多非當下所見之景，主要是讓讀者借景以見所指喻之意。「比」法一般有二類：喻

〔註44〕以上兩段引文，同前註，卷11，頁284上。
〔註45〕引自《禪門諸祖師偈頌》卷下，收入《卍續藏》第66冊，頁743上。
〔註46〕同前註，卷上，頁731下。
〔註47〕引自〔清〕黃叔琳注：《文心雕龍注》，卷8，比興第三十六，頁1。

事和喻志。

1. 喻事（包括物）——明喻

此即借此物比喻彼物，在譬喻性的語言形式中，喻體——被比喻的對象與喻依——作比的事物之間有某種類比關係，而且喻體、喻依和準繫辭皆必在文句當中。如龍牙居遁偈頌：

> 朝看花開滿樹紅，暮觀花落樹還空。若將華比人間事，花與人間事
> 一同。〔註48〕

此詩喻依——花開花落的自然界變化，喻體——人間生死幻滅的循環，二者之間因有生滅變化的相似性而作比喻，以之悟入空理。第三句明顯地用「比」字表明這層比喻關係，故屬明喻。

又如趙州從諗〈魚鼓頌〉，運用木魚法器來喻示體悟空性的重要：

> 四大由來造化工，有聲全貴裡頭空。莫嫌不與凡夫說，只為宮商調
> 不同。〔註49〕

詩題明確標示以「魚鼓」捻出特定之旨，內容描寫具時空連續性的事實物象，完全合乎七絕格律，平仄協調，又依律協韻。喻體——人的物質生命是由地水火風四大共成，與喻依——魚鼓之間的相對關係清晰，是以物喻物，其共同的本質即是此詩之喻意——「空」。

2. 喻志——隱喻

主體內在的思想情感是喻體，而喻體與喻意一致，即以具體的事物來比喻這抽象的情思，因此喻意通常隱於言外。大梅法常：

> 摧殘枯木倚寒林，幾度逢春不變心。樵客遇之猶不顧，郢人那得苦
> 追尋。〔註50〕

此詩前二句是大梅修行悟境的自明。寒林枯木，一者比喻行者如如不動的心念，已不會隨外境的改變而動搖；二者比喻自己如朽木之非才無用，以辭卻出世之請。蓋達者開悟後，隨個人因緣過不同的垂化生活，大梅保持早期禪者山間水上木食草衣的精神，繼續住山做保任工夫，但也留下了這首偈子表

〔註48〕引自《禪門諸祖師偈頌》卷上，收入《卍續藏》第 66 冊，頁 728 上。

〔註49〕引自宋賾藏主：《古尊宿語錄》卷 14，收入《卍續藏》第 68 冊，頁 91 上。

〔註50〕引自《景德傳燈錄》卷 7，收入《大正藏》第 51 冊，頁 254 下。另外，《五燈會元》卷 3，在此四句之後，接有四句：「一池荷葉衣無盡，數樹松花食有餘。剛被世人知住處，又移茅舍入深居。」收入《卍續藏》第 80 冊，頁 76 中。

明自己的禪悟心境。詩中未出現準繫辭，用以作喻的景物，是經過意念反省而尋找來的，所以寫的並不是當下觸動的感受，亦即感悟過程是由主觀意念而及物。

又如靈雲志勤因見桃花悟道，有偈呈潙山靈祐：

> 三十年來尋劍客，幾回落葉又抽枝。自從一見桃花後，直至如今更
> 不疑。〔註51〕

潙山覽偈而印可說：「從緣悟達，永無退失，善自護持。」「尋劍客」已成禪家比喻求道人的常用詞，劍者斬吾人情識意想之利器也。此借劍客比喻修行人對治情識如春草斬了生、生再斬的勤勉刻苦。在桃花開的時節，悟得人的表面意識之下的真實面貌而不再受惑。採後設性的敘述法而非客觀描寫法，顯然有一主觀意念在操縱文脈，而非直寫當下之景。也就是他表達的是理性沉澱出來的求道心路歷程。

另外，禪宗分支之後，各自發展出一套接機的方法和修行次第，於是開始有以整組的禪歌來說明修行心路轉折的過程，如：同安常察禪師〈十玄談〉，〔註52〕可說是宋代普遍的「牧牛圖頌詩」的開頭。再以洞山良价〈五位頌〉為例：

> 正中偏：三更初夜月明前，莫怪相逢不相識，隱隱猶懷舊日嫌。
> 偏中正：失曉老婆逢古鏡，分明覿面更無他，休更迷頭還認影。
> 正中來：無中有路出塵埃，但能莫觸當今諱，也勝前朝斷舌才。
> 兼中至：兩刃相逢不須避，好手猶如火裡蓮，宛然自有沖天意。
> 兼中到：不落有無誰敢和，人人盡欲出常流，折合還歸炭裡坐。
> 〔註53〕

此中每首詩都未道破和修行境界相干的一字，但從標首題旨，可知是有一先在的意念，而借具體物象以喻之。這個創作意念，更主導全詩之發展結構。從語意脈絡中可以見出創作主體所欲表達的意蘊，卻不直接陳述，而寄託物

〔註51〕同前註，卷11，頁285上。
〔註52〕同安常察禪師〈十玄談〉中分為十個階段：「心印」、「祖意」、「玄機」、「塵異」、「演教」、「達本」、「還源」、「迴機」、「轉位」、「一色」等，以七言詩體形式，用具體景物來譬喻不同修行位階的心路歷程，將頓悟前漸修的過程用禪偈方式表達出來，使修行次第層次明確。參見《禪門諸祖師偈頌》卷1，收入《卍續藏》第66冊，頁724中。
〔註53〕同前註，卷1，頁729中。

象以言之，並且是以全首詩來設喻，故屬比體詩。讀者可由物象之類比，獲得此詩之喻意。

　　後期禪師對修行次第的說明，往往以無關的意象暗示，所創造的意象，常不依循人們慣用的語義軌則而另作創新，表面看來全無論及修行之事，實則有一內在意念統攝物象，以比喻證道的次第，故必須從意象之外以會本旨。如曹山本寂〈五相詩〉之三「◎」（代表「正中來」）：

　　　　焰裡寒冰結，楊花九月飛。泥牛吼水面，木馬逐風嘶。〔註54〕

此偈以連續四個不相干的意象並列，而且每個意象的意義根本違反常態，這就是禪師言說的特色——既是不可說，就另闢蹊徑，用弔詭的表達方式，或者不說、或者亂說，更具啓發性。禪家運用語言文字不再遵循習以爲常的符號法則和思維方式，故意依藉驢頭不對馬嘴的對答，矛盾的語句，隨手拈來的意象，脫離語言大眾傳播系統下的意義常軌，從這種新變的語言中騰躍出來，以會悟非言說所及的那個實際理地。這些意象皆非當下即景，彼此之間也無語意關連，禪師只是借這種全然不合常態的比喻，喚醒我們脫離固定語意的牢籠，以歸復本體。

（三）興——感發興起

　　所謂「興」者，感發興起之意，《文心雕龍‧比興篇》：「興者，起也」。〔註55〕興是先有外在事物的觸動，而引發內在某種感受。主體被觸發的是當下的情感經驗，而非反省後的理思，此中最主要的判別在感發層次是由物及心。一般學者認爲「興」有二類：純興和興中有比。

1. 純　興

　　外物與所觸發的情感之間，既無類比性，也無內在意義關連。這時物對情只是觸媒，故所寫的常是偶然而不相干的隨機所見之景。如：

　　　　道悟問：「如何是佛法大意？」師（石頭希遷）曰：「不得不知！」

　　　　悟曰：「向上更有轉處也無？」師曰：「長空不礙白雲飛。」〔註56〕

又：

　　　　問：「如何是佛法大意？」師（雲門文偃）曰：「春來草自青。」

〔註54〕引自日玄契編：《曹山本寂禪師語錄》卷上，收入《大正藏》第47冊，頁537上。

〔註55〕引自〔清〕黃叔琳注：《文心雕龍注》，卷8，比興第三十六，頁1。

〔註56〕引自《景德傳燈錄》卷14，收入《大正藏》第51冊，頁309下。

〔註57〕

禪師並無對「佛法大意」給予正面的回應,所回答的內容,非先有企圖表述之意念,然後借物象以喻之,而是個殊而偶發的,隨機借當下耳聞目擊的鮮明意象,烘托一己此在的心境底蘊。這種問答詩語比詩偈更警短,所傳達的意蘊就更純粹而近於直覺經驗。這些詩句用字明淺,卻意象深美,表現出禪者從自然中所悟達的心境。至於有沒有回答了弟子的問題?不管。弟子所接收到的是意象所喚起的情境,而非某種道理。

禪師與弟子之間的交談是在彼此共許達到傳遞真理的目標下進行,所以有其交談的倫理規則,即無論外表看來是如何的不對邏輯、不合常理,都是在說真話,並且說得不多也不少,恰到好處。這種情況下,語言運用純粹是針對實際狀況,依機而設,不能單從認知理解角度來解釋。再如:

> 問:「如何得出離生老病死?」師(靈雲志勤)曰:「清山元不動,浮雲飛去來。」〔註58〕

又:

> 問:「語默涉離微,如何通不犯?」師(風穴延沼)曰:「常憶江南三月裡,鷓鴣啼處野花香。」〔註59〕

這二段的意象又比前一種單句詩語更為深折,意象本身無法對應於某一禪理,只整全地托出一片情境,帶領弟子進入情境中,由直接感受,以得妙悟。詩的對話必須直觀契入所悟的生命境界中,所以就禪宗詩偈尋求明確的象徵比附意義,毋寧是對禪的認識不清,甚而根本不得其門而入。禪師對悟境最整全的答覆就在詩偈照面的體會中,體悟深淺見仁見智,但悟境總如實地昭示著,作機械式的象徵求索,正好與禪師之用意背馳。

2. 興而兼比

《文心雕龍・比興篇》:「觀夫興之託諭,婉而成章,稱名也小,取類也大。」〔註60〕劉勰認為有文外寄託之寓意為「興」,則在興的語言結構中,必隱含有言外之意,其實際的操作方式便是以具體可見之事物來託喻抽象之旨。興以感發為主,然而引起感發的模式多樣,當感發的事物與主體內在的感受之間有某種

〔註57〕同前註,卷19,頁358中。
〔註58〕同前註,卷11,頁285中。
〔註59〕同前註,卷13,頁303中。
〔註60〕引自〔清〕黃叔琳注:《文心雕龍注》,卷8,比興第三十六,頁1。

相似性時，就形成興中有比。然則，這種「興」的類比與「比」的類喻有何不同？顏崑陽先生謂：

> 「比」的類喻，乃是從喻依——作爲比喻的物象的性質所產生的指示作用而獲致概念性的意或理。而「興」的類比聯想，則物象的性質只是作爲引發主體類似情感的觸媒而已。它的作用是支援性的、緣起性的，終極意義還在於所引發的情感經驗本身，而不是物象性質所喻示的意理。〔註61〕

所以比體詩中，詩人的個別直接經驗並不介入，而是以意念之我來主導；興而兼比的詩中，詩人寫的是主體個別當下的直覺感受經驗。從讀者的角度而言，使能感的主體與所感的對象之間，具有情境上的類似性；主體在詩的情境之中，觸發某種感悟，顏崑陽先生謂之「情境連類」。〔註62〕

禪師把每一階段的禪修體驗或心境，用意象點出，學生得從詩中的暗示尋索求悟。這種教示多連篇貫串，問答之間有藕斷絲連的意蘊層遞轉深，必須互參才能獲得整體之意。如：

> （臨濟義玄）到鳳林。林問：「有事相借問，得麼？」師云：「何得剜肉作瘡！」林云：「海月澄無影，遊魚獨自迷。」師云：「海月既無影，遊魚何得迷？」林云：「觀風看浪起，翫水野帆飄。」師云：「孤輪獨照江山靜，長嘯一聲天地秋。」林云：「任將三寸輝天地，一句臨機試道看。」師云：「路逢劍客須呈劍，不是詩人莫獻詩。」鳳林便休。〔註63〕

此種詩偈的運用有其點化的特殊任務，所以具有文字表面之外的啓示蘊意，卻不直接說出，而借客觀景物形成意象，以與禪境之間產生微妙的類比。除最末一聯外，問答的形象與情意之間雖有類比的意味，但其感發模式是由物到心，應屬興體。禪人於自性中起疑，如割肉成瘡一般，自破生命的整全。所問的問題更是無中生有，江海澄明，魚應不迷，鳳林顯然刻意刁難。觀風看浪起者，是自性認識不夠堅固，才會隨現象界而流轉。臨濟不隨問疑而轉，但自呈所證之心，如當空皓月，包含太虛。鳳林最後要臨濟立即奉上機鋒一

〔註61〕引自顏崑陽：《李商隱詩箋釋方法論》（臺北：學生書局，1991年），頁136。
〔註62〕參見顏崑陽：〈從「言意位差」論先秦至六朝「興」義的演變〉，《清華學報》第28卷第2期（1998年2月），頁143。
〔註63〕引自《鎮州臨濟慧照禪師語錄》，收入《大正藏》第47冊，頁506中。

句，臨濟答得妙，劍客是悟道者，則遇解語人自當以悟境相呈；若非，說也是白說，反將鳳林一軍，結束這一回合的逗機。這種逗機禪語，必須二者的悟力相當，才能會悟「言此意彼」之所指。

對話語言都是存在於一個意義脈絡之中，讀者的理解不能抽離語言情境之外作分析，而必須就整個問答的語言脈絡去理解，故也不可能有絕對完全的詮釋，只能作到最大的逼近。任何不在此對話的第三者，都無法插入對話雙方所共築的語義網絡之中，只能透過回溯語言陳跡的脈絡，即表達者的歷史情境，以逼顯其語意。沈清松在《眞理與方法》一書的導讀說，高達美甚至以「交談」爲其詮釋學的範本。交談的特性是：只有在交談中的人可以相互理解，一個突然插進來的第三者並不能明白，這顯示交談的情境性。在交談中，重點不在突顯說話者的主體性，而是顯示其互爲主體性；此中沒有人可以堅持己見，宰制對方，卻須向眞理開放，隨時迎接存有的開顯，這顯示交談的存有學意涵。所以，高達美認爲「交談是兩個相互理解的人之間的歷程」。〔註64〕

再如船子德誠：

> 千尺絲綸直下垂，一波纔動萬波隨。夜靜水寒魚不食，滿船空載月明歸。〔註65〕

疏山光仁遷化時有一偈曰：

> 我路碧空外，白雲無處閑。世有無根樹，黃葉風送還。〔註66〕

禪者此種詩偈往往依其頓悟的時節因緣，就地取材興喻；或以俱存之境，整體興懷。船子以千尺之絲求證佛果，從有行有證而當即拋下所證之境，滿船明月以喻道果圓成。疏山則暗示落葉必歸根，形質生命終期於空的情境。此種詩偈見地相當者照面即曉，所表達的意蘊遠在形象之上，又可達到內行人看門道，外行人看熱鬧，各取所需的效用。李重華在〈論詩答問三則〉之一云：「詩緣情而生，而不欲直致其情；其蘊含祇在言中，其妙會更在言外。」〔註67〕一般人只欣賞其道不出之韻味；參學人則能直透文字之外，關連於修持功夫境界所昭示的典範來理解。所以，已有參悟體驗的人一看，就能與

〔註64〕參見高達美著，洪漢鼎譯：《眞理與方法──哲學詮釋學的基本特徵》，書前沈清松的導讀。

〔註65〕引自《五燈會元》卷5，收入《卍續藏》第80冊，頁115上。

〔註66〕引自《景德傳燈錄》卷17，收入《大正藏》第51冊，頁339下。

〔註67〕引自《貞一齋詩說》，收入丁福保編，《清詩話》，頁921。

文字之外的禪境相印證，如同馬祖看了大梅的偈而贊道：「梅子熟也！」〔註68〕有證量者對詩偈言外之意的還原，就不會有可能漏失的疑慮，由此更強調唯有對本體的親證，才是現象層即用即體的保證。

　　以上從表達方式的類型分析可以看出，能夠隱含最豐富的言外之意者，是「興」，其次是「比」，最末是「賦」。可見語言表達方式的不同，對表意功能的影響，從而也可見出唐代詩歌的表達方式對禪宗詩偈表意功能的助益。

三、詩言外見意的「表達方式」提升禪宗詩偈的「表意功能」

　　由於禪宗盛傳，禪徒日眾，聚眾修行愈來愈具集體規模，無法再如過去一對一的教示傳心，只好由有證量的禪師透過詩偈來認定徒弟的證悟情形。如五祖弘忍宣佈以偈選祖：

　　　　汝等各去，自看智慧，取自本心般若之性，各作一偈，來呈吾看。

　　　　若悟大意，付汝衣法，爲第六代祖。〔註69〕

祖師由面面相呈的勘驗，改爲以偈呈心的方式來判定弟子，則「偈」成了鑑定開悟與否的關鍵媒介。然而，我們不免要懷疑詩偈能否準確地傳達悟境？因爲一首詩偈從開悟的弟子到師父的認可中間，經過多層的轉譯過程——弟子將悟境轉換成文字表達出來，師父再由詩偈還原爲悟境勘驗，中間能否毫無漏失或誤解呢？這可由兩方面獲得保證：就弟子而言，「自取本性般若之知，各作一偈」，可見詩偈雖是由語言形式構成，卻是般若自性之流露；是由悟性朗然，不假思索而信手拈出，作僞不得。亦即詩偈是本性般若的形象化、具體化的表現。另一方面，是來自師父本身的證量，即已經開悟的祖師才有資格由弟子的詩偈來判識其有幾分悟性。這雖是因徒眾太多而採行的方便法，至少已肯定作偈確實也是檢覈修證工夫的途徑之一，而使禪門傳法詩偈從此大興。

　　事實上，禪師並不把詩偈放在一般語言運用層來看，而是將它視同「揚眉瞬目」一般的傳意媒介；是睹面相呈之外最佳的標月之指。如《景德傳燈錄》卷四仁儉（騰騰和尚）對武后說：「老僧持不語戒。」言訖而出，隔天卻進短歌一十九首。〔註70〕卷八龐居士回答石頭希遷的問話說：「若問日用事，

〔註68〕引自《景德傳燈錄》卷7，收入《大正藏》第51冊，頁254下。

〔註69〕引自《六祖大師法寶壇經》，收入《大正藏》第48冊，頁348中。

〔註70〕參見《景德傳燈錄》卷4，收入《大正藏》第51冊，頁232下。

即無開口處」，於是改以呈偈傳達。〔註71〕卷十一：「師（仰山慧寂）問香嚴，師弟近日見處如何？嚴曰：『某甲卒說不得』，乃有偈曰：……」〔註72〕香嚴智閑無法用一般語言來陳說其悟境，所以只好改用詩偈表達。可見詩偈之作並非「開口處」，而是作為禪師悟境的表達工具，所以遇到無法直接說明悟境時，卻可換用另一種語言——詩偈的方式來言詮。

不同的語言表達形式，傳達意蘊的效果也截然不同。從語言形式的演變角度來看，唐代禪宗詩偈在表達方式上，就是由賦而比、興的演進歷程。這並不是說用比法後就無人再用賦法，用興法後就不再用比法或賦法，而是指愈往後發展出愈多種的表現方式。

佛經中有文有頌是通常的形式，至唐代近體詩流行，佛教偈頌在禪師手中應用日廣，詩味益濃。禪師表達悟境時，亦漸吸納中土韻文而有以詩寓禪之作。援詩說禪，禪師一方面對詩的運用態度界定於工具性的使用；一方面尚在嘗試摸索階段，並未對詩所能表達的意蘊另做開發，僅沿用佛經原有的偈頌體式作模範，平鋪直敘地說禪。

偈頌是佛經的一種文體，梵文作伽陀（Gatha），《天台仁王經疏》：「偈，竭也。攝義盡故名為偈。」原是印度的文學形式之一，有四言到七言體不等，大多以四句總攝文義，其體制嚴密，音韻精整。鳩摩羅什曾對僧叡說過：

> 天竺國俗，甚重文製，其宮商體韻，以入弦為善。凡覲國王，必有
> 贊德；見佛之儀，以歌嘆為貴。經中偈頌，皆其式也。〔註73〕

印度敘事體詩非常普遍，佛經也多半有講有頌，當然也有純頌的宣說。〔註74〕然而經過翻譯後，形式雖同漢詩般句式整齊，但失其韻律，成為非詩非文的體裁，用字明淺，極易明白。胡適即言：

> 宗教要傳佈的遠，說理要說得明白清楚，都不能不靠白話。散文固
> 是重要，詩歌也有重要作用。詩歌可以歌唱，便于記憶，易於流傳，
> 皆勝于散文作品。佛教來自印度，本身就有許多韻文的偈頌，這個
> 風氣自然有人傚效。于是，也有做無韻偈的，也有做韻偈的；無韻

〔註71〕同前註，卷8，頁263中。
〔註72〕同前註，卷11，頁283下。
〔註73〕引自《高僧傳》卷2，收入《大正藏》第50冊，頁332中。
〔註74〕偈有廣狹二義：廣義包括伽陀（Gatha）和祇夜（Geya）。前者偈前無散文，直接以韻文記錄；後者偈前先有一段散文，再用韻文重複其義。狹義則專指伽陀。參見《佛光大辭典》，「偈頌」條，頁4383、2766。

偈是模倣，有韻偈便是偈體的中國化了。〔註75〕

在賦法的表達階段，詩偈和佛經偈頌並無太大差別，如：三祖僧璨〈信心銘〉屬四言詩體，是禪師以詩說法的初期，用賦的方式直陳其事，而不必借由其他意象的喻示。由於作者所欲表達的意蘊和作詩的用意，都可以在偈頌中直接看出，這種表達方式語意的限定性強，讀者所能引發的體會，往往是接收到一種理則。

禪宗祖師從付法時就有詩偈的相傳，唐代隨近體詩表現方式的引用，禪師以偈頌寓意，逐漸脫離佛偈而更具詩質之美。中唐以後，更產生詩意濃厚的禪偈，而且由日常生活經驗事物中取材，以作為表詮悟境的象喻，普遍運用於傳法、示寂、接引學人。禪師表達多以詩喻方式，運用比興手法間接傳達，以負面遮詮來保存真理。然而，比興的觀念極為複雜難辨，從詩歌發展史來看，並不是先有比、興的觀念，才創作出詩；相反的，比、興觀念是從既有的創作成果中後設反省歸納出來的表現方法。這兩種表現方法，在詩歌的創作與詮釋中，意義日趨複雜，顏崑陽先生從情意發生性質和表現方式來區分比、興。「比」是主體對諸多經驗統覺反省後，形成內在的意念或理念，乃虛構物象以為類喻。作為比喻之用的物象，其性質與此意理有類似性，並且不是當下具體之事物，而是作為一種象徵或隱喻符號而存在著。「興」是主體當下的直覺感性經驗，這種經驗是由具體存在的物象所觸發興起，所以「興」即是在表現主體當下感物興情的體驗。綜合言之：

> 就情意的性質而言，「比」是由經驗後設反省而致的意念或理念，「興」則是當下直覺的感性經驗。就表現方式而言，「比」是虛構物象，並且作為隱喻或象徵性的符號而存在。「興」是實寫物象，而所謂「實寫」，並不一定指描寫實際發生之事物，它也可以是擬構性的形象，但即使擬構，也必以「當下性」為其特質，以引觸讀者的直覺感受。〔註76〕

「附理」與「起情」是比、興性質的根本差別。比、興作為詩歌的表現方式，在言與意之間介入「象」，達到言、象、意的有機表意關連。這就涉及主體情意與外物之間感發的關係，所以「比」是意念先在而至物；「興」則是物象先在而觸其情。

〔註75〕引自氏著：《白話文學史》（臺北：莊嚴出版社，1980年），頁155。
〔註76〕參見顏崑陽：《李商隱詩箋釋方法論》，頁131～137。

　　惠能禪宗盛行以來，禪師擅以詩偈寓意，中唐之後的禪偈詩意逐漸濃厚，而且從平常日用的事物經驗中取材，作為悟道的象喻。在比法的表達階段，如：神秀、惠能呈示悟境的詩。神秀：

　　　身是菩提樹，心如明鏡臺。時時勤拂拭，勿使惹塵埃。

此偈屬老實修行者的原則，「理可頓悟，事須漸修」，〔註77〕開悟當下是跳躍式的頓悟，在此之前，則須漸修累積，才能凝聚到開悟的基點。弘忍評曰：「汝作此偈，見即未到，祇到門前，尚未得入。凡夫依此偈修行，即不墮落；作此見解，若覓無上菩提，即未可得。須入得門，見自本性。」〔註78〕惠能則從神秀偈的基礎更透一層：

　　　菩提本無樹，明鏡亦非臺。本來無一物，何處惹塵埃！〔註79〕

前偈中現象界的菩提、明鏡是喻依，身、心世界是喻體，「是」、「如」是準繫辭，三者都含在文內，故屬明喻。惠能繼承前偈喻意，將其落於有的境界予以勘破入空，以見在纏不減、在聖不增的本來面目。印順法師認為六祖之位傳予惠能，「除惠能偈意深澈而外，主要神秀沒有擔當祖位的自信。」〔註80〕這種比體詩偈的表現，是作者主觀上已存在某種經由反思而得之理，再尋求具有相似特質的外在事物來作比喻，所傳達的是一種由感受體驗反省得出的理則。然而，較之過去禪宗詩偈的直述事理，已更富於意象，在表現上作一層轉折變化，不落理障。解讀時則多一層意象，使意蘊有較大的延展空間。不過，就禪師而言，這層轉折卻不是刻意安排而來，也不是用分析智解可得，而必須透過實修經驗的悟力來操作。

　　禪的體悟境界是無法用言語明確表達的，直陳其境反而會因語義的限定而僵固。那麼，禪師詩偈的傳達，必然是運用「非分別說」的方式。中國式的思維方式是不離具體事物，慣以比興方式進行思考，禪宗到慧能才自覺地以中土習用的方式表達，其印證方式也是中國式的，直接、明白、具體而又高度的實用性。這是近體詩在表詮觀念上給予禪師的啟發，使語言留下最大的空間。

〔註77〕引自《六祖大師法寶壇經》，收入《大正藏》第48冊，頁348中。
〔註78〕同前註，頁349上。
〔註79〕以上二偈，同前註，頁349上。敦煌本《六祖壇經》中惠能有二偈：
　　　菩提本無樹，明鏡亦非臺；佛性常清淨，何處有塵埃？
　　　心是菩提樹，身為明鏡臺；明鏡本清淨，何處染塵埃？
〔註80〕引自印順法師：《中國禪宗史》，頁209。

　　比、興都是以「意象」作爲傳達禪意的基本單位，避免直陳其理。比法詩偈比喻關係清晰而直指主旨，頗欠含蓄。到了興法的表達階段，詩偈則能以興或興而兼比的方式，使意象隱蓄禪境，達到不背不觸，不脫不黏的境地。其言說原則：一者，遮撥法，不住二邊與中間，用活句不用死句，重在識得自性；二者，悟境的呈露最忌我手寫我口的直說，而須借日常生活耳聞目擊可感可知的具體事物，當機點化，達到〈詩品序〉所言：「文已盡而意有餘」〔註81〕的效果。

　　中晚唐禪師面對語言的態度積極而且充滿禪宗創造性的實踐精神。禪師教示點化或回答弟子的啓問而爲詩，多數例子是弟子啓問而禪師以詩語回答。問答是在具存時空中，當下照面的語意互通，沒有太多中介干擾，可說是最經濟又效用性最高的言說方式。問答之間必須當機把握，不然聲滅即逝，連時間空隙都極有限，甚至未動用文字之跡。有時半偈一偈即可啓悟弟子，有時則一再複問，當然，此中關鍵在當機者的悟力。悟得靠自己，禪師再苦口婆心的回答下去，也不可能說得更多，只是換個角度去說而已。因此，詩語問答多隨機引用周圍的自然事物以起興，個別意象與禪境之間既是等距平行，又有內在互涉的關連，故一解一切解；反之，一不解皆不解，不可能有解此疑彼的半調子情況。青原之下，船子、夾山一系尤其貫以四言、五言或七言之詩偈，運用各種自然景物作爲興發問答之機，托寓深旨，極富詩意。如：

> 問：「如何是夾山境？」師（夾山善會）曰：「猿抱子歸青嶂裏，鳥銜花落碧巖前。」〔註82〕

又：

> 問：「達磨未來此土時，還有佛法也無？」師（天柱崇慧）曰：「未來時且置，即今事作麼生？」曰：「某甲不會，乞師指示。」師曰：「萬古長空，一朝風月！」〔註83〕

以上二對詩聯，都創造了一個生動美麗的意象，原本禪師之言是因應弟子而說的，但是從詩句表面完全看不出和提問有任何關聯，即使這些意境中有某種意蘊的暗示，卻並非「此對彼」的相應狀態。它是運用詩歌傳統的「感物起興」之法，將內在蘊存之心境，依托外物以抒之，是主體修養所產生的悟

〔註81〕引自鍾嶸：〈詩品序〉，收入〔清〕何文煥編：《歷代詩話》，頁5。
〔註82〕引自《景德傳燈錄》卷15，收入《大正藏》第51冊，頁323下。
〔註83〕同前註，卷4，頁229下。

境，經由外物偶然的引發而使之顯形。所以，詩意通常是開放性的收尾，不作任何判斷語，保留廣大的想像空間給任何讀者共同完成。這是唐詩最重要的美感特質——興象，運用在禪宗詩偈裡，使其言外之意更加靈活而豐富。

　　唐代以來，在詩歌創作上，重視作者和讀者經由作品所產生的感發作用，「興象」就是沿此發展的一個觀念，顏崑陽先生：

> 「興象」可以指「作品」具現之後整體的意象。它雖是以主體「睹物興情」為創作動機，但當「作者」依藉「以景涵情」的語言構作方式具現為「作品」之後，「作品」便脫離「作者」的任何創作背景及意圖，其本身獨立為一個可以喚起讀者直覺感性經驗，自由想像而恣情玩味的意象。〔註84〕

所以「興象」取得「作品」本身獨立自足的地位，可以和「作者本意」劃開關係，而成為抒情詩的語言特徵。

　　問答的禪意未經過語言形式的重塑及文字的中介，比詩偈來得直接。後期禪師詩語對答，所答之詩與所欲表述的意蘊之間的關係，外表看來並不是那麼相干，甚至不合常理。成中英先生：

> 禪之疑惑暨詭論，一般說來，主要是源於對話者故意把公案之表面語意與其深一層存有論的指涉二者的關係，予以切斷、打破。經過此一程序之後，表面意義的語言失去了本身的指涉架構，從而喪失其在存有論中的指涉者。但亦因為這樣，同一禪之語言卻因而能自由的獲得新的語意上的意義；亦即，能形成具有新的表面語意的語言形式，而其本體的指涉卻仍然不變，亦即其本體指涉者沒有特定的指涉對象。〔註85〕

既然禪違反常理，不合邏輯，則如何參透呢？所謂疑情來自凡夫地揣度聖義諦而起，禪師接機則多旁敲側擊、單刀直入，打落疑情，蓋聖義諦非思量而在內證。禪宗用語的矛盾，僅在語義表面而已，並無內在的矛盾，以達到否定常識見解的功能。其所欲表詮的是在語意之外的意蘊，所以不僅能夠鬆動一般人對常識的執著，更可鬆動人們對語言的執著。香嚴智閑所謂：「語中埋

〔註84〕引自顏崑陽：〈從「言意位差」論先秦至六朝「興」義的演變〉，《清華學報》第 28 卷第 2 期（1998 年 2 月），頁 143。

〔註85〕引自成中英：〈禪的詭論和邏輯〉，《中華佛學學報》第 3 期（臺北：中華佛學研究所，1990 年），頁 187。

跡，聲前露容，即時妙會，古人同風。」〔註86〕不過，禪宗這種表達方式也有其限制，就是只破不立，只能知其否定想法，卻無法觸及其正面的主張。

禪的悟境是最直接的經驗，絕非理性知解活動，是如人飲水，冷暖自知，無法以其他方式移轉給他人。所以若欲傳達，唯一的辦法是嘗試用直指或暗示的方式。直指是以身體語言作禪境的直接揭露，如默然；暗示如棒、喝等，另外一種即是以語言的暗示性啓發弟子。鈴木大拙先生說：「禪從來不作解釋，只作暗示。」〔註87〕除非弟子對悟境有相同的感受，才可能因其內證經驗而會意，否則就無法得到知解入處。所以對詩偈的意會，不應以分析手法解釋其中固定或確指的意涵，因此鈴木大拙先生又說：「禪的語言是本質性的，其表現的方式是與事實一致的。禪具體地表現自己，因爲禪所關心的主要是事實而不是理論，是實在而不是概念的那些實在對立物。」〔註88〕與所感發者，是絕非理知所能至的純粹心靈上的感動，此中蘊含著深層的體驗空間，就讀者而言，可以隨類各得其解，所以最符合禪師教示表達上寓無窮之意而見於言外的理想。

禪的本質純粹而簡單，不是要我們去了解什麼，而是要我們去掉什麼。因爲慣用語言思維的人們，不是想得不夠，而是想得太多。另一方面，詩偈意蘊是在照面中傳送，過此機宜的事後考索，都失去此偈產生當時的機用了。中唐以來借詩的表意方式問法、示法，蓋「總一切語言爲一句」，將意蘊凝結爲耳聞目擊的意象表出。禪家之中，有能詩高手，本意以詩寓禪，吟詠之間將禪理融攝於自然觀照之中。晚唐以後，甚至出現五律、七律這樣對仗工整、格律精嚴的作品。這種詩偈產量豐富，在燈錄、語錄中隨處可見，如香嚴智閑：「凡示學徒語多簡直，有偈頌二百餘首，隨緣對機，不拘聲律，諸方盛行。」〔註89〕

以詩作爲傳道的方式之一，是人的特殊知覺能力，以整體感悟，儘可能逼近終極存在之理，呈現精神境界之全體內容。凡是藝術的表現，是透過感性形式來表現人之存有經驗與所體悟的價值理序。詩的語言是一種極富啓發性的情境語言，它與意義之間往往沒有清楚的對應關係，主要在營造一份意境，傳達給讀者，並保留廣大的想像空間和活潑的心靈讓讀者參與創造，藉

〔註86〕引自〈答鄭郎中問〉二首之一，見《禪門諸祖師偈頌》卷下，收入《卍續藏》第66冊，頁745上。
〔註87〕引自鈴木大拙：《禪與生活》，頁30。
〔註88〕同前註，頁17。
〔註89〕引自《景德傳燈錄》卷11，收入《大正藏》第51冊，頁283下。

此形成精神上的互動。這種互動，終極目的是要達到默會靈識。此即唐君毅先生所說：「禪宗以言與言相斫殺，棒與喝相斫殺，以歸於寂天寞地之大默者。此大默中有心與心之相接相傳，而意也俱無。」〔註90〕

　　禪門詩偈是從了悟真諦這一大事因緣，通過詩歌「言外見意」的手段將悟境表現出來。佛經偈頌或早期禪門詩偈，常常將所欲表述的意蘊未經任何轉折直接陳說，形成說理詩偈，反而使所欲指出的禪悟妙境僵化，更違反了禪宗運用文字的基本態度，而離禪精神最遠。後期禪師的教示，巧妙運用唐詩比、興表現方式，將內在的悟境用最尋常或違反常態的景物意象來呈現，卻有言外深意任學人自去領悟。所以，詩對禪最大的貢獻，是解決禪境表達上的困難，並啟示了後來學人習禪的門徑。吳喬《圍爐詩話》卷一：「比興是虛句活句，賦是實句。有比興則令實句變或為活句，無比興則虛句變成死句。」〔註91〕故而禪偈表現技巧由賦而比興，使詩進而即工具即真理，意深詞美，實應視為一種文學資產，在文學史上給予適當的定位。

第二節　宗門崇尚語言對修行方法的影響

　　禪宗盛傳時期的禪師如惠能，其後石頭希遷、馬祖道一、百丈懷海等，接引弟子的語言多質樸無華，只要機緣湊泊，村姑野老照樣可以一點開悟，如：龐婆、德山宣鑒所遇的「點心」婆子、趙州從諗問路的婆子，都充滿平民化的風味，及民間社會的創造力和生命力。晚唐以來，禪宗詩偈漸漸發展出兩條不同的創作脈絡。一者，以詩偈頌古來挖掘禪意；二者，以近體詩抒發禪行生活的感懷。前者延續禪師詩偈「言外見意」的語言風格，以開發公案、話頭的新意義；後者則近於一般隱逸山水詩人遣懷或心靈感受之詩，與晚唐詩人共同摶造一個幽冷清僻的詩風，這部分將留待下節詳論。

　　禪僧使用語言文字的立場，原是本著：「不立文字者，經云：不著文字，不離文字，非無文字。能如是修，不見修相也。」〔註92〕也就是「假文言以明其旨」，〔註93〕以文字為說法方便，能掌握這個工具效用原則，才不致落入文字相中。及至晚唐以後，禪門弊象漸出，對「不立文字」立場的模糊及理

〔註90〕引自唐君毅：《中國哲學原論・導論編》，頁238。
〔註91〕收入《清詩話續編》（一）（臺北：藝文印書館，1985年），頁471。
〔註92〕引自《宋高僧傳》卷13之末「論曰」，頁318。
〔註93〕引自《禪宗永嘉集》，〈優畢叉頌〉第六，收入《大正藏》第48冊，頁391上。

解的差異，正好朝兩個對反方向發展：一者，極端堅持不立文字者，便走到毀棄經教，師心自用，狂言自是的一端；二者，欲以詩轉禪者，結果反被詩所轉。

極端不依經教的結果，柳宗元〈送琛上人南遊序〉，曾批評後期南宗禪人的空疏無行：

> 今之言禪者，有流蕩舛誤，迭相師用，妄取空語而脫略方便，顛倒真實以陷乎己而又陷乎人。又有能言體而不及用者，不知二者不可斯須離也。離也外矣，是世之所大患也。〔註94〕

惠能禪宗在大盛的同時，也因爲門徒眾多而良莠不齊，一方面無嚴密的宗教組織；另一方面由於禪師重明心見性的工夫，並無一外在固定的規範通則可作爲衡量修行的判準，加上祖師強調日常生活本身處處皆是悟道之機，因此，有些禪人不顧自己有無真修實悟，將前人證境之言當作修境之行，而自起顛倒知見，學祖師詆毀經教並教化起人來，不但誤己而且害人。再者，只會說空洞形上的禪理，卻無法關連於實際生活作點化，可見對禪的悟境體會尚屬有限，體、用一分割，禪也就儘成空談。柳氏又於〈龍安海禪師碑〉云：

> 言禪最病，拘則泥乎物；誕則離乎真，真離而誕益勝。故今之空愚師惑、縱傲自我者，皆誣禪以亂其教，冒於嚚昏，放於淫荒。〔註95〕

同樣的，口頭說禪最容易忘捨禪在於「行」的實踐本位，而執取某種理境，或拘於現象；或捏造誇誕不實的禪境，以此自我標榜、縱任我慢，以禪宗立場自居，與教下互爲誣陷，這些都是過份倚賴言跡所招致的弊端。《禪林寶訓筆說》卷下心聞曇賁即對禪門後學的行徑作了一個總評：「衲子因禪致病者多，有病在耳目者，以瞠眉努目、側耳點頭爲禪；有病在口舌者，以顛言倒語、胡喝亂喝爲禪；有病在手足者，以進前退後、指東劃西爲禪；有病在心腹者，以窮玄究妙、超情離見爲禪。據實而論，無非是病。」〔註96〕

相反地，過度仰賴前人話語遺跡的結果，鑑安謂：「禪宗發展至唐末，禪師們在上堂、小參、拈古、勘辨時所用的語句，大都講究修飾，有時還用對偶很工整的韻文。」因爲士大夫好尚「斯文」，所以「自唐末至北宋，由于禪師們逐漸脫離人民大眾以籠絡士大夫們，禪風由質樸而變講究修飾語

〔註94〕引自《柳宗元集》，卷25，頁680。
〔註95〕同前註，卷6，頁159。
〔註96〕引自〔清〕智祥述：《禪林寶訓筆說》，收入《卍續藏》第64冊，頁705下。

句。」〔註97〕這時禪門詩偈可說已由表達工具提升爲修行工具，禪人以寫詩、參詩、悟詩作爲參禪悟道的方法。語言的重要性已完全取代棒、喝、揚眉、瞬目的教導方式，躍昇爲禪人主要的傳道、學道工具，開啓了拈古、頌古的風氣，一直沿續到宋代而大盛。《佛果圜悟禪師碧巖錄》卷一云：「大凡頌古，只是繞路說禪。」〔註98〕頌古即是以古德公案、話頭爲基礎，因各人的理解來詮釋評頌出別意，這種對公案再詮釋的解釋因人而異，其理解也就可以無限地再創造下去。杜松柏謂：頌古之始，可溯至曹山本寂，他讀傅大士法身偈，而作頌詩闡明其義；又臨濟義玄再傳弟子紙衣和尚，也以頌詩釋臨濟四境。〔註99〕此二人均在晚唐，至宋汾陽善沼、雪竇重顯、圜悟克勤等諸家頌古詩大盛於禪林，今存《頌古聯珠通集》就是頌古詩的專門結集。

　　言跡的興起，可以說是歧途分異的根源，使習慣於言象思維的人，更執迷於言象而歧途難返，也因此離玄旨愈遠。法眼文益曾在《宗門十規論》第九條「不關聲律、不達理道、好作歌頌」中，痛斥宗門禪師違背先賢製作詩偈的初衷而任意歌頌卻無實學的情形：

> 稍睹諸方宗匠，參學上流，以歌頌爲等閒，將製作爲末事，任情直吐，多類於埜談，率意便成，絕肖於俗語，自謂不拘麤礦，匪擇穢屛，擬他出俗之辭，標歸第一之義，識者覽之嗤笑，愚者信之流傳，使名理而寖消，累教門之愈薄。不見華嚴萬偈，祖頌千篇，俱爛漫而有文，悉精純而靡雜，豈同猥俗，兼柔戲諧，在後世以作經，在群口而爲實，亦須稽古，乃要合宜。苟或乏於天資，當自甘於木訥，胡必強攀英俊，希慕賢明，呈醜拙以亂風，織弊訛而貽戚，無惑妄誕，以滋後羞。〔註100〕

這一番話絕非僅在斥責當時禪人詩偈不究鍊意鑄辭，提倡或要求作詩要具文詞修飾的能力而已。更有其超越於文字之上的根本提示──所謂詩偈製作，是斷惑證眞之後的自性流露，如同佛陀、祖師之詩偈言教，是不待修飾而自合於文。否則，自以爲已得第一義之深旨，信手胡謅，不但文意粗疏，而且當即死在句下。如是情形，不但貽笑於明眼人；門外漢看了更誤以此爲禪，

〔註97〕以上兩段引文，引自鑑安：〈試論唐宋以後的禪風──讀《碧巖錄》〉，《禪學論文集》（臺北：大乘文化出版社，1976年），頁309。
〔註98〕收入《大正藏》第48冊，頁141上。
〔註99〕參見氏著：《禪學與唐宋詩學》，頁249。
〔註100〕收入《卍續藏》第63冊，頁38中。

影響最大的是宗門禪風因之日漸澆薄而已。

禪門受詩語的啓發，不但使禪者接受其爲詮道的表述方式，甚至禪宗發展入宋時期，唐代祖師千姿百態的教化問答形式，被後來參禪者視爲媒介，整理成一則則「公案」典範；精采的關鍵性對話被當作「話頭」來參就，漸漸流傳運用而定型。於是以參讀公案、話頭作爲悟道的門徑，由參公案、看話頭而形成一種對古德公案語錄重新詮釋而作拈古、頌古詩，而後來禪人參讀拈古、頌古詩則更是門徑中的門徑了。

心聞曇賁對禪家淪於以參詩、頌古爲佛事，曾有一段痛心之慨：

> 天禧間，雪竇以辯博之才，美意變弄，求新琢巧，繼汾陽爲頌古，籠絡當世學者，宗風由此一變矣。逮宣政間，圜悟又出己意，離之爲《碧巖集》，彼時邁古淳全之士，如寧道者、死心、靈源、佛鑑諸老，皆莫能迴其說，於是新進後生，珍重其語，朝誦暮習，謂之至學，莫有悟其非者，痛哉！學者之心術壞矣。〔註101〕

禪宗傳衍爲五家七宗，體雖不異，然各自機用方便不同，後輩學人往往摸不著門徑，自《碧巖集》一出，成了禪人的敲門磚，傳誦流傳，人手一冊，就以爲識禪，這樣的行徑，正好與禪的原旨背道而馳。因爲禪的語言原本是對象語言（Object language），隨個人修持體悟境界不同而異；但公案頌古詩則屬於後設語言（Meta language），〔註102〕是已抽離了當下時空後，所做的理性知解活動。宋代大量「語錄」、「燈錄」的結集；評唱、頌古文字的製作，都可看出禪宗由不立文字走到不離文字、以文字爲禪的地步。

因此，後輩禪人依賴禪偈，已失去獨立修行的勇氣和創造力，尋言逐句以養法身。如大慧宗杲臨滅度時，侍僧請偈，師厲聲曰：「無偈便死不得也？」乃援筆曰：「生也只恁麼，死也只恁麼，有偈與無偈，是什麼熱大？」擲筆而逝。〔註103〕一切施設必利弊相伴，宗門本無言句，古德甚以經典爲「拭瘡疣紙」，後來的禪師卻自己當起製造拭瘡疣紙的人來。圜悟克勤本是爲救學人之

〔註101〕引自《禪林寶訓筆說》卷下，收入《卍續藏》第 64 冊，頁 707 上。

〔註102〕語意學上分語言爲幾個層次：客觀的事物是語言所指稱的對象，直接指謂「客觀事物」的語言，就是「對象語言」；指謂「對象語言」的語言，就成了「後設語言」。例如現代邏輯及語意學認爲「萬法皆空」這句話屬於「後設語言」，並不包括在對象語言當中，即萬法皆空這一條理則本身，並不包括在此句中所說的萬法當中。如此就可以解除語言本身自我指涉的矛盾問題。

〔註103〕參見《南宋元明禪林僧寶傳》卷 3，收入《卍續藏》第 79 冊，頁 598 下。

迷蔽而作《碧巖集》，結果卻是雪上加霜；其門人大慧宗杲也為救眾生之迷蔽而有焚毀此書之舉。「無偈便死不得也？」是禪師對當代學人最後的當頭棒喝！可惜這些禪僧仍沒有從文字大夢中醒悟。

　　繞路說禪本來只是禪師教示的一種技巧，並無違背禪宗「不直說」的原則，只是後人多在文字技巧上用心，走向修飾詞藻之路，極端濫用文字，而把禪的語言觀逼上走偏鋒之途。實則禪師所重非在詩偈語句上，而在言外之意；所強調的非經教言說，而賴根基悟性。然而禪師這種用心，學人未必能體會，文字的弊害終究難免。《景德傳燈錄》卷十九雲門文偃云：

> 莫道今日謾諸人好，抑不得已向諸人前作一場狼藉。忽遇明眼人見，
> 謂之一場笑具，如今亦不能避得也。……你諸人更擬進步向前尋言
> 逐句，求覓解會，千差萬巧，廣設問難，只是贏得一場口滑，去道
> 轉遠，有什麼休歇時？此箇事，若在言語上，三乘十二分教豈是無
> 言語？因什麼更道教外別傳？若從學解機智得，只如十地聖人說
> 法，如雲如雨猶被呵責，見性如隔羅縠，以此故知一切有心，天地
> 懸殊。〔註104〕

禪之不同於教下諸宗者，在其標舉以實踐親證為根本立場，那麼這些言說不過是逢場作戲罷了。分不清戲裡戲外，反為戲法所迷就是癡！既然意識到不用語言之不可能性，那麼，要用就要把語言用到最熟濫的地步，自然會跳躍過去。這是宗門的行事原則：你有拄杖子，我便給你拄杖子；你沒有拄杖子，我便奪你的拄杖子。要就放下，否則就挑起來走！因為禪門倚重語言的發展勢態所逼，禪師順時勢而用破斧沉舟的手段！石門惠洪：

> 明導者假以語言，發其智用，然以言遣言，以理辨理，則妙精圓明，
> 未嘗間斷。……不然死於語下，故其應機而用，皆脫略窠臼，使不
> 滯影跡，謂之有語中無語。〔註105〕

於此王煜先生解釋說：排遣語言的工具仍是語言，語言是一種特殊的影跡，執著影跡的後果可能是枯死於跡下，而以言破言便是憑藉作為工具的語言，來啓發聽者的心智。〔註106〕

　　確實，在我們日常的對話中，有多重環境、社會、文化、意識型態在交

〔註104〕收入《大正藏》第51冊，頁356中。
〔註105〕引自《石門洪覺範林間錄》卷下，收入《新纂卍續藏》第87冊，頁263下。
〔註106〕參見王煜：〈老莊的言意觀對僧肇與禪宗的影響〉，《老莊思想論集》，頁489。

互作用，匯合於語言意涵當中。所以即使是個人語言，也充滿整體社會符號的共許意念在內，這也是語言使用一但形成意涵共識，便進而熟濫、僵化的原因。只要使用了語言，就是人爲的符號系統，則所有語言都必然會受到特定時空的限制而脫離不了歷史文化的主觀性，所以，使用語言作爲修行方法，只是延後獲得這種解放而已。因此運用語言表達禪境必須注意：一者，勿將語言文字當作事實本身，而忘卻實際體驗的重要性；二者，禪悟的本質永遠不是語言文字所能精確表盡；三者，禪宗的精神即在打破名言與本體意義之間的對應關係，以獲致精神上的解放。所以，公案雖然可說是開啓了一個學禪的新方法，但是，如果不能愼重地運用公案，可能就變成禪宗發展的弊端了。

　　由於對禪可能受制於語言文字的遠見，所以，百丈懷海選擇「我寧不說法」：

> 靈光獨耀，迴脫根塵，體露眞常，不拘文字。心性無染，本自圓成，
> 但離妄緣，即如如佛。〔註107〕

王煜先生謂：因爲百丈認爲說與不說皆有流弊與遺憾，這是進退兩難之局，唯有根據「兩禍相權取其輕」的原則，權衡輕重利害，在言默之間選擇後者爲患較輕。〔註108〕雪峰義存有同樣看法：「我若東道西道，汝則尋言逐句；我若羚羊掛角，汝向甚麼處捫摸？」〔註109〕切斷禪人這種依賴心理，修行才能有新的出路。

　　然而，仍有些人對上述的批判提出反駁，宗寶〈《六祖大師法寶壇經》跋〉：

> 或曰：「達摩不立文字，直指人心，見性成佛。盧祖六葉正傳，又安
> 用是文字哉？」余曰：「此經非文字也，達摩單傳直指之指也。南嶽、
> 青原諸大老，嘗因是指以明其心，復以之明馬祖、石頭諸子之心。
> 今之禪宗，流布天下，皆本是指。而今而後，豈無因是指而明心見
> 性者耶？」〔註110〕

又普會〈禪宗頌古聯珠通集序〉亦言：

> 拈花微笑，三拜得髓，初無一語與之，而昭昭於心目之間。道播

〔註107〕引自《景德傳燈錄》卷9，收入《大正藏》第51冊，頁268上。
〔註108〕參見王煜：〈老莊的言意觀對僧肇與禪宗的影響〉，《老莊思想論集》，頁483。
〔註109〕引自《景德傳燈錄》卷16，收入《大正藏》第51冊，頁327上。
〔註110〕收入《大正藏》第48冊，頁364下。

無垠，烏有如今日協音韻，事言句，簧鼓後人，俾其棄本逐末，
誠可嘆哉！予笑而不答，良久乃歌曰：「五雲影裡神仙現，手把紅
羅扇遮面；急須著眼看仙人，莫看仙人手中扇。」已而謂之曰：「子
所論者手中扇也，予所集者果在扇耶？噫！知我罪我，其惟此集
乎！」〔註111〕

他們重申禪師運用詩偈的本意初衷，乃作為標月之指，雖有以指為月之人，
仍不該以此全盤否定以詩寓禪所產生的廣大啓發作用。文字之害雖不無，然
有形者是詩，所傳達的卻是詩外之重旨。禪宗詩偈雖然只是作為工具義地被
使用，但詩偈有其特殊的工具價值，它作為寓道的形式符號存在著，並非沒
有生命的文字堆砌；相反的，詩偈所暗示的意蘊可以允許讀者一再重新理解，
亦即它是一首有機而生命的詩偈。張汝綸先生謂：

> 當我們要開始去理解和解釋文本時，我們總有一種對於文本所包含
> 的真理的期待，否則文本對於我們來說就是沒有意義的，我們也不
> 會試圖去理解它。文本本身從各種觀點和角度看，都不是一個對象。
> 正是對於文本真理的期待，使我們把文本作為一個內向的、自我包
> 容的意義系統來對待。對於真理或意義的期待始終指導著讀者的理
> 解。〔註112〕

所以，普會運用詩偈，如孔子之為春秋一般，抱著先打自己三十棒的自省心
情，以任由他人或知我、或罪我的使命集成此書。

　　詩偈的終極目的在啓發弟子證入道體，所以，一首詩偈從禪師手中完成
後，其內在意義的開發挖掘是對讀者完全開放的。閱讀禪偈也必須具備對道
體的體證，才能超越文字表面之上，見到禪師所欲暗示的真際；亦即禪偈本
身之存在，涵具體道之意義。〔註113〕悟者之精神主體透過一些符號形式以保
存其體驗，並傳示於人；受教者亦將透過這些可感可知的意象，使此體驗一
再被召喚回來。張汝綸先生又謂：

> 經驗的辯證法不是在確定的知識中完成的，而是在經驗的開放中完

〔註111〕收入《卍續藏》第65冊，頁475下。

〔註112〕引自氏著：《意義的探究─當代西方釋義學》（臺北：谷風出版社，1988年），
　　　　第七章釋義學和文學，頁209。

〔註113〕從接受美學的觀點而言，文學作品作為一個過程，是由兩個部分構成：一者，
　　　　作者到作品的創作過程，二者，作品到讀者的接受過程，創作與欣賞二者結
　　　　合，作品才有意義的完成。

成的。……它是一個歷史的過程。……另一方面，經驗始終對新的
經驗開放意味著人的理解、人的經驗總是有限的。人始終紮根於歷
史世界，以一種獨特的方式置身於這個世界。儘管他的視界和他的
經驗不斷變化和發展，但他決不會獲得無限的理解和完全的知識。
〔註114〕

既然吾人賴語言來思維，而且以之為最有效的溝通工具，當然也應接受它終
究是極粗疏的表意工具的事實。人是社會性的動物，既是要達到溝通的效果，
則人類最方便而普遍的溝通工具就是語言，因此禪人也不得不正視語言的效
用；然而，一但使用語言來表現，就難免受到語言意義的制約。

　　因此，我們對禪門詩偈的成就，以及詩偈在禪門修行效用所造成的轉
變，應以更開放而動態的歷史性眼光給予評價：一者，禪門詩偈只是表述真
諦的工具或方便，其本身並不對自己的工具意義與價值作說明；亦即，其意
義是在透過詩偈而傳達了悟境時才顯現，故工具是客觀存在的，它允許不同
的解釋。二者，任何言說都是在共通的語境中完成其意義傳達，而意義的傳
達皆有可能被誤解、執著；亦即任何解讀都有其限制，依照個人悟境程度又
都被允許。三者，禪仍相應於時代的詮釋與表達方式，所謂：「一代時教只
是收拾一代時人」。所以，禪師雖然運用詩偈來表顯悟境，但這種語言形式
也仍然無法窮盡其心，根本限制在一有言說即落入第二義。所以詩偈是以具
體意象表顯一種充實但非確定的意義，使其意蘊隱藏無限解釋的生命力和可
能性。

第三節　禪僧「文人化」的社會階層變動對宗門　　　　發展的影響

　　由於受到唐代社會「詩文化」風尚的影響，使得宗門內傳法詩偈在表達
上亦頗俱興象之美。另一方面，我們在第三章第三節已探討過禪師作詩的動
機，本是因應時代文化之權宜，為度化文人階層而作的轉變，但逐漸地，禪
僧也受詩人影響而漸趨文人化，偏離僧人本分立場，形成一群特殊的緇衣文
化人。這種結果，可說在宗門以詩偈作為表達工具的同時，已注定其隨唐代

〔註114〕引自氏著：《意義的探究——當代西方釋義學》，第五章哲學釋義學的興起，
　　　　頁139。

文化風尚流轉的結果。

由於惠能禪宗重內在證悟的見性工夫，而不在讀經、持戒、禮佛等外在形式上修持，因而得以擺脫佛教戒律生活的羈束，形成一種任運隨緣的生活態度，縮小僧人生活與俗世生活的距離。這種轉變使禪宗受到文人階層的喜好，影響力逐漸擴大。這時禪僧往來者多是上層文人，村姑野老接近禪師的機會愈來愈少，禪僧好與詩人交遊、酬對，浸潤於詩人的生活情趣與審美態度而日趨文人化。入宋之後，禪宗逐漸脫離下層民眾，風尚亦由樸質轉為文雅，這種轉變對禪宗發展影響深遠。事實上，部分禪僧的文人化，是世俗化的一種——往上層文化結構發展。因為宗教精神高度淨化的終極境界，在回到現實社會作廣度宣化時，由教義的探索到教法的宏揚，必須尋求大眾的理解和認同，此一妥協過程，便難免導致其世俗化。

詩僧是中晚唐特殊的文化產物，除了教內轉向以詩偈作為表達方式外，唐代本身詩風興盛，社會整體文化水平提高，這都是詩僧群出的助緣。孫昌武先生謂：

> 從總的發展趨勢看，中唐以後，詩僧的活動逐漸增多，到晚唐、五代大盛。而且初期的寒山、拾得尚遁跡山林，皎然、靈澈主要活動在文人圈子裡。到了晚唐、五代，不少詩僧出入宮廷，平交王侯，以至奔走藩鎮之間。這一畸形的現象，恰恰反映了社會的衰敗與病態。〔註115〕

禪僧的詩歌活動，本為溝通詩人與佛教關係的橋樑。中晚唐以來，投入詩歌創作的禪僧漸多，這些人特殊的生活環境、生命價值觀及對宇宙人生的態度，加上宣教的目的，使其詩歌呈現出獨特的山林僧院的清冷寧靜風格。

禪僧如何能詩？劉禹錫〈秋日過鴻舉法師寺院便送歸江陵〉一詩的引言，即針對中唐以來僧人能詩的原因作了解釋：

> 梵言沙門，猶華言去欲也。能離欲，則方寸地虛，虛而萬景入，入必有所泄，乃形乎詞，詞妙而深者，必依于聲律。故自近古而降，釋子以詩名聞於世者相踵焉。〔註116〕

禪人以心去欲，達到清淨空靈的境界，因而能夠完全地照見萬物，將這樣的體會抒之於文字，便是般若的自然流露，這是近世諸多詩僧以詩聞名的原因。

〔註115〕引自氏著：《唐代文學與佛教》（臺北：谷風出版社，1987年），頁125～126。
〔註116〕引自《劉賓客文集》，卷29，頁244。

由禪觀對詩歌之創作產生助益，如齊己〈靜坐〉：「風騷時有靜中來」〔註117〕，以禪定工夫來創作，乃是詩僧所獨具的能力。權德輿〈送靈澈上人廬山回歸沃洲序〉亦論及靈澈之創作：

> 上人心冥空無而跡寄文字，故語甚夷易，如不出常境，而諸生思慮，
>
> 終不可至。……故睹其容覽其詞者，知其心不待境靜而靜。〔註118〕

他對禪僧能詩，也抱持與劉禹錫相同的看法。關鍵在禪僧內在有「心冥空無」的操持工夫，則不隨外境而轉，也「不待境靜而靜」。落實於現象界則能任運發用，順手拈來皆成文章，看來似乎語甚平常，卻非沒有修證體驗的詩人所能達至。所以，禪僧作詩是由定靜之中提煉而得，復隨說隨掃，不爲言下之境所拘。

禪僧的文學活動，是由惠能禪宗大盛之後而漸興，寫詩重在主體內心體驗的直觀流露，所以語言運用多淺白口語，直抒胸臆，如拾得自言：「我詩也是詩，有人喚作偈。詩偈總一般，讀時須仔細。」〔註119〕若以世俗作詩的標準來評判，未免失卻禪人本旨。唐代有以寒山之名的禪僧，隱遁山林，而常以詩示眾：

> 高高峰頂上，四顧極無邊。獨坐無人知，孤月照寒泉。
>
> 泉中且無月，月自在青天。吟此一曲歌，歌終不是禪。〔註120〕

又：

> 碧澗泉水清，寒山月華白。默知神自知，觀空境逾寂。〔註121〕

其表述個人生命悟境，意象簡淨，一片化機。蓋禪人以禪悟體驗爲本體，加上一定的文字修養，以悟力駕馭文字，一樣可以寫出文美意深的禪詩。而口語化的用詞，使語言更靈活平實，所以寒山自言：「有人笑我詩，我詩合典雅。不煩鄭氏箋，豈用毛公解。不恨會人稀，只爲知音寡。若遣趁宮商，余病莫能罷。忽遇明眼人，即自流天下。」〔註122〕可見禪僧之詩往往不合音律，也無意於音律，反而有超脫格律定體的創造活力。

詩僧以特殊的思想意識和生活經驗爲基礎，決定其創作的獨特藝術特徵

〔註117〕引自《全唐詩》，卷845，頁9557。

〔註118〕引自〔清〕董誥等奉敕編，陸心源補輯拾遺：《全唐文及拾遺》，卷493，頁2257。

〔註119〕引自《寒山子詩集》（四部叢刊本，臺北：臺灣商務印書館，1965年），第136冊，頁27。

〔註120〕同前註，頁23。

〔註121〕同前註，頁7。

〔註122〕同前註，頁24。

和風格。後來部分詩僧的生活情調愈近於文人而好尚風雅，如皎然爲士林欽重，〈支公詩〉謂其：「山陰詩友喧四座，佳句縱橫不廢禪。」〔註123〕創作與學禪並行不悖。又貫休〈野居偶作〉：

> 高淡清虛即是家，何須須占好煙霞。無心於道道自得，有意向人人
> 轉賒。風觸好花文錦落，砌橫流水玉琴斜。但令如此還如此，誰羨
> 前程未可涯。〔註124〕

詩僧無法認可自身之生命價值，又無法達到禪師於色空有無不滯不除的境地，像齊己〈自遣〉：「了然知是夢，既覺更何求？死入孤峰去？灰飛一燼休。」〔註125〕不免偏於斷滅一邊，以致生命情調總難擺脫孤寂清冷的特質。

修睦〈睡起作〉：

> 長空秋雨歇，睡起覺精神。看水看山坐，無名無利身。偈吟諸祖意，
> 茶碾去年春。此外誰相識？孤雲到砌頻。〔註126〕

貫休〈山居詩〉二十四首之一：

> 難是言休即便休，清吟孤坐碧溪頭。三間茆屋無人到，十里松陰獨
> 自遊。明月清風宗炳社，夕陽秋色庾公樓。修心未到無心地，萬種
> 千般逐水流。〔註127〕

修睦吟詩品茗，在優閒淡雅中，有一份孤清的品格。貫休尚未修到無心地，自然還是不免受外物之感動，以致難以休筆，在「孤坐清吟」的形象中，透顯一種無法超脫的愁緒。齊己則已到爲詩所苦的地步，〈靜坐〉：

> 日日只騰騰，心機何以興？詩魔苦不利，禪寂頗相應。硯滿塵埃點，
> 衣多坐臥稜。如斯自消息，何是箇閒僧。（《白蓮集》卷三）

其禪寂恐怕是在等待詩境生起的消息，生活就顯得有些百無聊賴了。

這些禪僧一方面爲抒發修行體驗而詩；一方面也賴作詩來開發悟境。尚顏〈自紀〉有句：「諸機忘盡未忘詩，似向詩中有所依。」〔註128〕這些詩僧的修行和作詩可說是二而一的事，甚且本末倒置者大有人在，如歸仁〈自遣〉自供道：「日日爲詩苦，誰論春與秋。一聯如得意，萬事總忘憂。雨墮花臨砌，

〔註123〕引自《全唐詩》，卷820，頁9251。
〔註124〕同前註，卷836，頁9420。
〔註125〕同前註，卷841，頁9497。
〔註126〕同前註，卷849，頁9617。
〔註127〕同前註，卷837，頁9425。
〔註128〕同前註，卷848，頁9601。

風吹竹近樓。不吟頭也白，任白此生頭。」〔註129〕根本是甘心情願爲詩所苦、爲詩白頭。晚唐禪僧之創作態度，其實已將苦心孤詣作詩的心態，視同參禪求悟以超脫痛苦的修行方式一般。孫昌武先生批評說：「僧人而寫詩，這本身就是一種矛盾的現象。出現了『詩僧』這類畸形人物，更是整個社會和佛教發展的具體情況造成的。」〔註130〕禪門體系本身也僅視皎然、貫休、齊己等爲詩僧，儘管他們曾承法於禪宗門下，仍不許列入宗門禪師傳法統系，在宏智正覺拈古、萬松行秀評唱的《請益錄》卷上就表明這種立場：「佛印垂誡云：教門衰弱要人扶，……齊己貫休聲動地，誰將排上祖師圖？」〔註131〕所以，詩僧固然是一時代環境機緣所共同形成，非只關詩僧之罪；而其身份介於詩人與禪僧之間的尷尬地位，更使其無論在文學史或禪宗史上備受冷落。

　　詩僧本身的修行體驗，加上偏空的精神傾向，創造的詩境亦多同其生活心境一般的清冷枯寂。如皎然〈聞鐘〉：

古寺寒山上，遠鐘揚好風。聲餘月樹動，響盡霜天空。永夜一禪子，冷然心境中。〔註132〕

貫休〈書石壁禪居屋壁〉：

赤旂檀塔六七級，白蒞菭花三四枝。禪客相逢祇彈指，此心能有幾人知？〔註133〕

無悶〈寒林石屏〉：

草堂無物伴身閒，惟有屏風枕簟間。本向他山求得石，卻於石上看他山。〔註134〕

栖白〈寄南山景禪師〉：

一度林前見遠公，靜聞眞語世情空。至今寂寞禪心在，任起桃花柳絮風。〔註135〕

這些詩所經營的意象都具林下清靈簡淨的自然景象，語中亦多少透露一份閑寂禪機或悟境，整體看來成績不俗，然而就是缺乏宗門禪師詩偈那種明快簡

〔註129〕同前註，卷 825，頁 9293。
〔註130〕引自孫昌武：〈唐五代的詩僧〉，《唐代文學與佛教》，頁 122。
〔註131〕收入《卍續藏》第 67 冊，頁 461 下。
〔註132〕引自《全唐詩》卷 820，頁 9249。
〔註133〕同前註，卷 837，頁 9439。
〔註134〕同前註，卷 850，頁 9622。
〔註135〕同前註，卷 823，頁 9278。

利的風格。其實從這幾首詩來看，禪僧鍊意造句亦頗有新意佳句，意象清雅靈動，絕無世間煙塵氣。就禪而論，雖未臻透徹之悟；就詩而論，則可視爲一種美感風格的創造。總合晚唐詩僧的創作取向，對悟境的點染在似有若無之間，與其說是悟境，更近於這些禪僧實際上即在生活中經營此種幽深清遠的林下風貌。就禪宗對上層文化精神的拓展而言，實是一種獨特的美感意識之建立，對宋以後的文學和藝術的美感典律影響甚鉅。

詩僧由於重在主體精神境界之描述，而他們對世界有其獨特的理解方式——萬法唯心——一切外境均是主體心靈的反映，則所寫的景象，都是作爲主體心靈意象的反照；也就是這些境或景都是禪人心靈的托化，在虛實有無之間，開發了唐詩偏向經營唯心意象的特點。然而也由於對詩的內涵有所預設，而禪人的生活環境和現實經驗的變化不大，同質性又高，所以，作爲抽象心靈感受的具體意象，往往不外孤月、寒泉之類，過度模式化而使意涵固定，彼此之間的風格差異也極微難辨而失去創造性。這些從正面看，突出的共通成就在搏造了一股幽清孤寂的藝術風格；反之，也因這種明顯的風格傾向而見其侷限所在。

嚴格來講，作詩一事，從佛教的戒律來衡量，算是綺語中的一種。因之，白居易晚年對自己寫過許多緣情綺靡的詩就曾深表懺悔：「願以今生世俗文字之業，狂言綺語之過，轉爲將來世世讚佛乘之因，轉法輪之緣也。」〔註136〕後人尤其針對僧人寫詩這種現象給予嚴厲批評，如：清何文煥就針對皎然《詩式》中，自謂其十世祖謝靈運的詩歌創作得之於空王之助的說法，加以批駁：

> 釋氏寂滅，不用語言文字，《容齋隨筆》記《大集經》著六十四種惡口，載有大語、高語、自讚歎語、說三寶語。宣唱尚屬口業，況製作美詞？乃皎然論謝康樂早歲能文，兼通內典，詩皆造極，謂得空王之助，何乃自昧宗旨乃爾！〔註137〕

何氏以爲禪宗理地既是超越語言文字，皎然若眞達此理，豈尚好製作美詞？然而，法即無二，方便卻有多門。對詩僧而言，既然一切日常生活之事無不可爲修行之資，那麼，作詩與佛事之間也就無所謂衝突了，所以也有人就詩

〔註136〕引自《白氏長慶集》，卷71〈香山寺《白氏洛中集》記〉，景印文淵閣四庫全書，第1080冊，頁787。
〔註137〕引自〔清〕何文煥：《歷代詩話》，頁525。

論詩，而給予僧人寫詩正面的評價。因為詩寫的是最純淨的心靈狀態，僧中之詩也不乏人境俱奪、心跡交融、一片化機的第一等禪詩。錢鍾書即認為：

> 僧以詩名，若齊己、貫休、惠崇、道潛、惠洪等，有風月情，無蔬筍氣，貌為緇流，實非禪子。使蓄髮加巾，則與返初服之無本（賈島）、清塞（周朴）、惠銛（葛天民）輩無異。例如：《瀛奎律髓》卷四十七謂惠洪詩虛驕之氣可掬，自是士人詩、官員詩。《弇州讀書後》卷六謂洪覺範乃一削髮苦吟之措大，固不能以禪悅道腴苛求諸家詩矣。〔註138〕

錢氏基本上是將齊己等人的詩視為詩家之詩，同賈島等詩人共同摶造晚唐清寂簡靜的詩風，這在文學史上有開創風格之功，不能囿於禪門裡的語言態度而抹殺其成就，更不能因其身份，而以「禪悅道腴」的內容風格標準來苛求諸詩僧。何況宗門之詩的影響是正面抑或負面，也關乎後代閱讀者個別詮釋、理解和運用的機緣不同而難論，給予一個開放性的閱讀態度，也許是看待這些詩僧作品更合適的方式。

禪師詩偈表現方式的進步與禪僧好作世俗詩歌之間有相輔相成的關係，禪僧的文人化，使其對詩歌技巧有進一步的掌握；如此，使禪師詩偈的表達更臻成熟。另一方面，禪師詩偈表達的進境，又促進其文人化的傾向。這種循環影響關係的利弊是一體兩面的，不同的角度評價亦異。就文學上而言，詩偈表現方式進步及詩僧獨有的詩歌風格的建立是其成就；而此點就禪宗發展特質而言，卻是弊害的根源。

禪宗對文字態度的鬆動，甚至是不立文字的背反，以致還是隨文化發展的規律，走回人文堆積的老路。從禪在中國的發跡、傳承、大盛的發展過程，可以看到一個外來文化進入中土社會融合發展的典型模式。中土強勢文化的廣大含納性；同時也是隱形的宰制性，使禪宗在中國紮根的過程，即是被鯨吞改造的過程。禪要弘傳發展，必得賴於群眾，群眾是社會的組成份子，其社會活動的積澱形成文化歷史；人既是歷史性地存在，必然得接受時代文化的洗禮，所以禪終究難逃於歷史性的文化演變和改造。所以禪師社會化、文人化從這個角度來看，就禪的本質精神可說是淪喪；但就禪宗乃歷史文化現象之一而言，似乎也是歷史發展軌則之自然。

〔註138〕引自錢鍾書：《談藝錄》（北京：三聯書店，2007年），第69條，頁560。

本章小結

　　總結此章，可以獲致以下結論：

　　第一，禪宗由不立文字進而修正自身對語言的態度，視內在悟境與語言形式是體與用的關係，二者互即互容。禪宗利用語言中最具啓發性的形式──詩，來達到其「言外見意」的理想。由於中國人不離具體事物的類比性思維模式，在意蘊傳達上，由賦法進而用比、興之法，將意蘊隱藏在意象之後，使傳意的張力更大。尤其是「興」的表達方式，不涉理路、不落言詮，如空中之音、相中之色，言有盡而意無窮，最接近禪的特質。可見語言形式的改變會影響表意功能的轉變，而這一點，正是禪得之於詩最顯著的養分。

　　第二，由於禪宗詩偈製作水平提升，使詩偈傳法的方式愈加盛行，乃至取代當機棒喝等方式，成爲宗門內參悟的主要工具。借詩悟禪，使頌古詩盛行，於是詩偈製作由表達工具進而提升爲修行工具，宗門由不立文字走到不離文字的地步，這也是禪宗在宋代以後急速衰微的原因之一。

　　第三，禪門詩偈的盛行，益加促使部分禪僧文人化，往來於文人階層，學作近體詩，形成一個幽深清遠的林下詩風，爲晚唐詩開創另一種面目。然而卻使得禪宗遠離宣教的民眾，失去本身的生命活力，又無法見同於士林，形成社會上不僧不俗的畸型群體，這也是宗門發展傳承逐漸散逸的原因之一。

第六章 結 論

通過第二章到第五章的討論，將唐代詩禪互涉的發展關係總結如下：

一、詩禪互涉的內因

由於詩與禪內在精神特質的相似性，禪強調主體自覺而詩重視主體感發，二者在實踐或創作過程，都是透過主體與外境之間精神的直觀互通，達到靈識妙悟，再以意在言外的暗示方式，將內在的感受以具體事物托出。然而，二者本質上有同中之異，就主體內容而言，詩重在抒發內在的情志；而禪的心靈覺性，根本超越這種情識造作的感受層次。對語言的根本態度而言，詩利用比興方式來超越語言的表面意蘊，以達到但見情性、不睹文字的效果；禪根本以不立文字來超越語言，而達到默會之契。這些相似性是他們彼此接觸的內在基礎，而相異性則在接觸後吸納彼此之異。

二、詩禪互涉的外緣

詩、禪二者由於內在特質的相通，加上遞變過程的歷史時間相當，而涉入彼此的文化階層。詩人一方面以居士身份訪師問道、參禪靜坐及研閱佛經；一方面從這種山林禪院的習禪靜觀中，開發內在近似靈明覺性的美感經驗。禪僧一方面修正自身修行方式和對語言運用的態度以迎合詩人；同時也因自身表達上的需要而在與詩人的聯吟酬唱中吸納詩的表現特質。於是詩人習禪、禪僧作詩在文化觀念開放的唐代成了普遍的文化現象。

三、詩禪互涉的結果

在內因外緣兩相湊泊下，這種雙向互動的接觸，使彼此都因為新的文化質素的加入而產生實質的變化。

　　就詩而言，受到禪宗以主體自心爲解脫根源的觀照方式啓發，即一切現象中而見本來面目，故而萬象皆不出「心」作用於「物」而影現之「境」，善觀其境就抓住了悟門。因此，詩人透過實際參悟境界的體會，而使其對外物的觀照方式產生改變，物是心的影現，心亦無法自外於物而自顯。因此詩人的創作，往往在呈現主體與外在景物之間當機照面的刹那感悟，使得中國詩歌從傳統言志、緣情的主體抒發，開拓了由心物交融而產生當下感悟之「境」，形成詩的另一特質。這種心物合一的觀念，使得唐代田園山水詩既不偏於外在山水景物的刻劃，亦不偏向主體心靈的托化，而呈現一個物我交融的空靈妙境。則詩人創作過程即觀境過程，寫詩與修禪相輔相成，以致詩人創作時，轉向以精神修養的方式來涵養詩境。

　　就禪而言，受到中國詩歌運用比興以達到「言外見意」的表達方式之啓發，禪師以語言傳達悟境時，就以耳聞目見的當下即景來託喻其內在之悟境。一方面爲禪宗開拓傳達悟境的新方法；一方面又能達到言外意蘊無窮的效果，使得禪宗詩偈從古樸無文轉變爲意象鮮活，改變禪僧的表達方式，進而提升了禪偈的表意功能。因此，由表達工具的轉精，進而改變宗門內部的修行方式，師徒之間由當機照面而參公案，以至於以參頌古詩爲修行門徑，使得禪僧製作詩偈的風氣大開，而且愈演愈烈，形成不離文字的局面。文字成風，禪僧逐漸脫離廣大群眾而變成風雅詩僧，這些發展都關係著禪宗由盛轉衰的內在因素。

　　仔細來看，唐代詩禪互動而產生質變的時間相近卻非同時發生。詩人禪「境」之作的高峰在盛唐；禪僧詩偈靈活運用比興意象，則是在中唐以後。所以就時間順序言，詩人得之於禪的養分而創造詩境在先，而禪僧運用詩歌表達悟境在後，這是詩反哺於禪的結果。如此才更符合歷史發展之實。所謂「詩爲禪客添花錦，禪爲詩家切玉刀」，[註1] 一方面指出詩與禪的雙向互動；另一方面也暗示二者非對等性的滲透。禪受詩的啓發僅是表現形式的提供，使禪多一種標月之指，所以是「添花錦」。詩得自禪的養分則深入到詩人的內在思惟及美感觀照方式，而深化其悟境；這種精神體驗即是掌握詩境的關鍵，所以說禪是詩的「切玉刀」。二者交流互涉的層次不同。

　　透過詩與禪的本質、互涉路徑和成果三方面的探究，尋繹「詩」與「禪」這兩種唐代最燦爛的文化的互動關係，並使彼此產生質變。所以，無論從創

〔註1〕 姚奠中主編：《元好問全集》（太原：山西人民出版社，1990 年），卷 14〈答俊書記學詩〉，上冊，頁 435。

作論或批評論的角度來研究中國文學發展的構成因素或美感特質，從唐代以後，除儒、道思想傳統的灌注之外，必定不能忽略掉禪宗精神的作用。

當然，本論文是從宏觀的角度來論證詩、禪之間的發展關係，因此可能忽略了一些細部問題。例如：我們說詩偈的表達方式，比興較賦法為佳，這並不表示用賦法作偈的禪師，其悟境就比用比興表現的禪師為低。那麼，既然惠能的悟境絕不遜於夾山善會，為什麼表現出來的詩偈卻反而比較著跡？這涉及禪師個人語言表述習慣，以及從實際悟境到運用語言表現出悟境之間產生多少漏失的問題。雖然詩境不等於悟力，但如何使詩境逼近悟力？這是有待進一步思考的問題。再如：就禪門詩偈而言，青原一系運用詩偈的頻率比南嶽一系要高，像船子德誠、夾山善會、龍牙居遁、雲門文偃、法眼文益等，他們的詩偈都非常精彩。相較之下，可以看出此二系在接引學人的方法上有差異，則為什麼青原一系較常使用詩偈？這與其家風、修行方式有無關係？此亦本論文未遑探究的問題。

本文著眼於文學史上詩、禪的互動關係，然而，一個作家的創作歷程或一首詩的形成因素，往往有複雜而多元的因素，所以考察某一作品所接受的養分，必須全面探究該作者的寫作過程，再剖析其每個創作階段，必須大膽假設又得小心求證，而這種互動關係的考察，實存在許多不確定的因素。

總之，文學藝術與宗教的關係，是一個尚待開拓的研究領域。例如：「以禪喻詩」觀念史之研究。由於作詩與學禪內在體驗的相似性，晚唐開始就有詩人將二者比附而言，宋代以後的詩論，從嚴羽「以禪喻詩」到王漁洋「詩禪一致」；從「興趣」到「神韻」諸說，形成中國古典詩論一個很重要的觀念體系，若能將它的來龍去脈弄清楚，則有助於深化中國詩美學的精神面向。再如有關中國藝術精神對禪宗精神之接受研究。徐復觀先生謂：「自禪學在僧侶中已開始衰微，在士大夫中卻盛為流行的北宋起，禪對於此後的士大夫而言，成為一種新地清談生活。於是一般人多把莊與禪的界線混淆了，大家都是禪其名而莊其實，本是由莊學流向藝術，流向山水畫；卻以為是由禪流向藝術，流向山水畫。」〔註2〕唐宋以後，向文學藝術輸送養份的到底是禪還是莊？禪之中有多少莊學的精髓？這都是需要進一步釐清的重要議題。宏觀地，舉凡禪宗與各門藝術的關係與運用；微觀地，個別作家與禪佛之關係等，都是有待進一步探究的問題。

───────────────────

〔註2〕引自徐復觀：《中國藝術精神》（臺北：學生書局，1992年），頁374。

主要參考文獻

文獻分類體例說明如下：

（一）參考文獻分為：一、佛教文獻，二、傳統文獻，三、現代論著。

（二）佛教文獻先分《大正藏》、《卍續藏》，次按卷冊順序排列。

（三）傳統文獻先按經、史、子、集，次按文本年代先後排列。

（四）現代論著包含（一）專書、學位論文，（二）單篇期刊論文。每一次類
　　　中，按作者姓氏筆畫簡繁為序。

一、佛教文獻

1. 姚秦・鳩摩羅什譯：《金剛般若波羅密經》，《大正藏》第 8 冊。

2. 姚秦・鳩摩羅什譯：《維摩詰所說經》，《大正藏》第 14 冊。

3. 劉宋・求那跋陀羅譯：《楞伽阿跋多羅寶經》，《大正藏》第 16 冊。

4. 馬鳴菩薩造，梁真諦譯：《大乘起信論》，《大正藏》第 32 冊。

5. 隋・智顗述：《修習止觀坐禪法要》，《大正藏》第 46 冊。

6. 唐・慧然集：《鎮州臨濟慧照禪師語錄》，《大正藏》第 47 冊。

7. 宋・蘊聞編：《大慧普覺禪師語錄》，《大正藏》第 47 冊。

8. 明・語風圓信、郭凝之編集：《大法眼文益禪師語錄》，《大正藏》第 47
冊。

9. 明・語風圓信、郭凝之編集：《溈山靈祐禪師語錄》，《大正藏》第 47 冊。

10. 明・語風圓信、郭凝之編集：《仰山慧寂禪師語錄》，《大正藏》第 47 冊。

11. 明・語風圓信、郭凝之編集：《洞山良价禪師語錄》，《大正藏》第 47 冊。

12. 日本・玄契編：《曹山本寂禪師語錄》，《大正藏》第 47 冊。

13. 隋・僧璨：《信心銘》，《大正藏》第 48 冊。

14. 唐・弘忍：《最上乘論》，《大正藏》第 48 冊。

15. 唐・玄覺撰：《禪宗永嘉集》，《大正藏》第 48 冊。

16. 唐・玄覺撰：《永嘉證道歌》，《大正藏》第 48 冊。

17. 唐・圭峰宗密：《禪源諸詮集都序》，《大正藏》第 48 冊。

18. 唐・法海集：《敦煌本六祖壇經》，《大正藏》第 48 冊。

19. 唐・裴休集：《黃檗山斷際禪師傳心法要》，《大正藏》第 48 冊。

20. 唐・裴休集：《黃檗斷際禪師宛陵錄》，《大正藏》第 48 冊。

21. 宋・延壽：《宗鏡錄》，《大正藏》第 48 冊。

22. 元・宗寶編：《六祖大師法寶壇經》，《大正藏》第 48 冊。

23. 宋・志磐：《佛祖統紀》，《大正藏》第 49 冊。

24. 梁・慧皎：《梁高僧傳》，《大正藏》第 50 冊。

25. 宋・沙門贊寧：《宋高僧傳》，《大正藏》第 50 冊。

26. 唐・釋道宣：《唐高僧傳》，《大正藏》第 50 冊。

27. 唐・佚名：《歷代法寶記》，《大正藏》第 51 冊。

28. 梁・僧祐：《出三藏記集》，《大正藏》第 55 冊。

29. 唐・淨覺集：《楞伽師資記》，《大正藏》第 85 冊。

30. 唐・文益：《宗門十規論》，《卍續藏》第 110 冊。

31. 唐・裴休問、宗密答：《中華傳心地禪門師資承襲圖》，《卍續藏》第 110 冊。

32. 唐・慧海：《頓悟入道要門論》，《卍續藏》第 110 冊。

33. 清・志祥述：《禪林寶訓筆說》，《卍續藏》第 113 冊。

34. 宋・法應集，元普會續集：《頌古聯珠通集》，《卍續藏》第 115 冊。

35. 宋・子昇等錄：《禪門諸祖師偈頌》，《卍續藏》第 116 冊。

36. 南唐・靜、筠二禪師編：《祖堂集》，上海：上海古籍出版社，1994 年。

37. 宋・道原：《景德傳燈錄》，臺北：彙文堂出版社，1978 年。

38. 宋・頤藏主集：《古尊宿語錄》，北京：中華書局，1996 年。

39. 宋・洪覺範：《石門文字禪》，四部叢刊集部，臺北：商務印書館

40. 宋・重顯頌古，克勤評唱：《佛果圜悟禪師碧巖錄》，臺北：天華出版社，1993 年。

41. 宋・普濟：《五燈會元》，臺北：文津出版社，1991 年。

42. 宋・洪覺範：《石門洪覺範林間錄》，《禪宗全書》第 32 冊，臺北：文殊文化公司，1990 年。

43. 宋・李冀編：《唐僧弘秀集》，禪門逸書初編第 2 冊，臺北：明文書局，1980 年。

44. 明・瞿汝稷編：《指月錄》，臺北：新文豐出版社，1990 年。

45. 明・朱時恩輯：《居士分燈錄》，《禪宗全書》第 14 冊。臺北：文殊文化公司，1990 年。

46. 李淼編：《中國禪宗大全》，長春：長春出版社，1991 年。

47. 藍吉富主編：《全唐文禪師傳記集》，《禪宗全書》第 1 冊，臺北：文殊文化公司，1990 年。

48. 釋圓觀輯：《指月錄禪詩偈頌》，臺北：老古文化出版社，1990 年。

49. 釋圓觀輯：《續指月錄禪詩偈頌》，臺北：老古文化出版社，1986 年。

二、傳統文獻

1. 唐・李肇：《唐國史補》，臺北：世界書局，1968 年。

2. 後晉・劉昫：《舊唐書》，臺北：臺灣中華書局，1971 年。

3. 宋・歐陽修：《新唐書》，臺北：臺灣中華書局，1971 年。

4. 南朝宋・謝靈運：《謝康樂集》，臺北：臺灣商務印書館，1968 年。

5. 南朝梁・劉勰：《文心雕龍》，臺北：開明書店，1993 年。

6. 唐・王維著，清・趙殿成注：《王摩詰全集箋注》，臺北：世界書局，1962 年。

7. 唐・白居易：《白氏長慶集》，景印文淵閣四庫全書，第 1080 冊，臺北：臺灣商務印書館，1983 年。

8. 唐・司空圖：《司空表聖詩文集》，上海：上海古籍出版社，1994 年。

9. 唐・李白著，清・王琦注：《李太白全集》，北京：中華書局，1977 年。

10. 唐・杜甫：《杜工部集》，叢書集成續編，第 164 冊，臺北：新文豐出版社，1979 年。

11. 唐・孟浩然著，佟培基箋注：《孟浩然詩集箋注》，上海：上海古籍出版社，2000 年。

12. 唐・孟郊：《孟東野詩集》，四部叢刊集部，臺北：臺灣商務印書館，1965 年。

13. 唐・柳宗元：《柳宗元集》，四部備要集部，臺北：華正書局，1990 年。

14. 唐・韋應物：《韋蘇州集》，四部備要集部，臺北：臺灣中華書局，1983 年。

15. 唐・釋寒山：《寒山子詩集》，四部叢刊集部，臺北：臺灣商務印書館，1965 年。

16. 唐・賈島：《賈浪仙長江集》，四部叢刊集部，臺北：臺灣商務印書館，1965 年。

17. 唐・劉禹錫：《劉賓客文集》，四部叢刊集部，臺北：臺灣商務印書館，

1968 年。

18. 唐・顏眞卿：《顏魯公文集》，四部叢刊集部，臺北：臺灣商務印書館，1965 年。

19. 唐・皎然：《杼山集》，禪門逸書初編冊二，臺北：明文書局，1980 年。

20. 唐・貫休：《禪月集》，禪門逸書初編冊二，臺北：明文書局，1980 年。

21. 唐・齊己：《白蓮集》，禪門逸書初編冊二，臺北：明文書局，1980 年。

22. 唐・弘法大師：《文鏡秘府論》，臺北：河洛出版社，1976 年。

23. 五代・王定保：《唐摭言》，臺北：世界書局，1967 年。

24. 宋・王讜：《唐語林》，四部叢刊集部，臺北：臺灣商務印書館，1983 年。

25. 宋・計有功著、王仲鏞校：《唐詩紀事校箋》，成都：巴蜀書社，1992 年。

26. 宋・姚鉉編：《唐文粹》，四部叢刊集部，臺北：臺灣商務印書館，1983 年。

27. 元・方回：《瀛奎律髓》，四部叢刊集部，臺北：臺灣商務印書館，1983 年。

28. 元・辛文房：《唐才子傳》，臺北：世界書局，1964 年。

29. 明・正勉編：《古今禪藻集》，禪門逸書初編第一冊，臺北：明文書局，1980 年。

30. 明・金聖嘆：《聖嘆選批唐才子詩》，臺北：正中書局，1956 年。

31. 明・胡應麟：《詩藪》，臺北：廣文書局，1973 年。

32. 明・胡震亨：《唐音癸籤》，上海：上海古籍出版社，1981 年。

33. 清・董誥等奉敕編：《全唐文》，臺北：大通書局，1979 年。

34. 清・王士禎選，吳煊、胡棠輯註：《唐賢三昧集箋註》，臺北：廣文書局，1968 年。

35. 清・王士禎：《帶經堂詩話》，北京：人民文學出版社，1982 年。

36. 清・何文煥輯：《歷代詩話》，臺北：漢京文化出版社，1983 年。

37. 清・王國維：《人間詞話》，臺北：開明書店，1989 年。

38. 丁福保編：《清詩話》，臺北：明倫出版社，1971 年。

39. 郭紹虞編：《清詩話續編》，臺北：木鐸出版社。

40. 丁福保編：《歷代詩話續編》，臺北：木鐸出版社，1988 年。

41. 郭紹虞編：《中國歷代文論選》，臺北：木鐸出版社，1987 年。

42. 清聖祖御訂：《全唐詩》，北京：中華書局，1992 年。

43. 丁仲祜：《陶淵明詩箋注》，臺北：藝文印書館，1989 年。

44. 許清雲：《皎然詩式輯校新編》，臺北：文史哲出版社，1984 年。

45. 逯欽立輯校：《先秦漢魏晉南北朝詩》，臺北：木鐸出版社，1988年。

46. 陳尚君輯校：《全唐詩補編》，北京：中華書局，1992年。

47. 錢鍾書：《談藝錄》，臺北：書林出版社，1988年。

三、現代論著

（一）專書、學位論文

1. 丁成泉，《中國山水詩史》，臺北：文津出版社，1995年。

2. 王夢鷗，《古典文學論探索》，臺北：正中書局，1984年。

3. 王運熙、楊明，《魏晉南北朝文學批評史》，上海：上海古籍出版社，1989年。

4. 王運熙、楊明，《隋唐五代文學批評史》，上海：上海古籍出版社，1994年。

5. 王煜，《老莊思想論集》，臺北：聯經出版社，1990年。

6. 王海林，《佛教美學》，合肥：安徽文藝出版社，1992年。

7. 王國瓔，《中國山水詩研究》，臺北：聯經出版社，1992年。

8. 王小舒，《神韻詩史研究》，臺北：文津出版社，1994年。

9. 巴壺天，《藝海微瀾》，臺北：廣文書局，1971年。

10. 巴壺天，《禪骨詩心集》，臺北：東大圖書公司，1990年。

11. 文史知識編輯部，《佛教與中國文化》，北京：中華書局，1995年。

12. 中村元著，陳俊輝譯，《東方民族的思維方法》，臺北：結構群出版社，1989年。

13. 皮朝綱，《禪宗的美學》，高雄：麗文文化公司，1995年。

14. 平野顯照著，張桐生譯，《唐代文學與佛教》，臺北：華宇出版社，1986年。

15. 印順導師，《印度佛教思想史》，臺北：正聞出版社，1993年。

16. 印順導師，《中國禪宗史》，臺北：正聞出版社，1994年。

17. 成復旺，《神與物遊——論中國傳統審美方式》，臺北：商鼎出版社，1992年。

18. 朱光潛，《詩論》，臺北：正中書局，1988年。

19. 朱喬森編著，《詩言志辨》，臺北：開今文化出版社，1994年。

20. 牟宗三，《中國哲學十九講》，臺北：臺灣學生書局，1986年。

21. 牟宗三，《智的直覺與中國哲學》，臺北：臺灣商務印書館，1987年。

22. 牟宗三，《中國哲學的特質》，臺北：臺灣學生書局，1994年。

23. 任繼愈主編，《中國道教史》，臺北：桂冠出版社，1991年。

24. 沈振奇，《陶謝詩之比較》，臺北：臺灣學生書局，1986 年。

25. 杜松柏，《禪學與唐宋詩學》，臺北：黎明文化公司，1978 年。

26. 杜松柏，《禪與詩》，臺北：弘道書局，1980 年。

27. 杜松柏，《知止齋禪學論文集》，臺北：文史哲出版社，1994 年。

28. 何國銓，《中國禪學思想研究——宗密禪教一致理論與判攝問題之探討》，臺北：文津出版社，1987 年。

29. 李淼，《禪宗與中國古代詩歌藝術》，高雄：麗文文化出版公司，1993 年。

30. 李澤厚，《中國古代思想史論》，臺北：谷風出版社，1986 年。

31. 李澤厚，《美學論集》，臺北：駱駝出版社，1987 年。

32. 呂思勉，《隋唐五代史》，臺北：九思出版社，1977 年。

33. 余英時，《中國知識階層史論》，臺北：聯經出版社，1993 年。

34. 忽滑谷快天著，朱謙之譯，《中國禪學思想史》，上海：上海古籍出版社，1994 年。

35. 吳怡，《禪與老莊》，臺北：三民書局，1992 年。

36. 吳怡，《公案禪語》，臺北：東大圖書公司，1995 年。

37. 吳經熊著，吳怡譯，《禪學的黃金時代》，臺北：臺灣商務印書館，1995 年。

38. 阿部肇一著，關世謙譯，《中國禪宗史——南宗禪成立以後的政治社會史的考證》，臺北：東大圖書公司，1988 年。

39. 林文月，《山水與古典》，臺北：純文學出版社，1978 年。

40. 林桂香，《詩佛王維之研究》，臺北：政治大學中文所碩士論文，1982 年。

41. 周裕鍇，《中國禪宗與詩歌》，高雄：麗文文化公司，1994 年。

42. 柳田聖山著，吳汝鈞譯，《中國禪思想史》，臺北：臺灣商務印書館，1992 年。

43. 洪修平，《中國禪學思想史》，臺北：文津出版社，1994 年。

44. 南懷瑾，《禪與道家》，上海：復旦大學，1995 年。

45. 姚儀敏，《盛唐詩與禪》，臺北：東吳大學中文所碩士論文，1985 年。

46. 侯迺慧，《唐代文人的園林生活——以全唐詩文的呈現為主》，臺北：政治大學中文所碩士論文，1989 年。

47. 施忠賢，《魏晉「言意之辨」研究》，中壢：中央大學中文所碩士論文，1989 年。

48. 哈羅德・布魯姆著，徐文博譯，《影響的焦慮：詩歌理論》，臺北：久大文化出版，1990 年。

49. 哈羅德・布魯姆著，朱立元、陳克明譯，1992 年，《比較文學影響論—

──誤讀圖示》，臺北：駱駝出版社。，1992 年。

51. 袁賓編，《禪宗辭典》，武漢：湖北人民出版社，1994 年。

52. 徐小躍，《禪與老莊》，杭州：浙江人民出版社，1992 年。

53. 徐復觀，《中國藝術精神》，臺北：臺灣學生書局，1992 年。

54. 孫昌武，《唐代文學與佛教》，臺北：谷風出版社，1987 年。

55. 孫昌武，《佛教與中國文學》，臺北：東華書局，1989 年。

56. 孫昌武，《詩與禪》，臺北：東大圖書公司，1994 年。

57. 唐君毅，《中國哲學原論・導論篇》，臺北：臺灣學生書局，1991 年。

58. 許倬雲，《中國古代文化的特質》，臺北：聯經出版公司，1995 年。

59. 陳世驤，《陳世驤文存》，臺北：志文出版社，1975 年。

60. 陳昌明，《六朝「緣情」觀念研究》，臺北：臺灣大學中文所碩士論文，1987 年。

61. 陳鵬翔、張靜二合編，《從影響研究到中國文學》，臺北：書林出版社，1992 年。

62. 郭紹林，《唐代士大夫與佛教》，臺北：文史哲出版社，1993 年。

63. 郭紹虞，《中國文學批評史》，臺北：明倫出版社，1974 年。

64. 郭紹虞，《中國詩的神韻、格調及性靈說》，臺北：華正書局，1981 年。

65. 基辛著，于嘉雲、張恭啟譯，《當代文化人類學》，1980 年。

66. 萩原朔太朗著，徐復觀譯，《詩的原理》，臺北：臺灣學生書局，1989 年。

67. 舒茲著，盧嵐蘭譯，《社會世界的現象學》，臺北：久大桂冠出版社，1991 年。

68. 舒茲著，盧嵐蘭譯，《舒茲論文集──社會現實的問題（第一冊）》，臺北：桂冠出版社，1992 年。

69. 雅克・馬利坦著，劉有元、羅選民等譯，《藝術與詩中的創造性直覺》，北京：三聯書店，1992 年。

70. 傅樂成，《漢唐史論集》，臺北：聯經出版公司，1987 年。

71. 張曼濤主編，《六祖壇經研究論集》，臺北：大乘文化出版社，1976 年。

72. 張曼濤主編，《禪學論文集（一）（二）》，臺北：大乘文化出版社，1976 年。

73. 張曼濤主編，《禪宗典籍研究》，臺北：大乘文化出版社，1977 年。

74. 張曼濤主編，《中國佛教史論集（二）隋唐五代篇》，臺北：大乘文化出版社，1977 年。

75. 張曼濤主編，《禪宗史實考辨》，臺北：大乘文化出版社，1977 年。

76. 張曼濤主編，《禪宗思想與歷史》，臺北：大乘文化出版社，1978 年。

77. 張曼濤主編,《佛教與中國文化》,臺北:大乘文化出版社,1978年。

78. 張曼濤主編,《佛教與中國思想及社會》,臺北:大乘文化出版社,1978年。

79. 張曼濤主編,《佛教與中國文學》,臺北:大乘文化出版社,1981年。

80. 張夢機,《近體詩發凡》,臺北:臺灣中華書局,1970年。

81. 張夢機,《思齋說詩》,臺北:華正書局,1977年。

82. 張夢機,《古典詩的形式結構》,臺北:尚友出版社,1981年。

83. 張伯偉,《禪與詩學》,臺北:揚智出版社,1995年。

84. 張錫坤等,《禪與中國文學》,長春:吉林文史出版社,1992年。

85. 張汝綸,《意義的探究:當代西方釋義學》,臺北:谷風出版社,1988年。

86. 張漢良,《比較文學理論與實踐》,臺北:東大圖書公司,1986年。

87. 湯用彤,《隋唐佛教史稿》,臺北:木鐸出版社,1988年。

88. 湯用彤,《漢魏晉南北朝佛教史》,臺北:臺灣商務印書館,1991年。

89. 湯用彤,《理學、佛學、玄學》,北京:北京大學出版社,1991年。

90. 黃河濤,《禪與中國藝術精神的嬗變》,北京:商務印書館,1994年。

91. 黃永武,《中國詩學(思想篇)》,臺北:巨流圖書公司,1983年。

92. 黃景進,《嚴羽及其詩論之研究》,臺北:文史哲出版社,1986年。

93. 黃維樑,《中國詩學縱橫論》,臺北:洪範書店,1986年。

94. 黃博仁,《寒山及其詩》,臺北:新文豐出版社,1993年。

95. 黃宣範,《語言哲學》,臺北:文鶴出版社,1983年。

96. 曾祖蔭,《中國古代文藝美學範疇》,臺北:文津出版社,1987年。

97. 曾祖蔭,《中國佛教與美學》,臺北:文津出版社,1994年。

98. 覃召文,《禪月詩魂——中國詩僧縱橫談》,北京:三聯書店,1995年。

99. 楊惠南,《禪史與禪思》,臺北:東大圖書公司,1995年。

100. 鈴木大拙,《禪海之筏》,臺北:志文出版社,1989年。

101. 鈴木大拙,《禪與藝術》,臺北:天華出版社,1990年。

102. 鈴木大拙,《禪與生活》,臺北:志文出版社,1993年。

103. 鈴木大拙,《禪與心理分析》,臺北:志文出版社,1994年。

104. 葉嘉瑩,《迦陵談詩二集》,臺北:東大圖書公司,1985年。

105. 葉維廉,《飲之太和》,臺北:時報出版社,1980年。

106. 葉維廉,《歷史、傳釋與美學》,臺北:東大圖書公司,1988年。

107. 葛曉音,《山水田園詩派研究》,瀋陽:遼寧大學出版社,1993年。

108. 葛曉音,《漢唐文學的嬗變》,北京:北京大學出版社,1995年。

109. 葛兆光，《禪宗與中國文化》，臺北：天宇出版社，1988 年。

110. 趙沛霖，《興的起源──歷史積澱與詩歌藝術》，臺北：明鏡文化出版社，1989 年。

111. 鄧小軍，《唐代文學的文化精神》，臺北：文津出版社，1993 年。

112. 赫魯伯著，董之林譯，《接受美學理論》，臺北：駱駝出版社，1994 年。

113. 蔡榮婷，《《景德傳燈錄》之研究──以禪師啓悟弟子之方法爲中心》，臺北：政治大學中文所碩士論文，1983 年。

114. 蔡榮婷，《唐代詩人與佛教關係之研究──兼論唐詩中的佛教語彙意象》，臺北：政治大學中文所博士論文，1992 年。

115. 蔡英俊，《比興物色與情景交融》，臺北：大安出版社，1995 年。

116. 黎金剛，《唐代詩歌與佛家思想》，臺北：臺灣師範大學國文所博士論文，1980 年。

117. 劉大杰，《中國文學發展史》，臺北：華正書局，1990 年。

118. 劉若愚著、杜國清譯，《中國文學理論》，臺北：聯經出版公司，1993 年。

119. 劉懷榮，《中國古典詩學原型研究》，臺北：文津出版社，1996 年。

120. 劉介民著，《比較文學方法論》，臺北：時報出版公司，1990 年。

121. 劉介民、李達三主編，1990 年，《中外比較文學研究（第一冊）》，臺北：臺灣學生書局。

122. 樂黛雲，《比較文學導論》，臺北：蒲公英出版社，1986 年。

123. 蕭麗華，《唐代詩歌與禪學》，臺北：東大圖書公司，1997 年。

124. 彌爾頓・英格著，高丙中、張林譯，《反文化：亂世的希望與危機》，臺北：桂冠出版社，1995 年。

125. 顏崑陽，《古典詩文論叢》，臺北：漢光出版社，1983 年。

126. 顏崑陽，《莊子藝術精神析論》，臺北：華正書局，1985 年。

127. 顏崑陽，《李商隱詩箋釋方法論》，臺北：臺灣學生書局，1991 年。

128. 顏崑陽，《六朝文學觀念論叢》，臺北：正中書局，1993 年。

129. 羅根澤，《中國文學批評史》，臺北：學海出版社，1990 年。

130. 羅宗強，《隋唐五代文學思想史》，上海：上海古籍出版社，1986 年。

131. 羅香林，《唐代文化史研究》，臺北：臺灣商務印書館，1996 年。

132. 羅聯添等，《唐代文學論集》上下冊，臺北：臺灣學生書局，1989 年。

133. 龔鵬程，《文學批評的視野》，臺北：大安出版社，1990 年。

134. 龔鵬程，《文化符號學》，臺北：臺灣學生書局，1992 年。

135. 龔鵬程，《詩史本色與妙悟》，臺北：臺灣學生書局，1993 年。

（二）單篇期刊論文

1. 王邦雄,〈禪宗理趣與道家意境——陶淵明與王維田園詩境的比較〉,《鵝湖月刊》第 10 卷第 1 期,1984 年,頁 14～16。

2. 冉雲華,〈中國早期禪法的流傳和特點：慧皎、道宣所著「習禪篇」研究〉,《華岡佛學學報》第 7 期,1984 年,頁 63～99。

3. 成中英,〈禪的詭論與邏輯〉,《中華佛學學報》第 3 期,1990 年,頁 185～207。

4. 牟鍾鑑,〈從儒佛關係看韓愈、柳宗元與李翱〉,《圓光佛學學報》創刊號,1993 年,頁 201、203～222。

5. 李潔華,〈唐宋禪宗之地理分佈〉,《新亞學報》第 13 期,1980 年,頁 211～362。

6. 李建崑,〈皎然與吳中詩人之往來關係考〉,《古典文學》第 12 集,臺北：臺灣學生書局,1992 年,頁 91～114。

7. 吳怡,〈中國禪宗與儒道兩家思想的關係〉,《幼獅學誌》第 16 卷第 1 期,1980 年,頁 99～112。

8. 吳汝鈞,〈游戲三昧：禪的美學情調〉,《國際佛學研究》第 2 期,1992 年,頁 159～218。

9. 周縱策,〈詩詞的「當下」美——論中國詩歌的抒情主流和自然境界〉,《古典文學》第七集,臺北：臺灣學生書局,1985 年。

10. 林顯庭、張展源,〈莊學、禪與藝術精神之關係——由徐復觀「禪開不出藝術」之說談起〉,《中國文化月刊》第 182 期,1994 年,頁 111～118。

11. 洪邦棣,〈禪門不立文字平議〉,《海潮音》第 61 卷 12 期,1980 年,頁 13～22。

12. 高柏園,〈試析論禪宗話頭之義理結構及其發展〉,《中國文化月刊》第 61 期,1984 年,頁 60～76。

13. 唐力權著,賴顯邦譯,〈哲學沉默的意義：有關中國思想中語言使用的一些看法〉,《哲學與文化》第 14 卷第 7 期,1987 年,頁 40～43。

14. 張亨,〈陸機論文學的創作過程〉,《中外文學》第 1 卷第 8 期,1973 年 1 月,頁 6～29。

15. 陳榮波,1982 年,〈中國禪宗構成因素及其特質〉,《中華文化復興月刊》第 15 卷第 4 期,頁 14～22。

16. 陳昌明,〈莊子的語言哲學與文學思考〉,《古典文學》第十集,臺北：臺灣學生書局,1988 年,頁 237～255。

17. 陳玉珍著、吳汝鈞改定,〈從《牧牛圖頌》探討禪實踐的全幅歷程〉,《獅子吼》第 31 卷第 1、2、3 期,1992 年,頁 14～18。

18. 黃景進，〈嚴羽及其詩論重探〉，《中華學苑》第 31 期，1985 年，頁 33 ～136。

19. 黃景進，〈「以禪喻詩」到「詩禪一致」──嚴滄浪與王漁洋詩論之比較〉，《古典文學》第四集，臺北：臺灣學生書局，1982 年。

20. 黃景進，〈唐代意境論初探──以王昌齡、皎然、司空圖爲主〉，《文學與美學》第二集，臺北：文史哲出版社，1991 年。

21. 楊新瑛，〈禪宗公案的基本法則及語言價值〉，《慧炬雜誌》第 242、243 期，1984 年，頁 8～12。

22. 陳榮波，〈禪宗五家宗旨與宗風〉，《佛光學報》第 6 期，1981 年 5 月，頁 197～213。

23. 馮耀明，〈禪超越語言和邏輯嗎──從分析哲觀點看鈴木大拙的禪論〉，《當代雜誌》第 69 期，1992 年，頁 64～81。

24. 鄭志明，〈永嘉玄覺禪師〈證道歌〉義理初探〉，《中國佛教》第 28 卷第 6 期，1984 年 6 月，頁 6～12。

25. 蔡涵墨，〈禪宗祖堂集中有關韓愈的新資料〉，《中國書目季刊》第 17 卷第 1 期，1983 年，頁 19～21。

26. 錢新祖，〈佛道的語言觀與矛盾語〉，《當代雜誌》第 11 期，頁 63～70；12 期，1987 年，頁 101～108。

27. 顏崑陽，〈從莊子「魚樂」論道家「物我合一」的藝術境界及其所關涉諸問題〉，《中外文學》第 16 卷第 7 期，1987 年 12 月，頁 14～39。

28. 顏崑陽，〈《文心雕龍》「比興」觀念析論〉，《中央大學人文學報》第 12 期，1994 年，頁 31～55。

29. 顏崑陽，〈從「言意位差」論先秦至六朝「興」義的演變〉，《清華學報》第 28 卷第 2 期，1998 年，頁 143～172。

30. 釋明復，〈貫休禪師生平的探討〉，《華岡佛學學報》第 6 期，1983 年，頁 49～72。